Somos Constelaciones

AMY BEASHEL

Somos Constelaciones

AMY BEASHEL

YOUNG KIWI, 2024
Publicado por Ediciones Kiwi S.L
Título original: We are all constelations.
Esta traducción de *Somos constelaciones* es publicada por Ediciones Kiwi en colaboración con Oneworld Publications a través de ACER.

Primera edición, febrero 2024
IMPRESO EN LA UE
ISBN: 978-84-19939-35-7
Depósito Legal: CS 4-2024

Código THEMA: YF

Para Monty.

Te gusta decirme que el universo se está
e x p a n d i e n d o .

Que sepas que mi propio universo se expande por
el simple hecho de conocerte y
Q U E R E R T E .

Amable.
Centrado.
Sensible.
Gracioso.

Estoy deseando ver qué otras estrellas brillarán en tu
constelación.

Besos.

Uno

¿Yo? ¿Asustada?

No, no, no.

No, en serio, no entiendo por qué la gente se acojona cuando se queda sola en la oscuridad.

Porque con un poco de cautela y mucho coraje, no pasa nada.

Ah, y con una sonrisa. *Siempre, siempre* sonrío.

Porque estoy en la flor de la vida, ¿verdad?

Atravieso la ciudad en un estado de embriaguez tipo soy-la-reina-del-mundo y me abro paso a través de camisas estrambóticas y tacones tambaleantes que salen de los pubs a casi las once de la noche. El recuerdo electrizante de las manos y la boca de Rollo calienta, casi como fuego, mi piel. El rugido del aire en mis pulmones, tan duro y frío como el suelo bajo mis Doc Martens, que me alejan de las farolas y el carnaval de aullidos empapados en cerveza que van hacia el bosque Good Hope.

La linde del bosque se aovillaba sobre sí misma como un gato negro en el rincón de una habitación. Apartado. Contenido. Con las garras retraídas, pero preparado saltar y arañar a quienquiera que perturbe su paz.

Dejo de correr en cuanto alcanzo los árboles, aminorando el paso al ritmo que a Papá le gustaría que mantuviera siempre.

«Cuidado, Iris», me dice cuando estoy planchando la camisa del instituto, o cortando cebollas, o de pie en un andén, justo en el lado equivocado de la línea amarilla.

«Cuidado».

«Cuidado».

«Cuidado».

Se tensaría y se le saldrían los ojos de las órbitas si me viera ahora, correteando sobre las ramas caídas y el musgo cristalizado, y algún que otro sigiloso murciélago lanzándose en picado a la caza.

Se daría cuenta de cómo giro la cabeza hacia el camino iluminado y presupondría lo peor, que el chico al que no pierdo ojo, del que estoy huyendo, es el tipo de chico malote que sale en las pelis de adolescentes, de esos llenos de rabia y con un comportamiento odioso.

Pero mi vida no es así y Rollo tampoco es esa clase de tío.

Para empezar, no me ha perseguido.

El sendero tras de mí está vacío.

Sin embargo, el bosque frente a mí sí está lleno.

De árboles, claro, pero no son solo las ramas nudosas y hojas secas las que susurran en la copa de los árboles. No son solo las raíces las que se profundizan y serpentean a través del suelo. También hay ruidos de criaturas: escabulléndose, chillando, gruñendo. Y olores de criaturas: terrosos, intensos y vivos.

Me detengo por un instante y los aspiro todos.

Todos.

Aunque no estoy aquí para eso.

Estoy aquí por una casa enterrada en las profundidades de este bosque. No el tipo de casa en la que vivirías. A juzgar por las fotos que he visto en Insta, de la cuenta @MisCasasVacías, las ventanas de esta casa están agrietadas y las moquetas, manchadas y desgarradas. Todo en ella indica que sus inquilinos echaron el cerrojo hace bastante tiempo.

~~La gente hace eso, ¿verdad?~~

~~Te crean un hogar.~~

~~Y luego desaparecen.~~

Los dedos punzantes de las ramas bajas me revuelven el pelo mientras me interno en el bosque y la oscuridad gana terreno a la luna. Saco el móvil del bolsillo trasero, preparada para encender la linterna.

En la pantalla veo un enjambre de notificaciones.

Descarto todas las de Rollo, pero se me duele en el corazón solo pensar en descartar las de mi mejor amiga, Tala. Abro su nota de voz.

—¿¡Qué coño, Iris!? —Su tono engaña. Si fuese la primera vez que la oyeras, con esa entrada áspera y la palabrota contundente, pensarías que es una tía dura, ¿verdad? De las que llama a las cosas por su nombre. La chica que te soltaría un par de réplicas mordaces si te atrevieses a hacerle la más mínima sombra.

En realidad, con cualquiera que no sea sus padres o yo, mi mejor amiga es prácticamente muda.

Aunque en esta nota de voz parece estar dejando salir a una nueva Tala.

—¡Más te vale escuchar este mensaje! —Su suspiro es una muestra de su impaciencia. «Una cosa es que ignores a Rollo, pero otra muy distinta que me ignores a mí».

Vaya.

¿Entonces Rollo ha hablado con ella? ¿Le ha contado mi repentina desaparición y que no respondo a sus llamadas? ¿Cuánto ha tardado en despertar y darse cuenta de que me he esfumado? ¿Cuántos minutos hasta que ha apartado la manta e ido a coger el móvil del cajón de su escritorio? Se empeña en ponerlo ahí siempre que subimos a su cuarto.

—Sin distracciones —dijo la primera vez, hace unos cuatro meses, cuando sus padres estaban en el cine y pasamos al menos dos horas para tentar nuestras sensaciones a puerta cerrada.

Rollo es así de bueno. Es amable y considerado y te dice cosas como «¿Seguro que te parece bien, Iris?» o «Podemos parar cuando quieras, tú solo dímelo».

Pero esta noche me ha dicho cosas como: «¿Recuerdas ese año sabático que estás planeando? Había pensado que quizá podría acompañarte...».

Y a pesar del rumor de un nuevo orgasmo, que normalmente me pondría a tope con la charla post-sexo, no he sido capaz de articular palabra. En su lugar, solo pude fingir que me había quedado dormida hasta que pude salir por patas.

—¿Dónde *estás*? —El nivel de enfado en la voz de Tala ha disminuido bruscamente y ha dejado paso a la preocupación—. ¿Quieres que nos veamos en el refugio?

Corto el mensaje y empiezo a teclear.

Todo bien. No estoy en el refugio.

Los tres puntos aparecen al instante.

Joder, tía, no estarás en otra bando.

Puede que Tala no comparta mi pasión por la exploración urbana, pero al menos conoce la jerga. La casa que estoy viendo definitivamente es una «bando». *Abandonada. Desolada.* En plan que la gente que amaba este lugar no ha vuelto para ver qué ha sido de sus cosas.

No queda un centímetro que no esté, de alguna manera, roto.

Antes de mirar a mi alrededor, saco de mi bolso un comecocos de papel. Es de los que se suelen hacer de niño, convirtiendo un cuadrado plano de papel en un oráculo tridimensional con bolsillos y solapas y ocho suertes escritas en sus pliegues.

Solo que cuando Mamá me enseñó a hacerlos, no escribía ocho suertes, sino solo una.

«Serás fuerte».

Una y otra y otra y otra y otra y otra y otra vez.

¿Ves? Elija la que elija, siempre termino con ese destino irrefutable.

(Buen uso de «irrefutable», Iris).

Antes de cada escapada, siempre hago uno nuevo con el mapa de mi destino, asegurándome de escribir la misma suerte en todos los pliegues. Luego, cuando llego a la ubicación, poso.

Con el comecocos en una mano y el móvil en la otra, le doy la espalda a mi reflejo en el cristal agrietado y lleno de telarañas de la puerta principal y levanto el brazo para que en el encuadre abarque tanto como sea posible de la casa y de mí. Enseño demasiado diente en mi sonrisa para el fogonazo blanco que me da el *flash*.

Y luego ya no.

Hhhhhhhhhhh.

Cierro la boca y aguantando el aliento tras mis labios... ¿no era eso la respiración de otra persona? Allí, junto a lo que una vez fue una valla.

«Mierda».

«Mantén la calma, Iris», me repito como si fuese uno de los mantras yóguicos de mi madrastra.

Lo único que oigo es el latir acelerado de mi corazón.

«Mantén la puta calma».

Entonces lo veo, el brillo de los ojos de una criatura humanoide.

Mientras pulso el botón de bloqueo del móvil con el pulgar, comprendo a qué se refiere la gente cuando habla de sumirse en la oscuridad. Porque sin esa luz artificial, me ahogo en la negrura. Pese a la ceguera temporal, no desvío la vista.

Hhhhhhhhhhh.

Otra vez ese sonido de respiración.

Despego *mis* labios y exhalo. Observo. Deseando que lo que creía una cara solo fuera mi cerebro jugándome una mala pasada.

Pero cuando mis ojos se adaptan a la oscuridad, ven los detalles. Un gorro de lana raído. Una nariz larga y gruesa. Piel, barbuda y blanca como el hueso.

Tendrá más o menos la edad de mi padre, aunque su energía no podría ser más diferente.

Separados tan solo por tres árboles, la mirada fija el uno en el otro. Dos animales salvajes, clavados en terreno embarrado, negándose a sucumbir siquiera a un parpadeo, como si el más mínimo movimiento nos convirtiera en presa.

Algo cruje en la maleza.

«Serás fuerte».

Y lo soy.

He visto las noticias. He leído las declaraciones escritas por las madres cuyas hijas han sido violadas o asesinadas. He visto la cara de Papá al darse cuenta de que, por mucho que intente aplicar los planes de seguridad y salud de su oficina en casa, a las chicas no se les garantiza seguridad y salud. No mientras haya hombres.

#NoTodosLosHombres.

Pero algunos.

Uno.

#ConUnoEsSuficiente.

«Serás fuerte».

El hombre-criatura tiene que ver que lo soy.

—¿Y bien? —Sacudo la cabeza como diciendo: «Estoy preparada».

—¿Y bien qué? —Su voz, áspera como papel de lijar, no es ni agresiva ni amable.

Por lo que veo, tiene las manos vacías. No lleva mochila. Ni cámara. No parece ser un explorador como yo.

Entonces, ¿qué es?

Ese gruñido espeluznante sugiere que tal vez sea lo que Papá temía todas esas veces que me advirtió que dejara mis ridículas aventuras nocturnas. Cuando suspiraba y me decía cosas como: «Me preocupas, Iris. ¿Estás buscando por voluntad propia sitios que son peligrosos o malos?».

La criatura con forma de hombre se hace más grande al cuadrar los hombros. En el esfuerzo, su abrigo se tensa por la abertura de los botones, como si de repente su cuerpo fuera demasiado para la talla de su ropa.

—Si eres una cría. —Se desliza hacia delante, apenas unos centímetros, pero esos centímetros son centímetros que antes nos separaban y ahora no—. ¿A tu mami no le importa que salgas tan tarde? —Tuerce el gesto.

—Mi madre está muerta —digo.

Incluso aquí en mitad del bosque, con este hombre harapiento y de labios burlones, consigo la misma naturalidad que cuando alguien me pregunta por ella. Normalmente, uso este tono neutro para que la gente entienda que ya he asimilado su muerte. Sonrío para hacerles ver que no pasa nada por cambiar de tema. Que, al igual que yo, pueden pasar página.

No obstante, con esta criatura humanoide, es por otro motivo.

Es: «puedo con cualquier cosa, tío».

Es: «mi madre murió en un incendio el día de Navidad, cuando tenía diez años. Sé cómo sobrevivir».

Se lleva una mano al bolsillo, agarra algo.

Se ríe mientras empieza a sacarlo.

El aire helado entre nosotros se resquebraja y salgo corriendo. El calor de mi propio aliento derrite el entumecimiento que había empezado a instalarse en mis mejillas. Es su risa la que me persigue. Salvaje y asquerosa como la bilis que escupe desde el fondo de su garganta.

Me abro camino a través del bosque oscuro, con las manos empujando salvajemente las ramas bajas, cuya corteza marca en mi piel el mapa de esta frenética persecución. Salgo al césped que separa el bosque Good Hope de la carretera a la velocidad del y con el pulso desatado, donde un zorro cruza y se escabulle por debajo de una valla hacia una urbanización de nueva construcción. Un animal salvaje escabulléndose entre los hogares de gente dormida.

El hombre criatura ha desistido. Al menos eso espero cuando miro por encima del hombro. El bosque es una inmensidad de sombras pizarra y ocre sin movimiento aparente. Aparte de mi respiración, el mundo ha vuelto a quedarse tranquilo y silente.

Sigo avanzando.

Diez minutos después estoy en nuestra calle. Pulso el botón de micrófono y para grabar una jadeante nota de voz a Tala para que sepa que estoy en casa.

—Todo bien —le digo. Luego pulso enviar y...

«Mierda».

Me tuerzo el tobillo en un bordillo y tropiezo.

El chirrido de unos neumáticos.

El chillido de unos frenos pisados con pánico.

—¡Jesús! —un grito acompañado del bocinazo de un claxon—. ¡Te has metido en la carretera! —El conductor sacude el puño hacia mí.

—Lo siento. —Sonrío. No con arrepentimiento sino con confianza, porque Mamá siempre me decía que una sonrisa te ayuda a seguir adelante. Me señalo el tobillo, moviendo mi pie en círculos, para hacerle ver que no he tropezado a propósito precisamente.

No me duele. Puedo marcharme.

Pero...

—¡Iris! —La puerta de mi casa se balancea sobre las bisagras cuando Papá sale corriendo por la entrada, sus ojos ruedan de mí al coche y de nuevo a mí.

¿Acaso merodea junto a la ventana del salón buscándome?

—Estoy bien. —Le hago un gesto de desdén mientras cruzo cojeando la portezuela de nuestro jardín.

Hace un par de años, Papá y Rosa convirtieron el garaje en mi nuevo dormitorio, así que no solo tengo mi propio baño, sino también mi propia entrada. Toda de cristal, ancha y corredera. Perfecta para salir (o entrar) sin que nadie me vea.

El problema es que Papá no ha llegado a entender que un acceso privado solo es una ventaja si tu cuarto también lo es. Para cuando consigo sacar la llave y abrir, él ya está sentado en mi cama; su ruta a través de la casa hasta mi dormitorio es evidentemente más rápida que la mía.

—Iris. —Sus hombros se elevan mientras inspira profundamente, tal y como Rosa insiste en que haga para tranquilizarse. Pese a sus esfuerzos, huelo el miedo en su aliento cuando el aire llena la habitación—. Dime... —Se le marca una vena verde azulada del lado izquierdo de su frente—. La verdad —dice—. ¿Dónde demonios estabas?

Dos

De pie junto a mi escritorio, paso un dedo por las fechas de mi calendario de cachorritos, regalo de Navidad de Tala del año pasado. Sabe que daría lo que fuese por tener mi propio perro. No tan sofisticado, como el pomerania repeinado que sujeta un bastón de caramelo y ataviado con una pajarita rayada a conjunto del mes de diciembre. En realidad, con cualquier chucho me conformo.

Paso la uña —llena de mugre del bosque— por encima del 17 y del 25, y luego hasta final de año.

Me sudan las manos, así que las cierro en puños.

—Con Rollo —respondo a la pregunta de Papá. No es mentira, pero tampoco la verdad. Más bien una fusión de ambas.

—Me tenías en vela. —Su voz es una combinación de acusación y miedo—. Parecías asustada.

—Casi me atropella un coche, papá. Claro que estaba asustada.

—Antes de eso —dice, con la espalda bien recta y su camisa perfectamente remetida en los pantalones, en contraste con mi colcha arrugada—. Estabas corriendo.

Me doy la vuelta, estiro los dedos y me acaricio los finos cortes que parecen leves, pero silenciosamente empiezan a explotar. No parecen gran cosa, pero están empezando a dolerme. Como si nada, cojo el gel hidroalcohólico del cajón de mi escritorio y me deleito en el escozor.

—Corría porque llegaba tarde —digo por encima del clic clic clic de las uñas mientras me quito la suciedad de debajo—. Por eso estaba asustada. —Volviendo a ser yo, ya puedo encararlo—. ¿Recuerdas mi toque de queda? Hay una razón por la que te llamo el Riguroso. Esto es lo que intentaba evitar. —Nos señalo a los dos con el dedo.

Por la forma en que asiente, despacio y pensativo, estoy segura de que nota cómo me sube el pulso.

Pero...

—Vale —dice como si me creyese, lo cual, afortunadamente, es algo que tiende a hacer. Entonces levanta la mirada de su regazo, donde siempre van sus ojos cuando está nervioso. ¿Quizá porque es un lugar amplio, firme y seguro? Hace casi siete años, me senté en su regazo y me contó lo del incendio.

—Me gusta Rollo —dice ahora, jugueteando con sus pulgares.

Eso ya lo sé. A pesar de su preocupación y negatividad, Papá no es como esos de las series que interrogan a los novios de sus hijas. Y a pesar de sus estúpidas bromas de padre, cuando Rollo viene a recogerme, Papá nunca le ha advertido que se guarde las manos para él ni ha insinuado que tiene un arma pistola.

—No me gusta que andes por ahí tan tarde un domingo por la noche.

«Ya empezamos».

—Pero sí me gusta que tengas una relación estable.

No menciono que mi relación estable se ha terminado. Que lo primero que hice cuando Rollo me sugirió venirse a explorar lugares abandonados conmigo por Europa el año que viene fue escabullirme del nórdico y salir por la puerta. Una putada, la verdad. No solo por el daño que le he hecho a Rollo, sino porque Papá estaría mucho más dispuesto a aceptar mis planes si piensa que no me voy a ir sola al extranjero.

—Tenéis cuidado, ¿verdad, cielo? Ya sabes. Cuando...

Siento alivio cuando Papá vuelve a bajar la mirada. No podría soportar que me mirara, por muchas vaguedades que usara, cuando hablamos de eso.

—Sí, papá. —Eso es lo único que pienso decirle. Y, siendo justos, creo que es todo lo que necesita. La educación sexual la dejaba en manos del instituto y de Rosa, que, por lo que he oído, piensa que «sería beneficioso ser más abierto, Matt».

Se pone de pie y se detiene al ver en mis botas Doc Martens sucias junto a la puerta de atrás. En mi familia se bromea con que me gustan como recién sacadas de la caja.

—¿Seguro que estabas en casa de Rollo, Iris? —Me mira fijamente a los ojos—. No habrás ido a ninguna de esas fábricas abandonadas para tu blog, ¿verdad?

—No es un *blog*, Papá, es un feed. —Me pongo delante de él, impidiéndole ver las botas y las empujo tras las cortinas mientras las.

Me aguanta la mirada como hace cuando no respondo realmente a su pregunta.

—Te juro que no estaba en ninguna fábrica abandonada. —Más mezcla de realidad y ficción.

—Bien. —Papá se contenta con mis palabras. ¿No es mejor eso que insistir y que le cuente una verdad más escabrosa?—. Mejor con Rollo que sola por ahí, vagando por algún sórdido edificio.

Asiento como si estuviera de acuerdo.

—De verdad que no lo entiendo. —Mi padre es muy predecible, porque eso es lo que dice cada vez que el tema de la urbex se asoma a lo que él llama su «perpleja cabeza».

—Tal vez si miraras mi Insta sin el filtro de tus gafas de salud-y-seguridad, verías lo mismo que yo veo. —Abro mi cuenta @ DoralaUrbexploradora en el móvil y se lo paso.

Durante un minuto desliza por mis fotos. Una iglesia con las ventanas destrozadas. Un campamento de verano cerrado. Un aeródromo en desuso. Un antiguo cine con una última fila de asientos andrajosos y polvorientos perfectos para besuquearse.

—No, no lo veo. —Papá me devuelve el móvil—. Me parecen ruinas. —Abre la puerta de mi dormitorio y oigo a Rosa regañar suavemente a Noah por estudiar hasta tan tarde después de toda su charla sobre el sobreesfuerzo. Noah aprenderá la lección, claro. Siempre lo hace. Mi hermanastro sabe tantísimas cosas que a menudo lo llaman (al menos yo lo hago) Sabelotodo.

Papá vuelve a mirarme y se da unos golpecitos en el reloj.

—Mira, creo que deberíamos revisar tu toque de queda. —Debo de haber puesto mala cara porque enarca una ceja—. No seas así, Iris. Sabes que siempre intentamos ser justos.

✦

La cara del hombre-criatura aparece en un parpadeo en el espejo del cuarto de baño mientras me lavo los dientes y su risa espesa y viscosa me eriza la piel. Cuando apago la luz y escupo la pasta de dientes a ciegas, el corazón me late como un martillo percutor.

Papá se cabrearía si se enterase. Hace unos años, cuando empecé a explorar en condiciones, Rosa y él convocaron una reunión familiar y me dijeron que no pensaban que mi nueva «afición» fuese apropiada.

—No pongas mala cara, Iris —dijo mi padre—. ¿Tan malo es que no queramos que te hagas daño?

«Soy mayorcita», pensé.

—Dime con sinceridad. —Su voz entonces era más suave—. No buscas hacerte daño, ¿verdad?

—¡No! —espeté. En serio, *como si nada.* ¿Por qué me había preguntado eso?

Ya es casi medianoche cuando me meto en la cama. Froto los dedos de los pies contra las sábanas para calentarlos, luego subo el edredón y lo enredo bajo mis pies para formar una acolchada crisálida. Acurrucada, echo un ojo al perfil de @MisCasasVacías. Mi búsqueda de la publicación de la casa del bosque Good Hope, va acompañada del sube y baja de la tierna discusión entre Rosa y Noah.

Aunque la pared divisoria hace indescifrables sus palabras, no hace falta ser un genio para saber que Rosa le estará diciendo a

Sabelotodo que no se hace ningún bien —ni tampoco ayuda a que le vaya bien en su entrevista de Oxford— quemando la vela por ambos lados. Y se lo dirá con total calma y tranquilidad porque su naturaleza calmada y tranquila es lo que convierte a mi madrastra en el Ancla. Tal vez se deba a todas esas flexiones y respiraciones que hace cada mañana en su esterilla. Tal vez cuando está haciendo esa pose del árbol no solo está fortaleciendo su equilibrio físico. Te lo juro, esa mujer nunca se tambalea.

Oigo pasos subiendo por las escaleras y la casa se queda en silencio.

No hay nada sobre una criatura espeluznante en @MisCasasVacías. Añado una nota en los comentarios para advertir a otros exploradores que tengan cuidado y luego hago clic en un enlace a una publicación en su página web sobre los objetos más raros que se ha encontrado durante los cinco años que lleva explorando. Miro una foto tras otra. Un par de tacones rojos nuevos en una clínica dental abandonada. Una rana disecada en un edificio universitario abandonado. Una máscara de conejo contra una pared empapelada...

Espera.

¿Qué?

Hago zoom en la máscara de conejo. Sus orejas copetudas marrón-grisáceas. Sus ojos vacíos. Su naricita negra y el lazo de cinta plateada del mismo color que desenrollaba Mamá para trenzarme el pelo. Pero la cinta no es lo único que me resulta familiar.

Mi coleta —que ya se está decolorando a violeta del intenso morado con el que me teñí a principios de trimestre— se me mete en los ojos cuando me inclino sobre el lateral de la cama para alcanzar por debajo la Caja de Cosas de Mamá. Saco el pequeño álbum de fotos negro en el que Mamá escribió nuestros nombres con rotulador plateado y una letra redonda que me recuerda a la que dibujan las avionetas en el cielo.

Hay cuatro fotos. Solo necesito una. Salimos mi madre y yo cuando tenía unos cinco años. Estamos con otra mujer y una niña con el pelo castaño rojizo que presupongo es la hija de la otra mujer. Las dos adultas llevan máscaras.

Mamá es un lobo.

Su amiga es un conejo.

Y no cualquier conejo, sino exactamente el mismo que aparece en la foto de @MisCasasVacías, la que tiene una máscara sobre la repisa de una chimenea, apoyada sobre lo que parece papel pintado de estampado llamativo. Pero no es papel. Es pintura. Lo sé porque vi los largos dedos de mi madre mojar su pincel en la paleta de verdes y marrones y convertir el líquido en un bosque salvaje en la pared del salón. Hay un enlace debajo de la foto de @ MisCasasVacías. Cuando le hago click, me lleva a su publicación original, cuando exploró aquel lugar hace como un año.

La cosa es que han pasado casi siete desde que Mamá murió en el incendio. No soy un genio de las mates, pero hasta yo sé que las cuentas no cuadran. @MisCasasVacías encontró la máscara unos seis años después de que me dijeran que nuestra casa y todo lo que había dentro había quedado reducido a cenizas.

La publicación se titula Casa Conejo.

Así no es como Mamá y yo la llamábamos.

Para nosotras era Sunnyside.

Era nuestro hogar.

Tres

Me alegro de que esta mañana me toque pasear a Buddy, uno de mis clientes caninos favoritos. Sus jadeos entusiastas y su colita de pompón de caniche hacen que el paseo de las seis y media de la mañana resulte hasta divertido. A mi falta de sueño también le favorecen las diez libras que me voy a embolsar. Cada libra que gano me acerca más a esos planes que he tramado en un cuaderno dedicado las exploraciones de mi año sabático. Imaginarme el sol Mediterráneo suaviza el intenso frío británico.

Me gusta esta hora del día, cuando las tiendas están cerradas, hay poca gente y parece que los edificios pudieran hablarme. Algunos, con sus ventanas pequeñas y fachadas medievales en blanco y negro, son reconfortantemente antiguos, duraderos, seguros. Otros, en cambio, los de fachada vacía y vastos paneles de cristal sin vida, tienden a ignorar lo que pudiera decirles.

No sé qué quiero decir esta mañana.

Anoche, las palabras «conejo», «Sunnyside», «fuego» y «¿pero qué demonios...?» irrumpieron y se abrieron paso en mi cabeza con tanta fuerza como cualquiera de los éxitos más irritantes y pegadizos de Taylor Swift. Mientras camino, ahí siguen. Se resbalan y retuercen desde mi cabeza hasta mi columna haciendo que mi cuerpo esté plagado de interrogantes.

—¿Todo bien, Iris? —Como de costumbre, el señor West ya está esperando en el primer escalón de la entrada, apoyado en su bastón, cuando Buddy y yo dirigimos al camino de entrada—. Pareces un poco malhumorada.

—Voy mal de tiempo. —Me encojo de hombros y le doy la correa—. Es el cumpleaños de Tala.

—Será mejor que sigas tu marcha, entonces —responde y acaricia las orejas de Buddy con sus dedos artríticos.

Me apresuro a regresar a casa, donde he dejado un ramo de flores de papel hechas a mano para mi mejor amiga.

—¡Feliz cumpleaños! —canto un cuarto de hora después, cuando Tala abre la puerta de su casa.

No le queda otra que agarrar el ramillete que le pongo en la cara con demasiado entusiasmo. A pesar de las horas que he pasado siguiendo los tutoriales de YouTube, parecen más hierbajos marchitos que Gran Bretaña en Flor[1].

—Ehhh… ¿gracias?

Me hace pasar al interior mientras le digo que quiiiiiizaaaaaa me haya venido un poco arriba al intentar hacer un ramo de dieciocho rosas como guiño a la tradicional puesta de largo de Filipinas que su madre quería organizar para celebrar que su única hija había llegado a la mayoría de edad. Tala, normalmente complaciente, se negó.

—Sé que dijiste que preferirías clavarte dieciocho espinas en los ojos antes que tener a dieciocho chicos ofreciéndote dieciocho rosas a cambio de un estúpido baile, pero pensé que, una versión en papel hecha por mí sería algo bonito. —No importa cuantas veces fracase estrepitosamente haciendo manualidades, siempre que me pongo a hacerlas, pienso que *por fin* mostraré algo del talento artístico de Mamá—. En vista del resultado, ¡seguro que te alegras de que no haya llegado a dieciocho!

Tala levanta los tres intentos de flor y, por un momento, parece como si fuera a olerlas, a llenar sus fosas nasales con el aroma de mi abundante uso del pegamento. En lugar de eso, observa más

1 N. del T.: Gran Bretaña en Flor, en inglés *Britain in Bloom*. Es la competición de horticultura más importante de Reino Unido.

de cerca uno de los pétalos y murmura las palabras «segundas», «oportunidades», «rehacer» y «mundo», impresas en una de las hojas que, antes de cortarlas y doblarlas, eran páginas de su libro favorito. «*Te daría el Sol*», susurra, y juro por Dios que ahora está cien por cien llorando.

Asiento con la cabeza y mi barbilla oscilante despeina la raya en el centro porque se abalanza sobre mí para abrazarme.

—A lo mejor llorarías por otro motivo si vieses cómo he destrozado el libro.

Los libros son sagrados para Tala, que se estremece si alguien se atreve siquiera a doblar una esquina para marcar por dónde va.

—Perdonada —dice contra mi clavícula—. De mis amigos, tú eres la mejor.

—¿Champorado, Iris? —me pregunta la madre de Tala desde la cocina. Cuando entramos desde el pasillo, veo que ya me ha preparado un cuenco de arroz glutinoso con chocolate y que me está sirviendo un vaso de zumo. Deja ambos sobre la mesa, junto al pequeño árbol plateado de Navidad que lleva en el centro desde octubre.

—Si el mes termina en «bre», aquí celebramos la Navidad —dijo Tita Celestina la primera vez que vine a su casa hace siete años y vio que me quedé boquiabierta al ver de las lucecitas parpadeando, los árboles adornados y los tres calcetines colgados sobre el fuego en la chimenea. Era septiembre.

Mi casa y la de Tala no pueden ser más distintas. La suya es un festival de lazos y espumillón multicolores y la nuestra es una paleta de grises y magnolia.

Fue Rosa quien sugirió que pospusiésemos las celebraciones. Papá y ella empezaron cerca del primer aniversario de la muerte de Mamá y, aunque solo llevaban un mes de relación, estaba claro que esperaban que pasásemos las fiestas juntos. Pero cada vez que alguien mencionaba teatrillos, árboles o regalos, papá se encogía.

—Podríamos posponerla —dijo—, hasta el día de San Esteban. Así Iris podrá honrar a su madre el día de su muerte.

—¿¡Qué!? —Noah, que con sus datos sobre agujeros negros, bestias y puentes ya se estaba convirtiendo rápidamente en Sabelotodo, no parecía conforme—. ¿No vamos a celebrar la Navidad el día de Navidad? ¿Qué vamos a hacer entonces?

Rosa le lanzó una mirada que sugería que tal vez podría pasar el día encontrando una pizca de empatía.

—No me importa —respondí—. Ya conmemoraré a Mamá el diecisiete.

Me metí un trozo de patata asada en la boca como si nada. La idea no surgió de la nada. De hecho, surgió durante una conversación con Tala, en la que cuando le conté que me quedaría con Papá el día del incendio, ella me preguntó qué recordaba de la última vez que había visto a mi madre.

La pregunta hizo que me diera un vuelco el corazón. Había mucho que recordar. Demasiadas cosas. Así que me centré en lo que más destacaba.

Recordaba el entusiasmo de Mamá, cómo entró corriendo en casa a por una caja de madera que luego me dio a través de la ventanilla del coche.

—Elige —me dijo con los brazos extendidos y sujetando en sus manos el comecocos de papel que me había hecho semanas atrás.

Escogí el «rosa».

Y el número «dos».

Ella levantó la solapa.

—«Serás fuerte». —Metió la mano dentro del coche y dejó caer el comecocos en la caja de madera sobre mi regazo antes de acariciarme la mano—. Te quiero, Iris. Esta distancia no es para siempre, pero nuestro amor sí, ¿vale?

Eso quería recordar. Ni el incendio ni nada nada **nada** más.

Así que fueron esas palabras y ese día los que elegí conmemorar.

Cada 17 de diciembre, Tala y yo vamos al refugio, donde encendemos velas y colgamos flores en tarros de conserva de un árbol. Comemos *bagels* con crema de queso porque eran los favoritos de mi madre y, a veces, un petirrojo gordito espera en el suelo para comerse las migas. Al día siguiente Rosa empieza a decorar.

—¡Siempre con las historias! —El dramatismo con el que Tita Celestina quita el libro de Tala de la mesa y me devuelve al presente—. ¡Siéntate, siéntate! —Señala la silla mientras recuerda a su hija la importancia de cumplir los dieciocho años en la cultura filipina—. Ya eres una mujer, Tala. —Lee la frase promocional de la contracubierta antes de soltar la novela en la isla de la cocina con un poco de desdén—. Tal vez signifique que vas a empezar tus propios romances en vez de leer sobre ellos. —Tita Celestina se alegra solo con pensarlo—. Como Iris y su novio KitKat.

—¿KitKat?

—¿KitKat?

—Es *Rollo*, mamá. —Tala le habla a Tita Celestina, pero me mira fijamente, esperando al pitido que hace la cafetera cuando su madre la enciende—. Salve a la Reina del Romance —dice arqueando una de sus cejas perfectamente depiladas. Si no fuese su cumpleaños, le preguntaría por qué siempre se achanta con las Caribellas si conmigo bien que usa el sarcasmo.

Las Caribellas, para que lo sepas, es como, en octavo curso, Tala y yo llamábamos (quizá infantilmente) a las chicas del colegio que se llamaban a sí mismas (quizá estúpidamente) las Bellas. Las mismas zorras que le pusieron a Tala el mote Redmond después de que nuestra profesora de física, la señora Parks, nos improvisara una charla de diez minutos sobre la sala más silenciosa del mundo, en la sede de Microsoft en Redmond, Washington.

—¿Me vas a contar lo que pasó anoche o qué?

Tala saca un jarrón decorado con renos de un armario y empieza a colocar las flores de papel. Sé lo que intenta: cree que haciéndose la ocupada no parece tan desesperada por saberlo y que, por lo tanto, yo estaré más dispuesta a contárselo todo.

El hombre-criatura asalta mi mente. En un parpadeo, escapo de pensar en lo que sea que estuviera a punto de sacarse del bolsillo.

—No hay nada que contar —respondo, intentando ir de digna, pero fracaso estrepitosamente porque, la cucharada del desayuno me quema el labio superior y acabo con gachas y babas por la barbilla.

—¡Menudo encanto! —Tala me limpia con una hoja de papel de cocina—. Ahora entiendo por qué Rollo se puso tan triste cuando te fuiste. Arruga el papel manchado y me mira como diciendo: «Venga, Iris, por favor».

—¡Pero si son la cumpleañera y la exploradora intrépida!

Justo a tiempo para salvarme del interrogatorio, Kristian, el padre de Tala, entra en la cocina igual que a cualquier otra estancia: como si pensara que todos los allí presentes son importantes. Al contrario que *mi* padre, que entra a cualquier estancia como si pensara que todos los allí presentes están al borde de la muerte.

—¡Iris, muchacha, hay que hacer algo con ese flequillo!

Sin detenerse siquiera a tomarse su café matutino, Kristian coge unas tijeras del cajón. Ventajas de que los padres de tu mejor amiga no solo sean supermajos sino también los mejores peluqueros del pueblo.

Tala coge su libro, yo mi móvil y ambas nos sentamos en silencio —leyendo, navegando— mientras Kristian tijeretea y me caen pelillos en la cara.

Me llega una notificación de Insta; @SuCasaEsMiCasa ha contestado al aviso que publiqué anoche.

> Chica estúpida. ¿Qué esperan esas idiotas yendo a esos bandos a solas?

Conozco a este capullo. Ha estado fanfarroneando en varias plataformas de urbex que está organizando una fiesta de Navidad épica. Esta mañana, el único cambio en el perfil de @MisCasasVacías ha sido ese comentario patéticamente machista. Todas las veces que lo he mirado, seguía igual. Y, sin embargo, mis dedos no pueden evitar refrescar a página y mis ojos no pueden evitar fijarse en la foto de la máscara de conejo apoyada sobre la pared pintada a mano.

«El año pasado».

«@MisCasasVacías estuvo ahí el año pasado».

Voy a la página de contacto y, en un escueto email, le pregunto a @MisCasasVacías si —aunque rompa el código de la urbex—, de forma excepcional, me pudiera compartir la ubicación. O al menos confirmar si queda cerca de Edglington, que era donde vivíamos Mamá y yo.

Se me revuelven las gachas en el estómago.

Quién iba a decir que la avena pudiera sentar tan mal.

Kristian retira los pelos de mi cara y los del suelo antes de meterse en el lavadero, donde Tita Celestina y él empiezan a doblar y a embolsar las batas que han lavado para llevarse a la peluquería.

—Tal —digo, mientras me levanto—. He encontrado esta...

Pero cuando levanta la cara y me mira, veo que está llorando. Y no de emoción y sentimiento como antes, sino como un torrente que enrojece sus ojos ambarinos.

—¿Que has encontrado? —pregunta mientras se limpia la nariz con la manga de su jersey de punto gris.

—No importa. —Me guardo el móvil en el bolsillo trasero—. Solo era un estúpido meme. —Señalo con la cabeza el libro cerrado—. ¿Se ha muerto alguien o qué?

Pone la palma de su mano encima y aparta la novela.

—No se ha muerto nadie. —Su llanto pasa a lloriqueo—. Han empezado una relación, se han enamorado, se han acostado, han roto y han vuelto. La misma historia de siempre.

—¿Está tu madre tramando algo, Tal? —Le aparto el pelo de su cara humedecida—. Ahora que tienes dieciocho años, ¿ha llegado el momento de que encuentres el amoooor verdadero? —digo en tono burlón.

Ella sacude la cabeza.

—Entonces, ¿qué te pone tan triste?

—No lo entenderías.

—¿No lo entendería? ¿Por qué?

Murmura indescifrable entre el ruido de la vajilla.

—¿Qué has dicho?

—He dicho «solo tienes una emoción». —La forma en que lo dice me lo deja bien claro—. Lo siento —se ablanda.

Se hunde mientras la sigo hasta el pasillo.

—¿Solo una emoción? —Curvo los labios hacia abajo fingiendo pena—. Un poco duro.

—¿Tú crees? Da igual lo que te pase: ya suspendas un examen, rompas una relación, o las Caribellas hagan un comentario estúpido. Da igual, eres tan... no sé... estoica. —Me pasa mi plumón morado, a juego con el suyo—. La vida debe ser muchísimo menos estresante cuando puedes hacer frente a todo lo que te echen.

~~La acidez revuelve y quema en mi estómago.~~

Me encojo de hombros, me pongo el abrigo, le doy un beso a Tala en la mejilla y sonrío.

Cuatro

Estoy en la última clase antes de comer y la combinación de trasnochar, madrugar y una sofocante clase de lengua me hace flaquear. Ni siquiera el entusiasmo de nuestro friki favorito de las palabras, el señor Spence, es suficiente para captar mi atención. Sin embargo, abro los ojos como platos cuando, una chica que reconozco vagamente como la delegada de undécimo curso, entra en clase y anuncia en tono dramático que hay una emergencia administrativa en la sala de profesores.

—Parece que hoy acabamos antes. —El señor Spence parece realmente apenado por terminar el debate sobre el lenguaje como indicador de la identidad social y personal antes de hora—. Sentíos libres de proseguir con el debate hasta que suene el timbre. —Se recoloca las gafas de pasta negras y se despide con un gesto optimista de cabeza antes de salir.

—Y no os olvidéis de repasar —grita por encima del ruido que se produjo en el nanosegundo que tardó en asomar la cabeza de nuevo por la puerta—. Puede parecer que queda mucho hasta enero, pero ya casi estamos en diciembre y creedme, chicos, con todas las prácticas de examen que vais a tener el mes que viene, se os va a pasar el mes volando.

Sus ojos se posan en mí y sus cejas se arquean como si dijese: «sí, tú, Iris». Me recuerda a las charlas motivacionales que le gusta darme con frases como «tienes que aplicarte», «concéntrate un poco más» o «piensa qué estudios universitarios te llevarán a la profesión que quieres».

¿La profesión que quiero? Lo único que quiero es elegir a qué caserón abandonado ir primero en cuanto termine el instituto.

Se oye un quejido grupal cuando el señor Spence se marcha por segunda y última vez y la clase empieza a asimilar unas vacaciones de Navidad sin mucho ho-ho-ho.

—En fin. —Me encojo de hombros y me vuelvo hacia Tala, que sé que estará organizando un horario de estudio en su agenda y solo parará para decirme que la cosa se pone seria y que necesito dejar de improvisar y empezar a prepararme.

Lo extraño es que no es así. A lo del horario, me refiero. Ni siquiera ha sacado la agenda de la mochila. Tiene la mirada clavada en Dougie, que se abre paso entre los pupitres y reparte folletos sobre un certamen de poesía que ha organizado en el pueblo con algunos de sus pomposos amigos. Apuesto a que no es solo su camisa hawaiana lo que ha captado la atención de Tala. La de hoy es rosa flamenco. Al menos ese es el color que predomina, que por cierto, va a conjunto con su cara sospechosamente sonrojada cuando desliza junto a Tala.

—Hola. —Dougie esboza una sonrisa carismática—. ¿Te acuerdas del concurso de poesía del que hablamos? —Se aparta los rizos, largos hasta sus hombros, tras las orejas y le ofrece un folleto. Tala coge el papel satinado—. Deberías venir. Voy a inscribirme, ya sabes… —Se toca el pecho con el dedo índice derecho antes de juntarlo con la otra palma dos veces y usarlo para señalar a Tala.

El pelo negro de mi amiga cae en largas cortinas cuando agacha la cabeza y se queda leyendo la información del folleto más tiempo del necesario.

Decido darles un poco de intimidad. Pero no intimidad de verdad, eso sería una locura. Más bien, con la oreja puesta, abro el correo en el móvil, y compruebo repetidamente la bandeja de entrada y la carpeta de *spam*. Nada. Podría preguntarle a Papá sobre

Sunnyside cuando llegue a casa. Debe de haber una explicación lógica. Hombre, es el Riguroso; *siempre* hay una explicación lógica.

Con Mamá las cosas eran diferentes. Eran desenfrenadas, coloridas y vivas. Lo sé porque lo pone en mi cuaderno, el que Tala me dio para que los tuviéramos iguales. Teníamos once años, no hacía mucho que éramos amigas, pero aun así, se atrevió a leerme un poema que había escrito sobre su gato.

—Es Tancred. —Me enseñó la foto de un gato atigrado y rollizo—. Lo atropellaron —me contó—. Pero quería recordar otras cosas de él, cosas mejores que el accidente.

Así que Tala escribió sobre Tancred entrando por la gatera haciendo un ruido que más que un maullido parecía una persona moribunda diciendo «hola».

Unos días después, cuando estábamos en clase de francés, supuestamente aprendiendo los días de la semana —yo estaba atascada en *mardi*—, Tala me pasó algo por debajo de mi pupitre. Era un cuaderno. «Para recordar las cosas buenas», había escrito por dentro.

Entendí por qué quería que lo llenase de recuerdos felices de Mamá: para que conservase eso en lugar del incendio.

Esa visión color rosa de la vida encajaba con el plan de Papá. Porque, siete meses después de que mamá falleciera, cuando estábamos a punto de mudarnos de nuestro pueblo a otro nuevo, me enseñó las fotos de inmobiliaria de nuestra nueva casa, sin muebles ni tristeza. Dijo que seríamos felices allí y que todo iría bien.

—El concurso es el martes que viene. Tú también puedes venir, si quieres.

Dougie me mira, aunque por el tono deja claro que solo iría como mera acompañante de Tala.

Normalmente le daría codazos y rodillazos a Tala en plan «ve, chica, está claro que no le interesa solo la poesía», pero el número de mensajes sin leer de mi móvil acaba de aumentar en uno.

«Mierda».

—La primera noche es para practicar de cara a otra cita más importante a finales de mes.

La voz de Dougie se apaga.

@MisCasasVacías ha respondido.

> Hola @DoralaUrbexploradora, ¡bonito perfil!
> A ver... La Casa Conejo. Estuve allí el año pasado. Un sitio GENIAL. Todas las habitaciones estaban casi intactas menos una. Ya sabes, como si la gente que vivía allí simplemente acabara de salir a pillar unos Cheetos o algo.
> Parece que hubo un incendio en la cocina. Nada importante. Es un bando seguro. Estructuralmente firme.
> Encontré la máscara en el cajón de una mesilla de noche. La devolví a su sitio (¡¡obviamente!!).
> Regla número 1: Toma solo fotos, no dejes nada más que huellas.
> Regla número 2: No reveles ninguna ubicación.
> Pero sí que puedo confirmarte lo de Edglington 1

Lo fue un vuelco en el corazón se convirtió en un ardor sofocante y un clamor en mi cabeza.

—¿Iris? —Tala agita el folleto de Dougie delante de mi cara—. ¿Estás bien?

—Síp. —Cojo el folleto, me quedo mirando el boceto de una boca y un micrófono en un intento sacar de mi mente aquellas palabras escritas «hubo un incendio en la cocina. Nada grave»—. Sí —reitero, porque lo de «síp» suena demasiado seco, demasiado cortante o demasiado impropio de mí. Al fin y al cabo, ¿no ha dicho Tala esta mañana que soy estoica y que hago frente a lo que me echen?

Dougie todavía espera la respuesta de Tala cuando Evie Byrne, la reina de las Caribellas, ironiza diciendo que serían la pareja perfecta.

—A ver, *él* es sordo y Redmond, es prácticamente muda —se burla. Sus ojos se desvían hacia su compinche, Angeline, que obedientemente sonríe ante la pulla.

Tala lleva la mirada directa al suelo.

Dougie, sin embargo, se yergue y se encara a Evie.

—Aun con los audífonos apagados, tu patético *bullying* sería más que evidente.

—Dougie sí que sabe cómo responder a las Caribellas —digo en cuanto las víboras se marchan y Tala y yo nos dirigimos a la cafetería para comer—. Respuestas así de ingeniosas son las que hacen que las chicas se enamoren...

Tala frunce tanto el ceño que casi podría sujetar un boli entre ceja y ceja.

—No. —Está de pie frente al mostrador, echando un vistazo al menú, aunque nunca hayamos pedido otra cosa que una patata asada—. Ya te lo he dicho —añade mientras la cocinera sirve alubias—. No siento nada por Dougie. Además... —Inclina la cabeza y baja la voz—. Sigo sin estar segura de, ya sabes, el...—dice lo último sin sonido— «sexo».

—Te voy a decir yo qué pensar del sexo —respondo ya sentadas en una mesa y bebiendo unas latas deliciosamente frías de Coca-Cola.

Ella mira alrededor, como asegurando que nadie nos está oyendo.

—*Ahora* no, Iris, *aquí* no.

Pero no puedo evitarlo.

—No digo que sea una experta, pero Rollo y yo le hemos cogido la práctica a...

—Ya, hablando de Rollo...

Pongo los ojos en blanco ante mi error de principiante.

—De esta no me escapo.

—De su habitación bien que te escapaste, por lo que me ha dicho.

Juego con el queso rallado.

—Me dijo que quiere venir conmigo. *¡En mi año sabático!*

—¿Y?

—Que es demasiado, Tala. Demasiado pronto. ¿Para qué demonios quiere ir a explorar caserones abandonados si ni siquiera le interesa la urbex?

Se encoge con sarcasmo.

—No sé, quizá porque *tú* le gustas.

—Ya, y lo siguiente que querrá es hacerlo oficial en Instagram.

Me estremezco solo de pensarlo. La sensación empeora cuando mi mente asocia Instagram con @MisCasasVacías y a la Casa Conejo.

—Tal —digo, metiendo la mano en la mochila para sacar el móvil y enseñarle lo que he descubierto, pero Dougie se desliza junto a ella con algo que no es una patata asada, sino algo inidentificable. Guardo el móvil y mis secretos para luego.

—Tiene una pinta asquerosa —dice Tala y casi me atraganto con la Coca-Cola. ¿Desde cuándo entabla una conversación?—. Tal vez deberías escribirle un poema. —Dougie clava el tenedor en el revoltijo que parece una vieja esponja de fregar—. Dijiste que te aburrían los poemas de amor.

¿Cuándo ha dicho eso Tala? A ver, que no soy su cuidadora ni nada por el estilo, pero por lo general conozco casi todas las palabras que salen de su boca.

O por lo menos eso pensaba.

—Preferiría escribírselo y a comérmelo. —Pone una mueca cuando Dougie muerde lo que podría ser (o no) una tortilla—. Aunque no estoy seguro de querer esta porquería como musa.

—Os dejo con lo vuestro. —Me pongo de pie—. La biblioteca me llama. —Tala me mira como si acabase de anunciar que me voy a Marte—. Tengo que entregar lo de geografía después de comer y ni siquiera he empezado. —Sacude la cabeza—. La tarta de cumpleaños luego en el refugio, ¿no?

—Claro. —Tala asiente—. Si quieres te paso a buscar.

—Guay. ¿Recuerdas lo que te ha dicho tu madre esta mañana? —La miro abriendo bien los ojos y señalando a Dougie con la cabeza—. Ahora ya eres una mujer, ¿eh?

Ella se esconde tras su cortina de pelo.
—Nos vemos a las cinco.

Cinco

Cuando mi profesora de geografía, la señora Doughty, vio la media página que había escrito en mi hora de biblioteca, me echó un sermón sobre mi falta de disciplina a la hora de entregar las tareas. Su voz sonó tan fuerte que incluso la clase —hasta entonces muy charlatana— se quedó completamente callada.

—Por mucho que admire que explores nuestros paisajes locales, Iris, temo que esta pasión extracurricular tuya se está convirtiendo en una distracción. —Siendo justos, no se equivocaba. Solo que hoy no eran las imágenes de la planta siderúrgica Lucchini en Italia o de la fábrica de papel Stora Enso en Francia las que me taladraban la mente, sino un lugar mucho más cercano a casa. Sigue ahí, tan doloroso como la punzada de aire frío en mis pulmones del camino de vuelta.

Cuando entro a mi habitación, el ambiente está cargado con el calor sofocante de los radiadores que Sabelotodo enciende a tope cuando no hay nadie más en casa. Estará estudiando o encorvado sobre la mesa gigantesca donde tiene todos esos edificios de Lego que le tanto se esfuerza en montar. Horas y horas de separar, observar y encajar pequeños bloques de plástico hasta construir iglesias, casas y tiendas. Todo ese esfuerzo para crear otro mundo cuando rara vez sale de casa para explorar el de verdad.

Voy directa al termostato al pie de las escaleras y lo bajo antes de abrir mi ventana, porque si no el aire está demasiado cargado del balsámico olor dulzón de la lavanda. Al igual que las paredes claras, el arte abstracto y los cojines perfectamente mullidos, el ambientador eléctrico de Rosa es otro elemento clave en su preservación de la calma.

Sunnyside era una jungla arcoíris con moquetas deshilachadas y pintarrajeadas. Nuestros dibujos estaban pegados con Blu-Tack a las paredes.

Creía que había desaparecido para siempre.

Papá me *dijo* que Sunnyside ya no estaba. Me dijo que hubo un incendio y que Mamá había muerto. Más tarde, cuando le pregunté si podíamos ir a la casa a recoger más de mis cosas, sus brazos, que me rodeaban, pasaron de estar curvos y flexibles a rectos y tensos. Como esas pulseras rígidas que nos poníamos en el patio del colegio, que de un golpe se enroscan a tu muñeca, pero al revés.

No fuimos.

Papá y yo nunca volvimos a Sunnyside.

¡Puf!

Y así desapareció.

Y sin embargo.

@MisCasasVacías estuvo en allí hace un año y le fotografió una máscara casera contra una pared pintada a mano. Ninguna parecía haber sido tocada por el fuego.

Cuando agarro la camiseta usada de ayer de la mesita, donde aterrizó cuando me la quité anoche, veo que el reloj marca las cuatro de la tarde.

Tiempo de sobra.

Tirada en la moqueta, me imagino la cara de Rosa si viera la multitud de lo que yo llamo «objetos varios» que hay bajo mi cama. Me organizo de forma distinta a ella, eso es todo. No es que no sepa dónde están las cosas. Ya ves, justo entre la caja con las cenizas de Mamá y la cesta de *merchandising* de *Dora la exploradora*, que me dio por coleccionar a lo loco cuando se me ocurrió el nombre de mi cuenta de Instagram, se encuentra la Caja de Cosas de Mamá. La saco y la dejo sobre la cama.

Uno a uno, voy sacando lo siguiente:
Una llave plateada.
Un adorno de Navidad con forma de ángel.
Un álbum con solo cuatro fotos.

1. Mamá y yo en el jardín cuando yo era un bebé. Mamá está sentada en el columpio y me sujeta en brazos. Su sonrisa es tan grande como el cielo.
2. Mamá con su propia madre cuando era niña, sentadas sobre el escalón de piedra de la antigua casa en la que ella y yo vivimos después: Sunnyside.
3. Mamá y yo en la playa junto a un castillo de arena medio derruido por el mar.
4. La Mamá-loba y la extraña-Conejo con sus hijas. Por detrás hay una nota escrita con rotulador: *S, me encanta tanto esta foto que hice una copia para las dos. Besos, B.*

Sostengo la foto junto a la que publicó @MisCasasVacías y que guardé en mi teléfono.

«¿B?».

¿Quién será?

¿Qué sabe de Sunnyside?

¿Y de la máscara de conejo?

¿Y de Mamá?

En la foto, las máscaras ocultan la mitad superior de sus rostros, pero el amor que B y Mamá sienten la una por la otra brilla en sus ojos y se refleja en sus sonrisas.

El último objeto de la caja es el comecocos que me hizo. Apenas lo toco hoy día. Tras usarlo mucho cuando era más joven, los pliegues se desgastaron, así que hice copias por si de tanto abrirlo y cerrarlo, el original se rompía o se rasgaba.

Aunque sí que lo miro. Todas las semanas, normalmente los domingos por la noche, cuando saco la Caja de Cosas de Mamá.

Cada uno de los objetos en su interior es como una concha en una playa que preserva el sonido del mar. La oigo, la veo, la huelo y sé que me quería. Que ella —incluso ahora— me hace fuerte.

Lo vuelvo a colocar todo dentro con cuidado y lo deslizo bajo la cama. Luego salgo de mi cuarto y voy al reciclaje, donde rebusco en el cartón una caja de zapatos que he visto tirar a Sabelotodo después de probarse las zapatillas Adidas que Rosa le compró para no ir demasiado formal a la entrevista universitaria.

—¡Qué coño...! —oigo gritar a alguien en la cocina.

Sabelotodo está intentando ahuyentar a un gato intruso de la encimera con el palo de una escoba.

Lo vuelve a empujar.

El animal responde con un siseo y enseñándole los dientes.

—Sabes que no podemos dejar la puerta de la coladuría abierta.

Sabelotodo tiene razón, por supuesto. Después de que el gato callejero se colara por tercera vez en casa con el único propósito de sembrar el caos felino, mi padre se hartó y su regla de «nada de mascotas» quedó aún más grabada en piedra.

—¡La planta de mamá! —Sabelotodo está prácticamente chillando mientras su némesis da zarpazos a la preciada maceta de Rosa.

Desde que Papá y ella se mudaran juntos apenas unos pocos meses después de que él y yo nos marchásemos de Edglington, la incapacidad de mi madrastra de mantener con vida nada verde se ha convertido en una broma recurrente. Bueno, hasta este año. Su única yuca sana ocupa un lugar privilegiado en la ventana de la cocina.

—¡Se la va a comer! —Por la mueca de Sabelotodo, dirías que estamos viendo ese espantoso momento del documental de Attenborough en el que varias serpientes persiguen a una iguana.

Levanto al gato de la encimera y lo arrojo a la calle.

—Eso —digo señalando sus dedos, que ha convertido en persianas para sus ojos porque no era capaz ni de mirar— es por lo que tienes que salir más. ¿Cómo coño vas a sobrevivir en la universidad si ni siquiera eres capaz de echar a un gato?

Sabelotodo inclina la cabeza hacia atrás con una mueca de asco.

—Vaya, tan como siempre.

—No veo qué tiene de malo usar la palabra «coño» —digo—. La hemos hecho nuestra, ¿no lo sabías?

Mi hermanastro no parece muy convencido, pero lo hemos hablado en el insti. Cómo palabras que antes chocaban pueden evolucionar y, dichas en la compañía adecuada pueden usarse con comodidad. Cómo el tiempo y el contexto las vuelven aceptables.

—Si salieras un poquito más, tu vasto conocimiento contendría esos cachitos de la vida *real.*

Regreso a mi cuarto, dejo la caja de zapatos sobre el escritorio y saco unas tijeras, papel y rotuladores.

Me pregunto si las lágrimas de Tala de esta mañana fueron tanto por el detalle de las flores, sino porque le horrorizara su aspecto. Vamos con un segundo intento. Una segunda oportunidad de demostrarle a mi amiga lo maravillosa que me parece.

El reloj me dice que solo tengo cuarenta minutos antes de que Tala llegue para llevarme al refugio.

Por poco sorprendente que parezca, fue Sabelotodo el que me dijo que el refugio era un refugio. Hace unos años, durante uno de nuestros mejores momentos, me preguntó a dónde iba y, por una vez, me pareció oportuno darle una respuesta.

—Aquí —le dije, enseñándole la foto que había tomado la semana anterior. Era primavera y en la foto aparecía Tala en un columpio bajo un árbol en flor.

—Es un refugio —repuso Sabelotodo con su habitual tono de tienes-que-ser-tonto-para-no-saberlo—. Un albergue básico, para jardineros o trabajadores de una finca. A menudo se dejan abiertos para los transeúntes o...

—¿Alguna vez *no* eres tan aburrido? —Lo admito, fue un tanto cruel, pero intenta vivir con él, verás. Papá y Rosa pensaron que tener la misma edad sería una bendición, pero lo cierto es que el hecho de que solo nos llevemos dos meses siempre ha hecho que la pedantería de Sabelotodo sea muchísimo más irritante.

Con el regalo de Tala terminado, entro en la cocina para coger provisiones para una fiesta discreta y me encuentro a Sabelotodo, a Papá y a Rosa disfrutando de un acogedor té para tres. Papá me hace las típicas preguntas que ha encontrado en internet para ver a dónde voy y con quién.

—Quiénes —aclara Sabelotodo, y tal vez me esté imaginando cosas, pero me da la sensación de que todos inspiran, como si yo no fuera la única que se está mordiendo la lengua.

—Al refugio. Con Tala.

Puede que sea un bando, pero como vino a verlo con sus propios ojos hace unos años, le da un poco igual que vaya allí. Aunque cuando me ve coger una caja de cerillas del cajón de los trastos, se pone más pálido que el tono más blanco de la paleta de muestras que tanto angustiaba a Rosa cuando decoraron el pasillo.

—Para la tarta de cumpleaños de Tala. —Agito la vela que también he cogido.

No parece muy convencido.

—Por Dios, papá. No hace falta que me envuelvas entre guantes de seda, que tengo diecisiet…

—Algodones —interrumpe Sabelotodo.

—¿Qué?

—Envolverte entre algodones. O manejarte con guantes de seda. —¿Podía ser más creído mi hermanastro?—. Estabas mezclando las expresiones.

—No me jod…

—¡Iris! —Como era de esperar, a Papá no le gustan las palabrotas—. No te envuelvo en nada. Me preocupo por tu futuro. Esos sitios a los que vas… es allanamiento. ¿Y si te arrestan?

—Es poco probable, Matt.

Papá se gira hacia Sabelotodo, que le da un golpecito con el dedo a uno de sus mejores libros de derecho, que, como es habitual, ocupa demasiado espacio en la mesa.

—El allanamiento no es un delito. —Sabelotodo le pega un mordisco a una manzana antes de dignarse a explicarse mejor.

(Muy buen uso de «dignarse», Iris)—. No pueden arrestarte por allanamiento. Y el allanamiento por sí solo tampoco contaría como antecedente penal. Iris solo tendría problemas si empezara a mangar cosas de los lugares que visita, porque sería hurto. —Da otro mordisco. ¿Cómo puede ser *tan* engreída la forma de comerse una manzana?—. Dicho esto, todos sabemos lo desesperada que está por conseguir dinero para su año sabático. A lo mejor el hurto sí entra en sus planes...

—Que *ellos* —miro a Papá y a Rosa con desdén— estén dispuestos a regar con miles de libras tu matrícula de la universidad, pero se nieguen a financiar mi experiencia de aprendizaje alternativo, véase viajar, no significa que vaya a recurrir a la delincuencia. ¿Por qué crees que siempre estoy paseando perros con un frío que pela?

Se encoge de hombros.

—Se le llama tener espíritu emprendedor, fracasada.

—Está por encima de tu espíritu de mimado.

—¡Ya está bien! —Rosa levanta las manos en el aire, que es lo más cerca que ha estado de perder la compostura—. ¿Es que no podéis estar ni dos segundos sin pelear?

Sé que ella solo quiere paz y tranquilidad, pero no pienso dejarlo pasar.

—¿Por qué estás tan obsesionado con que siempre consigo lo que quiero? —estallo—. Que tenga que pasear perros para ganar dinero no es lo único que desmiente tu estúpida teoría. Que no tenga mi propio perro es una prueba más que evidente de que no siempre consigo lo que quiero.

—Un perro es una gran responsabilidad, cielo. —Entra en escena Papá Riguroso. Ya estamos otra vez. He oído la misma cantinela un millón de veces.

Me llega un respiro cuando Tala llama al timbre y tengo una excusa para marcharme.

Papá me sigue hasta el porche, saluda con la mano a Tala, que grita «hola» mientras gesticula para hacerle ver el frío que tiene antes de volver corriendo al calor de su coche.

—¿Iris? —me llama mi Papá—. ¿No quieres preguntarme nada antes de irte?

Aprieto la caja de zapatos con tanta fuerza que parece que los huesos de los nudillos vayan a atravesarme la piel.

¿Es capaz de notar mis dudas sobre Sunnyside vibrar entre nosotros?

¿Puede o quiere darles respuesta?

Una noche, semanas después de que mamá muriera, lo oí llorar por teléfono, diciéndole a quienquiera que estuviese al otro lado que no sabía qué hacer con todas mis preguntas. Toda mi tristeza.

—No lo soporto. —Su voz era como el mar durante una tormenta. Húmeda, gris e impredecible—. No soporto ver a Iris tan triste. Quiere saber cosas... pero no soy capaz de... yo no... ¿cómo podría? —Se vino abajo—. Me está rompiendo el puto corazón.

Entonces tenía diez años. Las únicas partes del cuerpo que debería estar rompiendo eran el brazo estampándome con la bici o un tobillo al saltar en una cama elástica. Al menos serían partes de mi cuerpo y se habrían roto por pasarlo demasiado bien.

No quería romperle el corazón a Papá; bueno, su «puto» corazón. Estaba tan afectado por todo lo que había ocurrido que no solo parecía afligido, sino también cabreado.

En fin, comenzamos una nueva vida en otro pueblo y nos compramos otra casa, donde enseguida empezamos a vivir con la nueva novia de papá y mi nuevo hermanastro. Y ahora todo huele a lavanda y, a pesar de las rencillas, todos tratamos de llevarnos lo mejor posible.

Hace tantos años, se empeñó en que mi vida fuera muy segura. Y predecible. Ambos comprendimos entonces que nunca hablaríamos de Sunnyside. Ni de mamá.

Y aun así...

—¿No quieres preguntarme nada, Iris? —repite.

Me giro hacia Papá.

—Tu toque de queda —dice, dándose unos toquecitos en el reloj—. Quedamos en revisarlo. ¿No quieres saber a qué hora quiero que vuelvas a casa?

Por supuesto.

La pregunta, la que realmente quería una respuesta, se me escapa de la lengua y cae al suelo mientras corro hacia el coche.

Seis

Pensarías, a juzgar por las veces que hemos ido al refugio —casi una a la semana desde que lo descubrimos a los trece años, en nuestro primer paseo en bici sin supervisión—, que Tala y yo conoceríamos cada árbol y cada piedra como la palma de nuestra mano, pero siempre que venimos hay algo distinto. Esta noche es el roble con el columpio. Bajo la luz de las linternas, sus ramas parecen estar cargadas con cientos de sombras en vez de hojas.

Dentro, dejamos las linternas de pie, proyectando líneas amarillas de luz que suben por las paredes de piedra hasta el techo bajo de paneles de madera, donde delicadas telas de araña se llenan de asquerosas nubes de polvo acumulado y moscas muertas.

Tala ya está dando vueltas a los números del candado que cierra la antigua maleta de Tita Celestina, donde guardamos todas nuestras provisiones para el refugio. Iba a tirarla a la basura el verano pasado, tras su visita anual a Filipinas, cuando se dio cuenta de que noventa y un litros de capacidad no eran suficientes para el pasalubong que tenía que llevarle a su familia y todo el pescado seco que quería traerse a casa.

—El pasalubong —me explicó Tala— no es moco de pavo. Todos los que vuelven a Filipinas lo hacen armados con chocolate, ropa, juguetes, perfumes... Mi familia se vuelve loca con todo lo extranjero. Y a Mama le encanta llevarles todo lo que puede.

—¡Más y más! —Kristian ponía los ojos en blanco al ver los tesoros británicos que Tita Celestina ya empezaba a acumular sobre la mesa del comedor varios meses antes de su viaje.

La maleta rechazada era lo bastante grande para resguardar nuestros básicos —mantas, revistas, barritas de cereales, gel hidroalcohólico, linternas, una libreta y bolígrafos— del frío, la humedad y las alimañas que corretean por el refugio cuando no estamos.

Tala coge una cerilla y enciende cinco velitas dentro de unos tarros de mermelada, que coloca en el suelo en una línea perfecta.

Yo extiendo dos manteles gruesos de pícnic. En el centro coloco el *fish and chips* que compramos de camino, dos latas de Coca-Cola y un trozo de tarta de avena y frambuesa de nuestra cafetería favorita, The Vault, con una única vela sobre su superficie almendrada. Después de los Maltesers, es el capricho favorito de Tala.

Mi mejor amiga se sienta a mi lado y despliega una manta escocesa sobre nuestras rodillas.

—¡Feliz cumpleaños! —Dejo la caja de zapatos en su regazo.

—¿Más manualidades?

—¡Ey! No hace falta ese tono. Me dijiste que te gustaron las rosas.

—Me encantaron. —Usa la linterna de su móvil para leer la etiqueta que he pegado en el exterior de este segundo regalo—. ¿Mejores Momentos de Tala?

—Sí. ¿Qué significa tu nombre, Tala?

Me mira como si llevara orejas de burro en vez de un gorrito de lana, porque ya hemos hablado de esto. De cómo en tagalo, el idioma oficial de Filipinas, Tala significa «estrella brillante».

—¡*Ipso facto*, brillas!

Tala quita la tapa y saca los trozos de papel que he cortado antes con tanto mimo.

—¿Ganar un concurso de poesía cuando tenía catorce años? —Lee uno de los papelitos, riéndose de mi dibujo de un monigote que imita ser ella levantando un trofeo y una pluma. Pasa al siguiente—. ¿Aprobar el carné de conducir a la primera? —Y entonces el siguiente—. Hacer el pino durante treinta segundos seguidos.

—No he podido hacerte dieciocho rosas de papel, pero sí pensar en dieciocho momentos increíbles de tu vida. Evidentemente, tienes muchos más éxitos, pero me dolía la muñeca de dibujar tan mal.

—No dibujas *tan* mal. —Pero entonces ve el boceto que he hecho de ella regañando a aquel niño en el parque al que le pareció divertido arrancarle las patas a una araña. En la imagen, la araña parece un arándano aplastado y el niño, una patata—. Bueno, un poco sí —me da la razón. Pero está sonriendo. Sonríe *de verdad.*

—Cuando las Caribellas te hagan sentir pequeña, quiero que recuerdes cuánto te quiero. —Desenvuelvo el *fish and chips* mientras ella devuelve sus mejores momentos a la caja—. Podría haber escrito otros dieciocho, y otros más. De veras que eres increíble, Tal. —Sé lo que viene a continuación. Nuestro aprecio mutuo ha seguido el mismo patrón desde séptimo curso.

—No, *tú eres* increíble.

El poliéster morado de nuestros plumones idénticos hace que nuestro abrazo sea un poco resbaladizo, pero es la excusa perfecta para agarrarnos con más fuerza.

—Tú eres más increíble.

Más fuerte.

—Tú eres muchísimo más increíble.

Fuerte.

Se separa de mí, pincha su pequeño tenedor de madera en una patata y la moja a un lado de su plato, en el kétchup que ha estrujado del sobrecito.

—Sin ti solo soy una oración subordinada, Iris.

—¿Eh?

—Te necesito. Yo sola no tengo sentido.

—Es lo más romántico que me han dicho nunca.

Una polilla choca repetidamente contra el exterior de la ventana del refugio. Nunca entenderé por qué ponen en peligro sus frágiles alas por una luz claramente inalcanzable.

Tala corta un trocito de pescado rebozado y me lo mete en la boca.

—Lo digo en serio. Tú eres mi apoyo.

Unos minutos después, cuando nuestros estómagos están llenos, pero coincidimos en que nos queda hueco suficiente para la tarta y estoy a punto de encender su vela de cumpleaños, Tala tose. Dos veces. Apago la cerilla y pospongo lo de cantarle *Cumpleaños feliz*. Ya me conozco esa tos; es la que hace cuando se está preparando para decir algo.

—Iris —dice.

—¿Sííí?

—¿Deberíamos hablar de Rollo?

—¿Te refieres a KitKat?

Tala sacude la cabeza.

—Pobre Mama.

—De pobre nada, creo que tenía razón.

Tala parece totalmente confundida.

—¿Qué dice el anuncio que hay que hacer con un KitKat?

Se encoge de hombros.

—¡*Tómate un respiro*!

—Qué malo, Iris. —Señala la caja de cerillas como diciendo «anda, enciéndelas...».

Saco otra y estoy a punto de encenderla...

—¿Entonces os estáis dando un tiempo?

Lanzo la cerilla apagada por los aires con falsa exasperación.

Rollo y yo *no* nos estamos dando un tiempo. Estamos kaput. Se lo he dicho esta mañana y esta tarde otra vez, cuando me ha enviado otro mensaje preguntándome si podíamos hablar. Siempre pensé que la mayor ventaja de nuestra diferencia de edad era que Rollo era más maduro que otros chicos con los que he estado, pero hoy me he dado cuenta de lo mucho que agradezco que terminara el instituto hace un par de años, porque así al menos sus intentos de reconciliación se limitan al teléfono.

—Ya basta de preguntas, Tala. ¿Quieres que enciéndalo haga —señalo la vela— o qué?

—Qué. —Como si realmente pudiera elegir—. Tú eres la que siempre insiste en que tengo que ser más franca —replica cuando suelto un suspiro malhumorado.

—Tal y como nos recordó el señor Spence al principio del trimestre, a diferencia de la oración subordinada, la oración principal no es dependiente, está completa en sí misma. Contiene toda la información necesaria. Yo soy una oración principal, Tal. No quiero sonar borde, pero estoy bien sola. No necesito a Rollo.

—A veces pienso que tú tampoco me necesitas. —Sus ojos son como los de Buddy, el caniche, cuando le quito su pelota. Levanta el trozo de tarta de frambuesa y avena del plato, quita la vela que no hemos llegado a encender y le da un mordisco.

—¡Ey, avariciosa! —Se lo quito antes de que se lo zampe entero y Tala se ríe. Solo que no es su risa de siempre. La pizca de alegría que desprende es tan pequeña como el imperceptible golpecito de la cerilla al caer en la baldosa.

Navego por Spotify, buscando una canción en concreto.

—Es tu cumpleaños y sabes lo que eso significa...

Me mira como diciendo... «¿En serio? ¿Quieres que hagamos la conga? ¿Ahora?».

Pues sí.

—¡Es la tradición! —Una heredada de su padre alemán y su madre filipina, que descubrió la conga cuando se conocieron en una fiesta de Nochevieja de 1999, en Birmingham.

Pero cuando le doy a *play,* Tala no está de pie como de costumbre, sino que hunde la cara en sus manos y se echa a llorar.

—¿Sabes que es la tercera vez que lloras hoy?

—Lo siento. Es que todo esto... —Mete la mano en la caja de Mejores Momentos de Tala—. Quiero decir, es un gesto muy bonito, pero...

—¿Pero qué?

—Pero tú —dice. Coloca la tapa de la caja como si hubiera acabado.

—¿*Yo*?

—Tal y como dijo Mama, se supone que ahora soy una mujer, signifique lo que signifique. Pero, en serio, Iris, no bromeaba cuando he dicho que soy una oración subordinada. Ni siquiera me atrevo a levantar la mano en clase. Ambas sabemos que tú hablas casi siempre por mí.

Podría puntualizar que antes Tala ha estado muy habladora con Dougie, pero como es su cumpleaños, me muerdo la lengua.

—No me importa. —Me vuelvo a sentar a su lado y le doy un codazo en el costado—. Para eso están las mejores amigas.

—¿Y lo están en realidad? Porque no pareces necesitarme del mismo modo que yo a ti. Siempre estás tan entera. Tan decidida. Te lo digo en serio, Iris, te juro que serías capaz de empezar una conga aunque fueses la única persona en la habitación.

—¿Entera? ¿*Moi*? —Me llevo las manos al pecho y finjo incredulidad. A ver, probablemente tenga razón, pero tampoco le viene mal pensar que no soy tan capaz como parezco. Quién sabe, incluso podría ayudarle a cambiar de opinión—. Pues que sepas llevo hecha un lío desde el domingo.

Se yergue y me mira fijamente a los ojos.

—*Sabía* que había pasado algo más entre Rollo y tú.

—No es por eso. —Le paso mi móvil.

Tala contempla la foto de @MisCasasVacías mientras le hablo de las máscaras que Mamá hacía en su taller del ático. Un día era un búho y unas cuantas semanas después un lobo, un ciervo, un cisne…

—Es suya —le digo a la vez que amplío la foto en el conejo y le cuento que @MisCasasVacías me ha confirmado que hace un año tomó la foto en Sunnyside.

—Pero Sunnyside se…

—¿Quemó hasta los cimientos?

—Debe de haber algún error —me dice—. ¿Le has preguntado a tu padre, verdad?

Me encojo de hombros y arrugo el gesto como diciéndole «eh, no».

Y un segundo después:

—¿Vienes conmigo? ¿A Sunnyside? —Esto *no* formaba parte del plan. Ni siquiera había decidido ir. Y en caso de que *sí*, bueno, quitando el refugio, siempre prefiero ir a los bandos sola.

Sunnyside *no* es un bando.

¿No? ¿Entonces qué es?

Es mi hogar.

—¿Cuándo? —pregunta Tala, relamiéndose los brillantes trocitos de frambuesa de los dedos.

—Mañana. —Pronunciar esa palabra hace que la decisión esté tomada—. Sé que no te gusta faltar a clase, pero ¿qué te parece? —Barro el último trocito de almendra del plato con el pulgar y se lo ofrezco como soborno.

Tala no suele decir que no, pero por el modo en que se está mordiendo el labio, resistiéndose a mi ofrenda, sé que está indecisa.

—Es que... —No me mira, su atención se centra en el envoltorio de los *fish and chips* que está arrugando en una bola—. No quiero que lo malinterpretes y te pienses que estoy cumpliendo los deseos románticos de Mama, porque... como sigo diciendo, las cosas entre yo y Dougie no son así...

—Dougie y yo.

Lo sé, lo sé, esta pretenciosidad es más del estilo de Sabelotodo, pero la asignatura de lengua avanzada en la que me matriculé solo para tener una clase con Tala me ha hecho ser mucho más pedante con la gramática.

—Me ha preguntado si me apetece escribir poesía juntos mañana por la tarde.

«¿Escribir poesía juntos?». Vamos, ¿cómo es posible que eso no desemboque en largos besos junto al murmullo del arroyo o en susurrarse palabras de amor en un campo de maíz azotado por el viento?

—Esos concursos que está organizando en el pueblo suenan realmente interesantes...

Si tú lo dices, Tal.

—Es solo que he vuelto a escribir y... —Su voz se desvía mientras abre el calendario en su móvil—. Si es cualquier otro día, Iris, vendré. ¿Qué tal el sábado?

—Ya iremos viendo—¿Está mal sentirme aliviada porque no pueda venir?—. Era solo una idea. A lo mejor ni siquiera voy.

—¿No te importa?

—Claro que no. —Cualquier cosa que ayude a mi mejor amiga a superar su sequía sentimental me parece bien al cien por cien—. ¿Columpio? —propongo. Si no le apetece hacer la conga, lo mínimo que puede hacer es darme el gusto. Nosotras mismas lo construimos con madera y cuerda, y cuando Sabelotodo lo vio en la foto y dijo que era infantil, tuve la certeza de que no lo sabía todo, porque no hay nada más sabio que intentar tocar el cielo.

—¿A oscuras?

—¿Un ratito rápido? —Ya estoy de pie, poniéndome los guantes—. Yo empujo.

Fuera, la escarcha del césped descuidado cruje cuando la pisamos y sus puntas mojadas lamen largas líneas en mis vaqueros.

Tala está a punto de sentarse cuando algo se mueve en la base del árbol.

Nos detenemos de golpe cuando suena el canto agudo de un pájaro.

—Escucha.

—¿El petirrojo? —susurra Tala y yo me encojo de hombros. Porque aquí vive uno. Es una criatura de pies ligeros que, con sus suaves plumas rojas, durante el día revolotea, dulce y curiosa, por encima de las ramas e incluso se atreve a acercarse si hay alguna mínima posibilidad de encontrar comida.

Pero ¿no es un pelín tarde? ¿No está demasiado oscuro?

Rosa, en sus intentos por ser una con la naturaleza, ha estado leyendo sobre la fauna común del Reino Unido y nos dijo hace unas semanas que los petirrojos a menudo son los primeros en cantar por la mañana y los últimos por la noche.

—Se quedan en el mismo sitio todo el año y cantan para defender su territorio. —Por supuesto, Sabelotodo tuvo que intervenir.

—No solo su territorio, Noah. También cantan para defender a sus crías en los nidos.

Cuando Rosa dijo eso, pensé en una fiesta de pijamas que tuvimos Mamá y yo una noche en el salón. Infló globos de helio que volaron hasta el techo. Apilando sillas, sábanas y cojines construyó una cabaña en el suelo. Alguien llamó al timbre, pero en vez de ir a ver quién era, mi madre subió el volumen de Abba.

—¡Así se irán! —se rio y me levantó del sofá para que bailase con ella. Su magia era capaz de convertir Sunnyside en un refugio.

Iré.

Mañana.

Está decidido.

¿Qué daño puede hacer ir a un lugar tan seguro? ¿Tan hogareño?

Tala y yo somos ahora estatuas bajo el cielo infinito, iluminadas por el resplandor plateado de la luna.

El petirrojo, no obstante, sí se mueve. Con sus patas delgadas, revolotea y se posa sobre el asiento del columpio.

Sus trinos vibrantes son el único sonido del mundo.

Hasta que...

Un aleteo violento sobre nosotras.

Los cuerpos negros y robustos de los cuervos.

Aletean agresivamente contra las ramas y hacen que las pocas hojas que les quedan caigan a nuestro alrededor como un recordatorio de la naturaleza de que nada es permanente.

Todo acaba.

Hay una razón por la que el conjunto de estas criaturas se llama asesinato.

El petirrojo se ha ido.

Doy varias palmadas hasta que los cuervos se dispersan por el cielo bajo la luz de la luna como grafitis de plumas negras.

Siete

Puede que mis manos descubiertas se me estén helando, pasando del rojo frío al amarillo entumecido y sin sangre que se vuelven cuando hace muchísimo frío, pero mis mejillas se sonrojan cálidas y punzantes por el sol. Agarro el manillar con más fuerza y tomo las curvas con la confianza de saber adónde me llevarán. Desde el momento en que he bajado la bici del tren y apeado en el andén de Edglington, todo parece distinto a mis anteriores exploraciones. Normalmente van de descubrir algo nuevo. Esto no es nuevo.

Ni la parada de autobús deteriorada y con grafitis. Ni la señal institucional para ir al cercano Wrekin; ni la señal privada de tarta casera. Ni la punta del campanario de la iglesia que confundía con un cohete. Ni el buzón de correos, del mismo tono rojo que la sangre que me hice en la rodilla a los siete años. Ni la casita de paja en cuya ventana ladeada vi a una bruja. Ni el Centro de Ocio con globos o banderines para alguna fiesta. Ni la valla que salté, ni el prado por el que di volteretas, ni el tocón torcido a la orilla del río donde tiraba palos y piedras al agua. Conozco su rumor entre las rocas. También su olor: a barro, a musgo y a Marmite[2] en mis dedos cuando veníamos a hacer pícnic en verano y me remojaba los dedos de los pies.

2 Marmite es una pasta comestible para untar, elaborada con extracto de levadura.

Nada de esto es nuevo.

Ni las colinas, ni el bosque, ni la granja con el alboroto de las gallinas cacareando y las máquinas gigantes, la peste a estiércol, penetrante y reconfortante a la vez porque significa que casi estoy… ¿qué?

En casa.

El crujido de la grava cuando paso de la carretera a la entrada tampoco es nuevo. La astillada verja de madera chirriará cuando la abra. Y se quedará atrancada. Tendré que levantarla unos centímetros sobre las losetas, que están desniveladas por culpa de los cocodrilos que se mueven por debajo.

—Salta las grietas —diría Mamá.

Ahora lo dice con una voz tan adorable como el cantar de un pájaro.

—Toma, te cogeré de la mano.

Claro que no hay voz. Ni mano.

Mamá no está.

Aun así…

Soy capaz de notar el sabor a mostaza del humo de sus cigarros, cómo se mezclaba con su colonia, limpia, rosa y veraniega, incluso en invierno, cuando las nubes eran tan bajas que podíamos caminar dentro de su blancura.

Sin embargo, este mundo no-nuevo es verde.

«Sunnyside».

Paso el dedo por el surco redondo que hicimos en el letrero de la casa con una navaja una tarde de verano. Mis labios estaban pegajosos de limonada y frambuesas. Las hormigas que se subían por mis pies descalzos, eran tan negras como mis uñas, largas y costrosas de tierra. Mamá estaba sudando del esfuerzo, con el flequillo alborotado y el sol en sus ojos entrecerrados y pícaros mientras me decía que a su padre no le haría gracia ver lo que estábamos haciendo a su adorado cartel.

Para entonces ya estaba muerto, al igual que mi abuela.

—Pero siguen viviendo en la casa —dijo Mamá.

Hay más recuerdos en cada uno de estos rayos de sol que mamá y yo tallamos en este cartel de los que jamás podría escribir en un cuaderno.

Yo...

Ella...

Nosotras vivíamos aquí.

Nosotras *vivíamos* aquí.

En esta casa que me dijeron había ardido hasta los cimientos.

Tal vez no usaran esas palabras exactamente, pero sí que me hicieron creer que los ladrillos, la moqueta, la madera, las tuberías, los azulejos, las cortinas, los sofás, las camas, los platos, los cuadros de las paredes, la ropa de los armarios, los papeles en los cajones, los ositos de peluche en los pufs, las joyas de los joyeros, las máscaras en las mesillas de noche, todo en su totalidad ardió hasta quedar reducido a cenizas.

Pero sigue en pie.

Al menos por fuera.

Todo en su totalidad sigue igual.

Vibraciones en mi bolsillo.

Tala:
He intentado llamarte. Me sale el contestador. ¿Dónde estás?

Escríbeme

¿Iris?

Porfa

—Solo quería comprobar que estás bien —dice Tala en voz baja cuando la llamo. No noto la timidez que suele mostrar en clase. Hoy su tono es más alto. Más agudo. Sorprendido.

—Ya me conoces, Tal. Siempre estoica.

Sin embargo, al mirar el cartel, alguien debería recordárselo a mi corazón.

—Es Shreya, ya sabes, la chica de mi grupo de literatura.

—¿No se habrá unido a las Caribellas, verdad? Te juro que si esas zorras reclutan a alguien más para burl...

—No, Iris, no tiene nada que ver con ellas. Un tipo le ha hecho exhibicionismo.

—¿Le ha hecho exhibicionismo?

—Sí, cuando iba al instituto. Cerca del Bosque Good Hope.

El recuerdo de la risa gutural del hombre criatura hace que se me pongan los vellos de punta.

—Y no estás aquí y he empezado a asustarme, porque sé que paseas a los perros día y noche y ¿qué pasa si lo hace otr...?

—Estoy bien, Tal. —Inspiro aire limpio y frío—. Estoy en Sunnyside, Aquí no hay exhibicionistas. Estoy bien. Te lo prometo.

También tengo que prometerle contárselo todo hoy. «Hasta el último detalle», digo, preguntándome cómo voy a ser capaz de acordarme de todo cuando llegue a casa.

El timbre de la bici hace un patético ding cuando cuelgo y la apoyo tras los matorrales que bordean el muro. Camino hacia la entrada con la mano en el bolsillo y los dedos en torno a la llave de plata de la Caja de Cosas de Mamá. Como todo lo demás, la conservé por la nostalgia, no por utilidad. Jamás pensé que me permitiría entrar en ningún sitio.

Que me permitiría entrar aquí.

Mi aliento crea vaho en los paneles de cristal de la puerta al acercar mi cara.

Dentro, todo es igual pero distinto.

Hay cambios pequeños, pero evidentes.

La carpintería sigue siendo blanca, pero ya no se está desconchando.

Hay abrigos, bolsos y zapatos, pero están guardados y colgados de forma ordenada en estanterías y perchas en lugar de amontonados en el suelo.

Retrocedo y el vaho desaparece.

¿Qué más encajará o no con la imagen de «hogar» que tengo?

Mi mano con la llave y la cerradura demasiado brillante son como la hermanastra fea con el pie y el zapato de Cenicienta. Por mucho que empuje, gire y forcejee no encaja.

Algunos exploradores rompen ventanas o fuerzan las puertas, pero los edificios cerrados son como los secretos guardados, a veces es mejor dejarlos estar.

Podría comprobar otras ventanas, otras puertas.

Al fin y al cabo, @MisCasasVacías dio con una manera de entrar.

Me dirijo a la parte trasera del jardín, donde los adultos que venían de visita siempre decían qué tranquila era la vida en el campo, lejos del ruido de los coches y la gente hacinada en espacios demasiado pequeños del pueblo.

Tonterías.

Nunca fue tranquila.

¿Y los animales qué? Las criaturas terrestres del bosque que se escabullían por entre los matorrales. Y también los pájaros, centenares, e incluso miles, siempre piando, silbando, graznando. Incluso los árboles hacían ruido. «*Murmurios*», los llamaba Mamá. «Son como susurros» decía, «Es como sus hojas y ramas usan el viento para hablar».

El césped está bajo, más cuidado que cuando vivíamos aquí, cuando a veces crecía tanto que me hacía cosquillas en las pantorrillas. Por lo demás, el jardín sigue igual. Una gran extensión de césped con un invernadero en un extremo y un cobertizo al fondo.

El cobertizo. La madera carcomida y las ventanas que traqueteaban con la brisa. Las cajas polvorientas apiladas de forma precaria junto a la puerta.

Se me cae el corazón al estómago y el estómago a la pelvis. Lo que quiero decir es que todo se me hunde.

Si los recuerdos de la casa y el jardín son un rayo de sol, los del cobertizo son otra cosa.

~~Venga.~~

~~Mira.~~

No puedo.

Yo…

El comecocos: presente y predecible.

«Serás fuerte».

Deslizo mis dedos por debajo de los bolsillitos de papel y funciona. Me recuerda dónde estoy y qué soy.

En un bando normal, ya estaría preparando la foto. Pero este no es un bando normal. No está abandonado.

Sunnyside está cuidada, completa.

Alas alborotan los árboles, que alborotan las ramas, que alborotan el columpio.

El columpio.

Había noches en las que muy tarde o mañanas en las que muy temprano Mamá me sacaba de la cama, aún en pijama, y me empujaba para que pudiera llegar hasta las estrellas.

Ahora me siento con el comecocos en el regazo y empiezo a mecerme despacio.

El aire limpio y frío viene de frente.

Sus manos presionan mi espalda.

«Iris», murmura.

Sonríe.

Ríe.

Los cuervos graznan en el cielo.

Sin embargo, la puerta de un coche al cerrarse se oye más que el asesinato.

Las alas negras revolotean y se dispersan.

Con el corazón agitado ante la presencia de un desconocido, hago lo mismo.

Ocho

Pego un bote en el aire desde el columpio y corro a esconderme.

Puerta trasera: cerrada.

Ventanas: cerradas.

Invernadero: cerrado.

Solo está abierto el cobertizo.

No puedo.

«No hay otro sitio».

El cobertizo solía *ser* su olor. Huevos podridos y guantes húmedos. A veces también a café. ~~¿Café o algo más fuerte?~~ Eso es lo que más recuerdo de esta choza al fondo de nuestro jardín.

~~¿Eso es lo que más recuerdas? ¿En serio?~~

~~¿No la oscuridad de su parte trasera?~~

No, la luz de la entrada.

~~¿Ni los extraños gemidos?~~

No, sus dedos en las macetas.

~~No la espera a que...~~

...sembrara, podara y cortara. Sí, eso es lo que recuerdo. A Mamá cuidando las plantas. Las flores. La vida. Eso es lo que veo al apresurarme en la estancia desordenada, que huele a demasiado cerrado, pero no tanto a huevos podridos ni a guantes húmedos, como a sus fantasmas, trepando y moviéndose entre los travesaños, bajando hasta las diminutas pelotas de tierra ahora gris seco y en las que no debí reparar cuando barrí el suelo de bulbos desechados.

Sacudo el recuerdo de mi mente. Lo que importa no es el pasado, sino el presente.

Y ahí fuera, en este momento, hay una chica —¡una chica, uf!—, tal vez de mi edad, que se acerca por un lateral de la casa. La veo cuando estiro el cuello por encima de la estantería para mirar a través de las ventanas sur del cobertizo.

No camina como una intrusa. De hecho, se contonea en sus pantalones de deporte ceñidos. Da cada zancada con seguridad. La forma en que coloca sus pies es como si quisiera estar en ese sitio exacto, como si sintiera el suelo en todo su cuerpo. Tiene lo que Rosa denomina como «porte».

Se detiene.

—¿Hola? —dice con una voz menos segura que su postura.

Se fija en el columpio, aún en movimiento, y vuelve a andar con el ceño fruncido, que se le pronuncia cuando se inclina para recoger algo del césped. Se agacha para examinarlo y un par de trenzas pelirrojas con lazos multicolores rozan sus hombros al introducir cuidadosamente los dedos en los pliegues que le hice esta mañana al mapa. Los mueve adelante y atrás mientras mira del comecocos a la casa y de la casa al jardín, como si no estuviera segura de dónde se revelará su destino.

—¿Hola?

Aparto la cara del cristal al tiempo que ella hunde la mano en su bolso extragrande, de un amarillo luminoso que contrasta con su abrigo gris.

¿Quién es? ¿Qué hace aquí? ¿Qué sabe del incendio? ¿Y de Mamá?

¿Lo que tiene en la mano es su móvil?

No puedo dejar que llame a nadie porque ese alguien tal vez llame a mi padre.

«Mierda». ¿Puede ser que conozca a Papá? Si es así, significaría que *él* ya sabe lo de Sunnyside; que sigue en pie y por lo visto intacta. Y es imposible que lo sepa, ¿verdad?

En cuanto pasa el pulgar por la pantalla, salgo por la puerta del cobertizo.

La chica, boquiabierta, empieza a gritar.

Llevo las manos al aire como si fuese un idiota en una serie de policías chungos.

—Tranquila.

Al menos ha dejado de gritar.

—Yo... Antes... —Pero soy incapaz de decir lo que quiero: que antes vivía aquí. Que esta antes era mi casa—. Soy una exploradora —digo en su lugar.

A pesar de ser cierto, en mitad del silencio, sé que parece una locura.

Su expresión, pálida y nerviosa, me dice que a ella también se lo parece. Parpadea tres veces y echa los hombros hacia atrás. Es una especie de milagro, porque, aunque hace apenas un instante parecía inquieta, ahora la chica frente a mí parece feroz.

—¿Una exploradora? —Guarda el móvil en el bolsillo—. ¿Sabes que esto es Inglaterra y no la Antártida? ¿Qué hay que explorar aquí?

Me encojo de hombros.

—No mucho, si te soy sincera.

~~Cosa que no eres.~~

—¿No me digas? —Me ofrece el comecocos—. ¿Esto es tuyo?

Cuando lo agarro nuestras yemas se rozan.

—Te prometo que no es tan raro como parece.

—¿No? —No sé si es por el tono o por la forma en que mira su reloj, como si la estuviera entreteniendo de hacer algo sumamente importante, pero su actitud es bastante insolente.

—¿Sabes lo que es la urbex?

Sacude la cabeza, pero solo un poco, su mandíbula cuadrada apenas se mueve.

—¿La exploración urbana? Recorrer edificios vacíos y cosas así.

—Pues te has equivocado, colega, porque este sitio ni es urbano ni está vacío. No me extraña que parezcas tan decepcionada. —El frío en su expresión da paso a una sonrisa que es como un Tic

Tac. Blanca y fresca. Algo dulce. Y algo adictiva—. Órla. —Esta vez no solo se tocan nuestros dedos, sino toda la palma.

—Iris.

No parece mi voz. Se quiebra un poco, como cuando me arrepentí de no seguir el consejo de Tala de prepararme para los exámenes y la pifié en el oral de Francés.

—Tengo que decirte, Iris —Órla sigue estrechándome la mano y no parece querer soltármela— que has tenido suerte de que haya sido yo y no Ma quien te haya pillado en tu *exploración.*

—¿Tu madre? ¿Tú...? —Hay demasiadas preguntas sobre esta chica, la casa e incluso Papá y no sé por dónde empezar. No aparta los ojos de mí hasta que vuelvo a hablar—. ¿Vivís aquí?

—Dios, no. —Vuelve a echar un vistazo rápido a la hora—. Ma es agente inmobiliaria. La cuida para los propietarios. Bueno, me paga *a mí...*

—¿Los propietarios? —Intentó preguntar como si nada mientras me siento en el columpio—. ¿Quiénes son?

—Ni idea, colega. —Se dirige hacia la casa—. Yo solo soy la criada que se congela las tetas un par de veces a la semana revisando que no hay nada raro. —Su cuerpo, cuando gira para mirarme, es mucho más elegante que su forma de hablar—. ¿Qué pongo hoy en el informe, eh?

—Pues ni idea, ¿qué tal un par de frases sobre que has rescatado a una damisela en apuros y la has dejado entrar para que use el baño? —Le lanzo mi mejor mirada suplicante mientras pido en silencio a cualquiera de los dioses invisibles que me esté escuchando que me deje entrar en la casa.

—Jamás rechazo a una damisela. —Órla me hace señas con uno de sus larguísimos dedos y agita su llave.

Nueve

Mi corazón, al igual que el tiempo y todo lo demás en el universo, se ralentiza cuando Órla abre la puerta.

—¿Estás bien? —su voz, de repente, parece un poco nerviosa.

Y cuando me veo en el espejo de pared junto al perchero donde cuelga mi impermeable lila y el Barbour que Mamá se ponía porque olía a su madre, entiendo por qué.

Parece que esté enferma, se me ha ido todo el color de la cara. Y, aunque precisamente no hace mucho calor aquí, una gota de sudor se desliza bajo mi gorrito y cae hasta mi ceja.

—Sí. —Sacudo la cabeza como si fuese una de esas antiguas pizarritas Etch A Sketch y, al agitarla, fuera a borrar todo lo que he visto—. Debe de ser el cambio de temperatura o algo.

—Puede. —Órla se encoge de hombros como: «lo que tú digas»—. El baño está al fondo, pasando el comedor. —Mi cara debe ser un interrogante—.¿Dijiste que necesitabas hacer pis?

No puedo hablar.

No me puedo mover.

—Entonces, ve. —Me da un codazo, parecido a los que me da Tala cuando ve que he desconectado en clase.

Camino deprisa por el pasillo hasta que casi tropiezo al llegar a la puerta de la sala de dibujo, donde el mural arbolado de Mamá ilumina la chimenea. La pared del fondo está cubierta por otro tipo de arte menos elegante.

—Mi padre se estará revolviendo en su tumba —dijo Mamá un día mientras pegaba mi dibujo de ella en el jardín en el hueco sobre la cómoda—. Nunca entendí por qué decía que esta era la sala de dibujo si nunca podíamos dibujar en ella. —Puso los ojos en blanco—. Dijo que era un juego de palabras, porque era la sala donde la gente, principalmente los hombres, se retiraban a fumar cuando querían más privacidad y de tanto humo de tabaco, parecía que había dibujos en el aire. ¿Pero quién quiere retirarse, Iris? Mucho mejor lanzarse de pleno. —Se arrodilló otra vez en el suelo, donde yo había estado dibujando—. La convertiremos en una galería, ¿vale? ¿Te gusta? —Me tendió otra hoja de papel y un rotulador rojo.

Hay una casa, un caballo, un cohete, un vestido, una urraca en un árbol. Hay un ojo, un sol, un robot, un conejo con sombrero de copa dentro de una tele.

¿Qué coño?

Todo esto debería haber desaparecido.

Reducido a cenizas.

Estiro el brazo hacia el dibujo de una medusa y delineo con el dedo su cuerpo en forma de judía, tan tembloroso como mis piernas. «Iris», pone abajo. «7 años y medio».

—Te has equivocado de habitación, colega.

Antes de que Órla tenga la oportunidad de hacer algo más que asomarse por la puerta, murmuro que no tengo sentido de la orientación y regreso al pasillo.

—Por ahí. —Señala el comedor, rodea la barandilla de la escalera y sube los escalones de dos en dos—. Yo voy a echar un vistazo rápido arriba.

Sin Órla a la vista, no voy al comedor sino al salón. Hay tres cojines de arcoíris en el sofá rinconero. Todo está ordenado y limpio.

«Limpiezarelámpago».

«Es ese frenesí de limpieza que haces antes de que lleguen visitas» me dijo mi madre desde su dormitorio una tarde en la que

Papá estaba de camino a verme. Yo estaba recogiendo hulahúlas, plumas y peluches del suelo y metiéndolos en el armario de debajo la escalera. Al igual que entonces, el salón ofrece la versión más presentable de nuestra vida juntas. La magia de Mamá perdura, pero han empaquetado la mayoría de cosas. Donde antes había una bandera de Francia de nuestro almuerzo parisino, ahora hay un cuadro de Shropshire Hills. Donde antes había una alfombra de lentejuelas para una discoteca improvisada, ahora una que parece de Ikea. Las paredes siguen siendo verdes, pero de un tono más claro. El acabado es muchísimo mejor. Las grietas en los rodapiés se han rellenado.

Pese a los cambios, siento que aquí estoy mucho más cerca de mi madre de lo que he estado en años. Es como si fuese a entrar en cualquier momento para decirme que el sol está brillando y que por qué no salimos fuera a tomar algo de vitamina D.

«¡Es lo máximo para el ánimo!».

—Lo máximo —susurro ahora, exagerando la «x» como hacía ella para darle a la palabra la alegría de un circo.

El suelo de madera cruje en el dormitorio-de-invitados-barra-cuarto-de-juegos de la planta superior.

¿Cuánto tiempo me queda?

Quiero tocarlo todo.

Cada baratija y libro.

—Fuera lo viejo —dijo Mamá una mañana temprano, señalando los huecos en las estanterías donde había estado «ordenando». Su pelo olía a humo y tenía hierba entre los dedos de los pies—. Es como tus encías. —Pasé la lengua por el hueco del diente de leche que se me había caído la semana anterior—. A veces hay que hacer espacio para lo nuevo.

Cuando salimos de la librería más tarde ese mismo día, nuestras mochilas colgaban de nuestra espalda como niños agotados. Me quejé de que me dolían las muñecas del peso de lo que ella llamaba «libros de mesita», que había metido en bolsas de plástico cuando ya no cabían más en las mochilas.

En casa, no había espacio en los estantes y ya no quedaba mesita.

Regreso al pasillo.

—¿Mejor? —Órla y yo nos encontramos al pie de las escaleras.

—¿Siempre está así?

—¿Así cómo? —Abre mucho los ojos y mira alrededor como si yo hubiese visto algo que ella no.

—Como si la gente que vivía aquí nunca se hubiese ido.

—Supongo. —Se encoge de hombros—. Tampoco le he prestado mucha atención; solo compruebo si hay goteras o señales de que haya entrado alguien. —Pulsa el botón de inicio de su teléfono para que aparezca la hora—. ¿Lista?

—¿Sabes? Puede que no sea la Antártida, pero ahí fuera hace un frío que pela. —Señalo la puerta con la cabeza—. ¿Podemos quedarnos aquí dentro un rato y disfrutar del calor? ¿Echar un vistazo alrededor?

—¿Echar un vistazo? —Entrecierra los ojos en lo que me parece sospecha—. ¿Por qué?

Supongo que, para la mayoría de gente, querer deambular por la casa de unos desconocidos puede parecer extraño, pero necesito que esta chica piense que para mí Sunnyside es otro bando más.

—Una pregunta mejor sería: ¿y por qué no?

Órla pone los ojos en blanco.

—Porque es aburrido.

—¿Crees que la vida de los demás es aburrida?

—Comparada con la mía, probablemente no. —Veo un atisbo de intriga en su sonrisa—. Diez minutos, Marco Polo.

—¿Diez minutos? Normalmente me quedaría un par de horas en un sitio así.

—Está claro que tienes mucho más tiempo libre que yo. —Como para confirmarme que no es dueña de su tiempo, el teléfono de Órla suena en su bolso—. ¡Vale, venga! ¡Pero no te lleves nada! —Su tono burlón de profesora se torna un suspiro mientras se escabulle a la cocina para responder la llamada.

—¿Cuándo te he fallado? —la oigo decir—. Te lo prometo. Llegaré pronto.

Sus palabras se desvanecen mientras subo las escaleras despacio, como solía hacerlo, evitando los tablones que crujían por si Mamá estaba dormida. Justo fuera de su habitación, pego la cabeza a la puerta como si…

¿Como si qué? ¿Como si pudiera oírla respirar? ¿Roncar?

~~¿Llorar?~~

Cualquier fantasía que mi cerebro haya imaginado en los segundos que me ha llevado subir hasta aquí se desmorona en el momento en que entro en el cuarto de Mamá. No está en la cama. No está en el tocador. No está en la ventana saludando a una versión más joven de mí en el columpio. Hace años que no está.

El olor a Mamá —el detergente en polvo, la pizca de perfume después del cigarro, el residuo aceitoso de cítricos que se le pegaba a la piel después de pelar una naranja dejando la cáscara en un glorioso y largo trozo— ha sido sustituido por abrillantador de muebles, ambientador y lejía.

Las cosas que rociamos para eliminar los olores de las *vidas* reales y desordenadas de la gente.

Diez

Si supiera la verdad, no estoy segura de que Órla me acusara de robar. O sea, sí, me ha dicho que no me lleve nada, pero ¿no son seguramente todas las cosas que hay en esta casa —incluso en esa nueva cocina chic, la única habitación que no está igual a como la dejé cuando tenía diez años—, ya mías? Pero, ¿cómo se lo hacía ver sin caer en la jodidamente retorcida historia? Así que no, mejor dejar la máscara de conejo que he cogido del cajón de la mesita de Mamá en la mochila, donde la escondí mientras Órla seguía hablando con alguien por teléfono. Alguien que, por el final de la conversación de Órla, no parecía muy contento de que estuviera de aventura conmigo.

Los neumáticos de su coche chirrían contra la grava cuando salimos de la entrada y mi bicicleta —metida con calzador en el maletero— choca contra la puerta. El timbre resuena débilmente protestando por la velocidad.

—No es que me queje, porque te agradezco mucho que me lleves a la estación y demás, pero… —Me agacho y compruebo una vez más que he cerrado la cremallera de mi mochila. De mis recuerdos. De las preguntas que tengo sobre Sunnyside, el incendio y Mamá—. ¿Por quién nos damos tanta prisa? ¿Esa acalorada discusión era una putillamada de tu novio, no?

—No *ando* con novios. —Órla me mira con unos ojos tan intensos como los del Joker. Fijo la mirada en su brazo izquierdo, donde una serie de pulseras con brillantes arcoíris contrasta con su piel blanca como el papel, visible desde que se ha quitado el abrigo al entrar en el coche.

—No te culpo. —Pongo el dedo sobre el icono de WhatsApp en mi teléfono. Un número cuatro aparece en un diminuto círculo rojo en la esquina superior derecha, como recordatorio de las súplicas de Rollo que tengo sin leer. Nunca le había llamado novio, pero en su mente él ya había dado ese paso. Leo la primera línea del último mensaje cuando me salta la notificación en la pantalla.

¡Nuevo mensaje!
No sé qué ha pasado entre nosotros.

¿Nosotros? ¿Cuándo nos convertimos él y yo en nosotros?

—Y, lamentablemente, tampoco con novias. —El labio inferior de Órla hace un puchero de burla—. Ya tendrás tiempo para eso, Órla —dice, imitando el acento de Liverpool.

—¿Padres que siempre dicen «no»? —Me preparo para sentirme muy identificada.

—Más bien entrenadora —repone Órla, y evita que le haga más preguntas ofreciéndome una bebida o un aperitivo de la bolsa que me dice que saque de detrás de mi asiento.

—¡Tienes una tienda de chuches entera aquí!

—Si la dueña fuera Gwyneth Paltrow. —La fuerza con la que Órla pone los ojos en blanco no puede ser segura al volante.

Aunque tiene razón. Esperaba chuches, pero la bolsa, que tintinea por la coraza de pins de esmalte, está llena de comida sana. Manzanas. Botes de frutos secos. Paquetitos de galletas integrales. Porciones individuales de queso.

Cojo un zumo de naranja —natural, no a partir de concentrado.

—Supongo que no existe la posibilidad de pasar por el autoservicio de Starbucks a por un chocolate caliente con todos los extras, ¿verdad?

—Algún día. —La voz de Órla es demasiado melancólica. Y entonces—: ¡Mierda! —Casi me golpeo la cabeza contra el salpicadero cuando pisa el freno a fondo—. ¡Será gilipollas! —Agita el puño en dirección al tío que nos ha cortado en la rotonda—. ¡Jeeeeeeesús, qué gente! —Aparta la vista un segundo de la carretera para ver cómo estoy—. ¡Joder! ¡Lo siento! ¿Estás bien?

No estoy bien. Quiero decir, físicamente sí, perfecta, pero estéticamente parece que me haya babeado y meado encima. Estoy bañada en zumo.

—Solo podemos hacer una cosa —dice Órla mirando por los retrovisores antes de hacer un cambio de sentido perfecto en la carretera—. No vas a ir a la estación. *Tú* —sonríe mientras conduce en la dirección opuesta—, te vienes a casa *conmigo.*

En cuanto entramos en casa de Órla, me arrastra escaleras arriba, pasando por paredes llenas de fotos de ella vistiendo prácticamente nada y sosteniendo medallas y trofeos en abundancia.

—Eh... ¿Qué es todo esto? —me detengo a mitad de camino. Ahí está ella, fuerte y ágil en mallas saltando y haciendo acrobacias con un aro, una cintao una pelota—. ¿Eres gimnasta? —Señalo el recorte de periódico enmarcado donde sale ella sosteniendo lo que leo que es un oro del Campeonato Nacional—. ¡Madre mía! ¡Te llaman la Princesa de Oro!

—Entre otras cosas. —Me fijo en que sus ojos se clavan en otra foto, de ella de pie en línea junto a otras cuatro chicas vestidas con las mismas mallas negras y moradas y los mismos moños apretados.

Y ahí están otra vez, los mismos tres parpadeos y los hombros hacia atrás que le había visto fuera de Sunnyside. Una breve sonrisa y luego se gira y aleja.

Sigo a Órla hasta su habitación, donde saca un montón de ropa de su armario. Todo está perfectamente doblado o colgado por color, de oscuro a claro.

—Toma, elige una. No puedes volver a casa *así*. —Señala mi ropa empapada con la cabeza.

Una camiseta rosa se desenrolla cuando levanto el montón.

—No es mi mejor obra —Órla hace una leve mueca al revelarse un velocímetro bordado en la parte frontal—. No llevaba mucho tiempo bordando. —Tira de un hilo verde suelto—. Fue el modelito que me puse para salir del armario.

Siento sus ojos encima mientras examino el bordado. Las marcas no suben kilómetros por hora, sino que aumentan lo «gay», que va de «hetero total» pasando por «curiosa» hasta «Síp. 100% *queer*». La aguja está apuntando al máximo hacia la derecha, donde estaría el dos cientos sesenta kilómetros por hora en un coche.

—En realidad no me la pongo. El bordado es una mierda y los niveles de orientación algo reduccionistas. Pero cumplió con su cometido. —Me la quita y se la pone contra el pecho. Intento quedarme mirando—. Mi madre pilló el mensaje de que no pensaba vivir mi vida en aquella acera. —Suspira—. Al menos no en lo que a relaciones se refiere.

El siguiente top que cojo es de color azul pálido. Está bien, pero es muy sencillo. Lo dejo en la cama junto a la camiseta rosa de salir del armario, que Órla ha empezado a doblar otra vez. No sé qué tienen, pero sus manos, la forma en que se mueven, son cautivadoras.

—Si tú no te la pones, ¿me la prestas? —Paso un dedo por la aguja del medidor y me encojo de hombros.

—Claro. —Órla sonríe—. Mientras te cambias, voy a comer algo antes del entrenamiento. Por *eso* te he metido tanta prisa antes. Como me ha recordado Ma por millonésima vez al llamarme, tenía que volver aquí para *repostar*. —Pronuncia «repostar» del mismo modo que Sabelotodo dice «urbex», como si fuese increíblemente irritante y pasado de moda.

Las pulseras que lleva repiquetean en protesta cuando las desliza sobre sus delgados dedos y las deja caer sobre su mesita de noche.

Se hace el silencio.

Y entonces me quedo sola en su habitación.

Para explorar.

Hay tanto brillo en el dormitorio de Órla como el que había decorando el techo del salón de baile del hotel rural abandonado que exploré el mes pasado. Estanterías con trofeos perfectamente espaciados y diplomas con marcos a juego. La chica es una superheroína. En algunas de las fotos que se alinean en la pared tras su cama, está girando en espiral una cinta de seda empoderadora como una capa. Los saltos son tan altos que es como si prácticamente volara. Elegante e intrépida. Centrada y libre.

Solo hay un pequeño rincón que no es un homenaje a sus triunfos gimnásticos. Un pequeño escritorio con unas cuantas pilas perfectamente ordenadas de recortes de tela, imágenes arrancadas de revistas y, justo en el centro, tres folios A4 impresos: «Los rasgos fundamentales de Piscis explicados». Alguien ha rodeado las palabras *artístico* y *creativo* con un rotulador rojo. Celo, tijeras y un arcoíris de carretes de algodón cuelgan de un tablero de clavijas sobre la pared.

La puerta principal se abre y cierra y una voz —fuerte, alegre e irlandesa— dice hola.

Cuando bajo las escaleras unos minutos después, me encamino hacia la cocina, hacia el suave parloteo, hacia una mujer pelirroja con un abrigo color camel que me da la espalda, deshaciendo los lazos y trenzas del pelo de Órla. Aunque tiene que tirar de los mechones para recogérselo en un moño, hay ternura en la forma en que la madre —supongo que esa es su madre—, toca a su hija.

—¿Quieres un plátano? —Antes de que Órla tenga tiempo de responder, su madre coge uno del cuenco que hay en la isla, lo pela y se lo da, ordenándole—. Cómetelo ahora. Rápido, si vas a llevar a tu amiga a la estación. ¿Te mantienes hidratada? —Va al fregadero y llena un vaso.

—¿Podría darme uno a mí también?

La madre de Órla está sonriendo mientras se da la vuelta, pero cuando me ve, la sonrisa se mezcla con algo que parece incredulidad.

O miedo.

Once

—¿Sarah? —dice, pero luego sacude la cabeza como diciendo «no es posible»—. ¿Iris?

Quiero rebobinar. A «Sarah».

El nombre de mamá.

Sarah.

Sarah.

Sarah.

Apenas lo pronunciamos en casa.

¿No hay un dicho que dice que una persona no muere del todo hasta que dejan de pronunciar su nombre? Y además de ese dicho, está la sensación de oír a alguien nombrar a mi madre con cariño cuando estoy tan acostumbrada a oírlo con pesar...

Los zapatos de tacón azul eléctrico de la madre de Órla repiquetean contra las baldosas de cerámica mientras se acerca a mí.

—¿Tú eres Iris? ¿Eres la hija de Sarah?

Paso la mirada de ella a Órla, cuya cara muestra confusión, y asiento.

—Soy Bronagh. —Su acento irlandés tiene la calidez de un guijarro en la palma de la mano después de haber estado al sol—. Dios mío, te pareces tanto a ella a los diecisiete.

Papá me dijo una vez había heredado la altura de Mamá; pero aparte de eso, nadie me ha mencionado nunca nuestro parecido. Y yo desde luego no lo he visto. En las pocas fotos que tengo no veo similitud. He sostenido las fotos a mi lado en el espejo. Buscado narices idénticas. Ojos idénticos. Barbillas idénticas. Si no me hubiera teñido el pelo de morado, quizá sería el pelo oscuro, pero por lo demás, nada.

—¿Cómo...? —La pregunta de Bronagh queda en el aire y en su elipsis oigo la misma maraña de confusión que tengo yo en la cabeza, que es como una densa telaraña de «cómo» y «por qué» y «dónde» y «quién». Porque, *¿quién* es ella?

Sin embargo, soy incapaz de llevar las palabras —palabras que apenas son una sílaba, pero tan hinchadas de imposibles— del cerebro a la boca. Tengo los labios cerrados, porque si suelto la lengua, se me calentará demasiado con el revuelo líquido que se ha estado gestando en mi tripa desde que he venido a Sunnyside esta mañana.

~~¿QUÉ COJONES?~~

—Me la encontré fuera de Sunnyside. —Hay cierta solidaridad en cómo Órla se coloca a mi lado y me coge del brazo. Me tranquiliza.

—Entonces, ¿sabes lo de la casa? —La sonrisa de Bronagh muestra alivio y comprensión.

Yo también sonreiría, porque es lo que siempre hago.

Pero no puedo.

—He estado vigilando la casa —dice mientras me coge el vaso de agua que le he pedido y me lo da como si un vaso de agua fuera todo lo que necesito—. Tu padre me lo pidió. Después de lo de los robos del año pasado. Te enteraste de eso, ¿no? —Tiene los ojos húmedos, pero llenos de expectación optimista—. No se llevaron nada. Es como si simplemente quisieran echar un vistazo. No tiene sentido, pero...

Mi cerebro no pasa del «Tu padre me lo pidió».

¿Papá *le pidió* que vigilara Sunnyside?

Entonces, ¿sabe que la casa no se quemó en el incendio?

El revuelo se expande en mi estómago; como si ya no fuera líquido, sino gas. Un globo de helio que me aprieta por dentro y me eleva hasta flotar sobre Bronagh, Órla y yo misma.

Desde aquí arriba, parecemos normales.

Casi.

Casi normales.

—Yo era la mejor amiga de tu madre —dice Bronagh.

Desde arriba me veo asentir como esos perritos que tiene tita Celestina en su coche y que mueven la cabeza arriba y abajo por el movimiento, no porque realmente entiendan.

—Aunque llevábamos sin vernos bastante tiempo antes del final. Pero durante años, Dios, fuimos uña y carne. ¡Mira! —Saca una foto de debajo del imán del acuario de Birmingham en la nevera y me la ofrece.

El globo explota y yo vuelvo en mí.

La foto es de un lobo y un conejo y sus hijas.

—Dios mío, Iris, ¡esta eres tú! —Órla mira por encima de mi hombro.

Cuando le respondo que sí, el helio debe de haber subido de mi estómago a mi garganta, porque respondo con la voz tan aguda que parece irreal. Intento explicarle que la copia que tengo de esta foto es una de las pocas cosas que me quedan de Mamá, pero tartamudeo.

—Era tan feliz. —Bronagh palidece aún más, podrías pensar que era imposible, pero sus cientos de pecas ahora resaltan más contra su piel de porcelana—. Viéndola así, una jamás se imaginaría que ella... —Sus dedos anillados y largos presionan su pecho como si quisieran contener lo que pudiera salir.

—¿Que ella?

Bronagh cierra los ojos algo más que un parpadeo.

—La forma en que murió.

—Pero el incendio fue un accidente.

Las palabras exactas que usó Papá la primera vez que me lo contó.

«El incendio fue un accidente, Iris».

Entonces no hubo más preguntas, porque incluso en medio de la amenazadora incertidumbre que trae ser medio huérfana a los diez años, tu padre todavía sabe todo y solo te dirá la verdad.

Pero, ¿y Sunnyside? ¿Dónde estaba la verdad en el cuarto, la sala de dibujo y el salón perfectamente intactos? ¿Dónde estaba la verdad en los zapatos en los estantes y los abrigos en el perchero? ¿Dónde estaba la verdad en la ropa en los armarios y los cuadros en las paredes?

No puedo respirar.

—Tu madre... —Bronagh se traga las palabras que estaba a punto de decir, pero sean las que sean, están tan cargadas de significado que, incluso sin decirlas, saturan el aire entre nosotras—. Voy a llevarte a casa —dice—. Tienes que hablar con tu padre.

Doce

—*Hubo* un incendio. —Las manos de Papá agarran mis brazos y yo quiero quitármelas, quitármelo, de encima. Pero, ¿quién sabe qué pasaría si me moviera? Porque soy rayos y truenos ocultos en carne y pelo y ojos y dientes y piel—. *Hubo* un incendio —repite. Aunque, no importa cuántas veces lo repita, esas tres palabras no explican nada.

No he dicho nada.

Ni pío desde que entré por la puerta, donde seguramente Papá había estado esperándome desde que respondió a la llamada a susurros de Bronagh hace cuarenta y cinco minutos.

Quizá tendría que haber dejado que Bronagh entrara. Se ofreció mientras sacábamos mi bici del maletero de su coche. Si le hubiese dicho que sí, tal vez su presencia habría sido la patada en las tripas que Papá necesita para escupir la verdad.

En lugar de eso, le di las gracias por traerme y por las historias que me contó de Mamá, que eran anécdotas de bailes, risas, y perseguir chicos y sueños que no sabía que necesitaba oír. La única otra persona en mi vida que realmente conocía a Mamá es Papá, quien, en las raras ocasiones que habla de ella, baja la voz como hace la gente cuando le da miedo despertar a un bebé.

Bronagh se ha ido y ahora solo estamos Papá, Rosa y yo.

Estamos en la cocina, donde las luces, demasiado brillantes, revelan las líneas de expresión que recorren su cara.

Rosa, el Ancla, asiente despacio como si le dijera «tienes que seguir».

Espera, ¿qué? ¿Rosa también está metida en este misterio? ¿Qué coño pasa con estos adultos y compartir secretos horribles? ¿Cómo se atreve mi madrastra a quedarse ahí plantada emanando esa calma yóguica de «inspira por la nariz y respira por la boca»?

—Creo que deberíamos sentarnos —dice, y en un minuto estamos de pie y al siguiente sentados, y no recuerdo haberme movido en absoluto.

—*Hubo* un incendio.

A Papá le tiemblan las manos y su rostro se está frunciendo.

No estoy segura de Papá que pueda soportarlo más, reprimo al monstruo atronador de mis entrañas, ignoro su necesidad de gritar a sus continuas repeticiones.

—Se contuvo en la cocina —dice—, pero cuando los bomberos llegaron encontraron a Sarah muerta en la otra habitación.

—¿Entonces fue el humo? —Sigue siendo espeluznante y no explica que no me contara lo de Sunnys...

—No fue el humo. —Los dedos de Papá buscan los míos sobre la mesa—. No hay forma fácil decir esto, Iris. —Inspira muy hondo, más que Rosa—. Tu madre se quitó la vida.

Trece

No tiene sentido.

No tiene sentido.

No tiene sentido.

Tu

madre

se

quitó

la

vida.

Incluso cuando lo desgloso, la frase es una amalgama de palabras que de ninguna manera pueden estar juntas.

Madre

quitó

Tu

vida

la

se

Cuando miro a Papá, sus labios y su lengua se mueven como si todavía hablara.

—No queríamos que te enterases así. Lo siento mucho. Queremos explicártelo.

No es posible…

¿Qué puede él…?

¿Por qué ella...?

¿Quién podría...?

—¿Iris? Sé que esto es duro, pero debes escucharme. Escúchame, por favor.

—¿Por qué dirías algo así?

—¿Cómo dices? —Los ojos vidriosos de Papá están fijos en mi boca como si no funcionara. Como si no hiciera lo que intento que haga.

—¿Por qué dirías algo así?

—No te oigo, Iris. —El chirrido de su silla cuando se levanta es igual que el aullido en mi corazón.

Cuando se arrodilla frente a mí, quiero recordarle cuánto duelen las lágrimas a la gente que las ve caer. Por eso dejé de derramarlas, ¿no? Porque vi lo que le hacían a la gente.

A él.

Y ahora las suyas me están matando.

—Dale espacio. —Rosa lo convence de regresar a su lado de la mesa—. Haré té.

—¿Té?

Ah, que mi boca funciona.

¿Por qué alguien querría té?

¿Cómo es posible que alguien haga algo tan mundano como poner agua a hervir o coger leche de la nevera cuando el aire está cargado de algo que parece fuego, pero no lo es?

Nunca fue fuego.

Rosa se acerca con el agua y las bolsitas de té, se sienta a mi lado y le hace a Papá una señal que no termino de entender. Los labios de él empiezan a moverse, pero no, lo siento, no puedo oírlo porque...

¿Y si es cierto?

Lalalalalalalalalalalalalalalalalalalalalalalalalalalalala.

—Eso no significa que no te quisiera, cariño. Te quería much...

¿Por qué puedo oírle todavía?

Lalalalalalalalalalalalalalalalalalalalalalalalalalalalala-lalalalalalalalala.

—...muchísimo. De verdad. No estaba bien. Nosotros...

Más alto, Iris, más alto.

Lalalalalalalalalalalalalalalalalalalalalalalalalala-lalalalalalalalalalalalala.

—... no nos dimos cuenta entonces, pero es una enfermedad, Iris. Nadie...

Lalalalalalalalalalalalalalalalalalalala-lalalalalalalalalalalalalalalalalalalala.

—...tiene la culpa. Sabemos que es un shock y responderemos a todas tus preguntas.

Pero ya sé qué pasa cuando pregunto.

«No puedo soportarlo» dijo por teléfono hace tantos años. «Me está rompiendo el puto corazón».

Estoy hecha de rayos y truenos y Papá, de ruegos desesperados.

—Iris.

No puedo destrozarlo.

Otra vez, no.

Es todo lo que me queda.

«Serás fuerte».

—Estoy bien. —Sonrío—. Quiero decir, sí, es una sorpresa, pero...

«Trágate el shock, Iris».

—Mamá lleva años muerta.

Me pongo de pie. Apago la tetera. Cojo la leche de la nevera.

Lo mundano *es* posible.

—Cómo ocurrió no cambia nada. La verdad es que no.

—Permíteme. —Mientras vierte el agua, la voz de Rosa suena tan equilibrada como su cuerpo cuando está en una postura enrevesada de yoga—. ¿Te acuerdas, cariño, que tu papá te decía a veces que tu mamá estaba demasiado enferma para cuidarte?

Sí, me habían mencionado que de vez en cuando necesitaba un descanso.

Pero Mamá era feliz.

Mamá era amable.

Mamá me quería.

~~Las madres que son felices y amables y te quieren no…~~

—¡Sí! —¿Demasiado rápido? ¿Demasiado ímpetu?—. Me acuerdo. —Más despacio esta vez. Más suave.

Rosa le pasa a Papá un pañuelo del cajón de las mierdas. Él se limpia las mejillas. Se suena la nariz.

Sus brazos me rodean tímidamente y pienso en el libro que vi en la mesita de Rosa hace unas semanas: *Cómo abrazar a un puercoespín.* ¿Así era como me veían? Como algo espinoso y difícil de aguantar. Retrocede y vuelve a sentarse.

—Cuando me llamaron… —Papá mira a Rosa, que está colocando tres tazas humeantes en la mesa, y luego a mí—. Pensé que Sarah había muerto en el incendio. No era mentira. No entonces. —Su voz suena afectada, tierna—. Pero, aunque los hechos cambiaron, la historia no. Tenías diez años. ¿Cómo iba a contarte la nueva versión? ¿Cómo iba a decirte que tu madre…?

—¿Cometió suicidio?

La respiración de Rosa es un poquito más corta, más brusca que de costumbre.

—Intentamos no decirlo así —dice. Y puede que mi cara, que tanto me cuesta mantener inexpresiva, muestre desconcierto, porque mi madrastra coloca su mano suavemente sobre la mía en la mesa—. Las únicas cosas que se cometen son delitos y pecados. El suicidio no es ni lo uno ni lo otro.

«Gracias por la aclaración, Rosa».

Aparto la mano de la suya.

Una noche, sentados observando el cielo, Mamá me dijo que estamos hechos de polvo de estrellas, pero se equivocaba. Yo estoy hecha de millones de balas, cada una grabada con cuatro letras que forman una palabra.

—¿Cómo?

—Pastillas —dice Papá.

Y luego…

—¿Por qué?

—No estaba bien —dice Rosa.

—¿No estaba bien? ¿En plan, qué? ¿Tenía cáncer o algo?

—Mentalmente. —Papá pronuncia la palabra como si la hubiera estado ensayando.

—¿Mentalmente? ¿Estaba *loca*?

—Estaba enferma. —Papá vuelve a las repeticiones.

Rosa se endereza en la silla.

—Debemos tener cuidado al hablar de ello, eso es todo. Las palabras que usamos son importantes.

¿Quién coño es esta mujer para decirme cómo tengo que hablar de mi madre?

Pero, ¿es verdad? ¿Son las palabras lo importante o cuentan más los actos?

Porque Mamá, con palabras me decía que me quería, pero luego hizo *eso*.

«Serás fuerte».

Y soy fuerte. Lo soy. Pero el monstruo atronador azuza mi interior.

—Que tu padre sepa, a Sarah nunca la diagnosticaron. Pero a juzgar por lo que tú le contab…

A mi padre se le marcan las venas en el dorso de la mano cuando aprieta los dedos de Rosa. Ella deja de hablar.

Lo hacemos todos.

Porque, ¿qué hay que decir?

Catorce

—¡No me puedo creer que este sitio sea tuyo! —Tala, que ya estaba aquí cuando volví de mi paseo a las siete de la mañana con Wookie, el carlino, está mirando en mi móvil las fotos de Sunnyside que Papá me envió—. ¡Mi tío no tiene casa propia y ya tiene cuarenta y cuatro años! —Coge una de las tartaletas caseras de Rosa que he cogido a escondidas de la cocina y se arrastra en el colchón para hacerme hueco.

—Alexa, ¿qué hora es?

—Son las ocho y cuarto de la mañana.

Faltan veinticinco minutos para tener que irnos al instituto. Ni siquiera me he duchado.

—Por lo que dice tu padre, Tal, lo de que tu tío no tenga propiedades se debe a que está infantilizado y le gusta estar en casa cuidado por su mamá.

—Cierto —dice Tala. Y estoy a punto de dar gracias a Dios porque no correré jamás el riesgo de desarrollar nunca esa dependencia materna, cuando mi móvil suena con un mensaje de otro tipo de hombre problemático.

> **Sabelotodo:**
> Una chica de mi clase de Derecho ha organizado esto a raíz de lo que le pasó a Shreya. Deberías unirte.

El enlace me lleva a un grupo de WhatsApp llamado «Volvamos sanas y salvas». La descripción sugiere que las chicas debemos remar juntas, compartir a dónde vamos. La idea es que, si alguna vuelve a casa sola y otra resulta estar cerca, pues podemos volver juntas. O al menos podemos confirmar que hemos llegado —sanas y salvas— a nuestro destino.

—¿Has visto esto? —Le reenvío el enlace a Tal—. Seguro que todas esas habrían venido corriendo a rescatarme si les hubiese mandado un mensaje diciéndoles que un tío raro me estaba acechando en el bosque Good Hope el domingo por la noche... Panda de...

—¿Estuviste en el bosque? ¿Después de dejar a Rollo?

Me encojo de hombros como... «Sí, ¿y qué?».

—¿Y había un hombre allí?

—No pasa nada, Tal. —Y es verdad. Quiero decir, el lunes esa risa ronca resonaba en mi cabeza cada vez que pasaba por un callejón o doblaba una esquina mientras paseaba a Buddy, y hoy otra vez al pasear a Wookie, pero así es la vida. La situación que viví en el bosque estaba bajo control. En cuanto pensé que la cosa se estaba poniendo turbia, hui.

De otras situaciones turbias no es tan fácil escapar.

—Y con lo de tu madre tampoco pasa nada, ¿no?

—Eso dije, ¿verdad? —Y no miento. Mientras Wookie husmeaba por las aceras en busca de kebab y bocaditos de McDonald's, llamé a mi mejor colega y le dije justo eso. «Te voy a contar algo, pero quiero que sepas que no pasa nada, ¿vale?», le dije antes de ponerla al día con toda esa mierda de la casa y la muerte de mi madre que ocurrió ayer.

Mi instinto había sido mantener el pico cerrado. Quizá porque Papá tenía algo en mente al mantenerlo en secreto. ¿Quién necesita saber *eso* de mi madre? Pero tengo la sensación de que la costumbre de Rosa y tita Celestina de intercambiar recetas también incluya compartir cotilleos.

Pero no había contado con todas las preguntas de Tala.

La única que yo había hecho cuando Papá y Rosa me repitieron que podía preguntarles cualquier cosa fue «¿por qué?». Y no supieron responderme. O, mejor dicho, la única respuesta que tenían era insuficiente.

—Estaba enferma, Iris.

—¿*Estás* bien de verdad? —La voz de Tala se quiebra un poco. Tiene los ojos vidriosos. Juro que la propensión de esta chica a llorar roza la locura. Aunque seguro que Rosa me habría obligado a usar otra expresión.

—¿Estoy bien? Pues claro. Tengo diecisiete años y soy propietaria de una casa de campo con cuatro dormitorios, un jardín enorme y hasta trae un columpio.

—Hablas como una agente inmobiliaria.

—¡Y tú hablas como Rosa!

—Pero tu madre... —dice apoyando la cabeza en mi hombro—. ¿Estás...?

—Alexa, reproduce Lady Gaga.

Me levanto y me dirijo al baño mientras *Poker Face* llena la habitación.

—¿Cómo está el adorable Dougie? —pregunto diez minutos después cuando salgo del cuarto de baño, acalorada y con la cara húmeda.

Tala levanta la vista de su libro y se queda pensativa.

—¡Pareces una langosta! ¿Sabes que las duchas son para refrescarse? No entiendo por qué pones el agua tan caliente.

~~Está claro que ella no conoce el delicioso alivio de arder.~~

Cojo la camiseta de Órla de la pila de ropa del suelo y le huelo las axilas.

—¿Es nueva? —Tala entrecierra los ojos para leer el texto de la camiseta.

—Prestada. —Se me encienden las mejillas por algo más que el calor de la ducha—. Ya sabes... De Órla. ¿La chica que conocí ayer?

—Sí, puede que la hayas mencionado una o dos o, no sé, veinte veces. —Tala abre mucho los ojos como si su observación contuviera un significado más profundo.

—Me cayó bien, eso es todo. —Y eso es todo, ¿verdad? A ver, sí, mis terminaciones nerviosas arden cada vez que pienso en ella, pero es porque me evita pensar en Mamá—. ¿Y... Dougie?

Tala pone los ojos en blanco.

—¿Escribisteis muchos sonetos ayer por la tarde?

—No escribimos sonetos, Iris —responde con la misma monotonía con la que las Caribellas hacen ver su aburrimiento ante algo que viene de fuera de los afilados contornos de su círculo—. De hecho, anoche fui con él a un certamen de poesía. —Mantiene los ojos fijos en su libro como si no fuese ninguna novedad.

—¿Que hiciste *qué*? —¿Sin mí? ¿Tala ha ido a algún sitio sin mí?—. ¿Y?

Su mirada se desliza por la página.

—Uf, ¡ni con sacacorchos! —Me pongo un jersey por encima de la obra maestra de Órla antes tomar el centro del escenario en mi alfombra—. Érase una vez una chica llamada Tala, a quien le gustaba... comer... Maltesers y... ¿masala?

Tala cede a mis intentos por llamar su atención y suelta el libro.

—Fue a un certamen... donde solo había... eh... ¿ramen? —Joder, el último verso de una sátira siempre es el mejor.

Echo un vistazo en *rimas.com* con mi móvil y al instante doy con una. Cojo aire, cuadro los hombros igual que hizo Órla cuando nos conocimos en el jardín de Sunnyside y luego me llevó a la boca un micro imaginario.

—Érase una vez una chica llamada Tala, a quien le gustaba comer Maltersers y masala. Fue a un certamen, donde solo había ramen. Y eso le afectó a la amíg-daaaar-la. —Hago una reverencia—. Me he tomado una licencia poética con la pronunciación de amígdala.

—Doña Reid decía que tenías que centrarte en los pequeños detalles de la biología. —La risa de Tala acaba con un suspiro.

—Oye, ¿y eso?

Se aparta de mi pelo empapado cuando me tiro a su lado en la cama.

—Venga, cuéntamelo.

—El certamen. —Empieza a juguetear con un hilo de algodón suelto del puño de su rebeca—. Dougie tenía razón, fue genial.

Juguetea.

—Su amiga Jenna y él se apuntaron.

Juguetea.

—Estuvo genial. Realmente ingenioso y divertido.

Juguetea.

—Y los poetas... No sé cómo describirlo. Es como si sus palabras llenasen el espacio, ¿sabes?

Juguetea.

—Dougie cree que mis poemas son tan buenos como los de cualquier otro allí.

—Y eso es motivo para suspirar porque...

Tala de por sí ya es pequeña, pero se está encogiendo aún más.

—No me veo capaz de hacerlo.

Odio decirlo, porque normalmente soy partidaria de machacar los pensamientos negativos, pero, sinceramente, puede que tenga razón. Las Caribellas no la apodaron con el nombre de la sala más silenciosa del mundo porque sí. Nunca se lo diría a la cara ni nada, pero a veces las crueldades son verdades.

Le paso un brazo por encima de los hombros y, pese a tener el pelo empapado, ella se acurruca para abrazarme.

Unos cuantos minutos después, giro mis rodillas y la agarro por los brazos.

—¡Ya lo tengo! —Estoy botando como Buddy ante la genialidad de mi plan—. ¡Yo los leeré en tu lugar!

Tala baja la barbilla hacia su cuello como diciendo «no lo pillo».

—Dougie dice que tus poemas merecen ser escuchados, pero no ha dicho que tengas que ser *tú* quien los lea. Y tienes que admitir que, aunque la sátira fue un poco chunga, mi actuación ha estado al nivel de Billie Eilish.

La ceja arqueada podría sugerir que le parezco arrogante, pero cuando Tala habla, su voz está llena de alegría.

—Estuviste increíble.

—Tú eres más increíble.

—Tú eres muchísimo más increíble.

Pero antes de que pueda darme la libreta con sus mejores trabajos literarios para un primer ensayo, nuestro momento de inspiración se ve bruscamente interrumpido por Papá, que llama a la puerta y asoma la cabeza.

—¿Otra vez aquí, Tala? —No hay reproche en su tono. En todo caso, parece aliviado cuando dice que Tal y yo somos incapaces de pasar más de ocho horas separadas. Su voz es menos jovial, más lastimera, cuando se gira y me pregunta si estoy bien.

¿Por qué todo el mundo parece olvidar lo capaz que soy en los momentos de crisis?

Aunque no es que esto sea una crisis.

Pero...

Primero Papá. Ahora Tala. Y, en el momento preciso, la pantalla del móvil se ilumina con una notificación.

Rollo:
Porfa, Iris. ¿Puedes responder aunque sea a uno de mis mensages? Solo quiero saber que estás bien.

Si no me preocupara que Rollo se llevara una impresión equivocada, le respondería explicándole la diferencia entre la «g» y la «j».

—Estoy bien —le digo a Papá—. Tala y yo solo estábamos preparando una conquista poética. Oye, ¿podríamos dar un recital de Navidad aquí? No te importa, ¿verdad? Solo seríamos unos cincuenta de nuestros mejores poetas reunidos en el salón.

Papá parpadea como si tratase de averiguar si mi idea va en serio.

—¡Relájate, hombre! Solo bromeaba.

El alivio inunda su rostro.

—Vigílala, por favor. —Mi padre le lanza una sonrisa cómplice a Tala—. Dice que es broma, pero todos sabemos lo buena que es Iris maquinando planes clandestinos.

~~Y lo cierto es que de tal palo, tal astilla.~~

Quince

Aparte del paseo con Buddy, que es una hora de puro gozo canino, los tres días posteriores a que visitara Sunnyside transcurren prácticamente igual.

Y es agotador.

Salvo por los «¿Estás bien?», nadie me pregunta nada. Al menos no con palabras.

Pero sí con los ojos. Y sus constantes ladeos de cabeza, como si Rosa y Papá esperaran a que bien me derrumbara o estallara. También está que llaman a mi puerta continuamente, con amables ofrecimientos para charlar. Su vigilancia se ha vuelto tan intensa que esta noche ha ocurrido lo impensable y me dirijo escaleras arriba, a la habitación de Sabelotodo en busca de un poco de paz.

—Hola.

Por la forma de erguirse y encogerse al oírme, no estoy segura de que mi hermanastro esté dispuesto a ser mi refugio. En contra de su evidente deseo de que me largue de aquí, me adentro en su habitación, con sus destellos naranjas en la pared y las estanterías a juego entre su escritorio empotrado y la cama. ¿A quién quiere engañar? Las tres paredes grises le pegan más. Eso y su mesa de modelismo, que ocupa un espacio tan absurdo que impide a cualquiera que entre hacer algo remotamente divertido en su cuarto. No es que entre nadie que no sea Rosa o Papá. O que Sabelotodo quiera hacer algo divertido.

—¿Qué es lo que tanto te gusta de los Legos?

Da la vuelta a una ficha de estudio de la pila que tiene sobre el escritorio. Jesús, ¿tiene que atiborrar cada segundo repasando?

No dice nada. Ni me mira hasta que cojo una de las columnas verdes que forman parte de la maqueta del Central Perk. Menuda ironía que Sabelotodo para su cumpleaños pidiera la cafetería de *Friends*, cuando no tiene ni uno.

Aun así, no dice nada.

Lo observo, cómo mueve los ojos de las instrucciones a las piezas y cómo sus manos hacen exactamente lo que se les dice.

—No me extraña que Papá y tú os llevéis tan bien. Eres tan riguroso como él. —Coloco la columna en la mesa otra vez—. Aunque un riguroso de verdad no le ocultaría a su hija secretos tan colosales.

Al igual que el zumo de naranja cuando Órla frenó, mis palabras se derramaron. Y, claramente, terminamos empapados con ellas.

Sabelotodo se ha tensado sobre su sillón en miniatura, como silas puntitas que encajan dos bloques también hubiesen clavado su cuerpo en posición.

¿Qué demonio familiar me ha poseído para venir aquí? Sé que ninguno de los dos se ha comportado como siempre, pero, en serio, yo que estaba haciendo todo lo posible para no hablar de Mamá con Papá y con Rosa y ahora en menos de un minuto con Sabelotodo, mi extraño confidente, aparece una obvia alusión a la hasta ahora oculta afición de Papá por las enormes y jodidas mentiras.

~~Bueno, bueno, bueno.~~

~~Alguien está cabreada.~~

No estoy cabreada.

—Lo siento —le digo a Sabelotodo y creo que es la primera vez que lo hago. Aunque lamento la mirada que acaba de poner ahora mismo. He intentado evitarla durante años esa mirada. Porque, cuando Mamá murió, no solo rompí el corazón de Papá. Cuando me veían, a la medio huérfana, también partía el corazón de los demás.

Las madres que la escuela; las mismas que enarcaban la ceja cuando mamá llegaba veinticinco minutos tarde vestida para un karaoke de *Mamma Mia!* digno del West End en vez de para un belén de primer curso de las Tierras Medias Occidentales; esas mismas extendieron sus gruesos brazos e intentaron abrazarme. Tal vez para ellas fuese más fácil estrecharme contra su pecho que mirarme y enfrentarse a la herida con forma de madre que tenía escrita en la cara. Para mí también era más fácil no mirarlas, evitar sus lágrimas de lástima al pensar en sus propios hijos y que Dios no lo quiera...

Estoy a medio camino de la puerta cuando Sabelotodo tose de un modo que no es porque le pique la garganta, sino para prepararse. Su postura también. Está a punto de soltar una verdad incómoda.

—Iris, sé que ahora mismo pasas por algo muy duro, pero no se lo pongas difícil a Mamá y a Matt, ¿vale?

¿No es eso lo que he estado haciendo?

¿Acaso no he seguido callada?

Seguido sonriendo.

~~Seguido cabreada.~~

Seguido fuerte.

Sabelotodo deja sus herramientas.

—Lo digo en serio. Mamá ha estado estresada últimam...

—¿Estresada? ¿Cuándo ha estado estresada el Ancla?

Su voz se convierte en un rumor bajo.

—Cuando se preocupa por tu padre, o por ti, que es casi todo el tiempo.

~~NO.~~

~~ME.~~

~~JODAS.~~

—No tienen que preocuparse por mí. Estoy bien.

—Eso es lo que dices. —*Dios,* cómo me mira.

—En fin. —No es mi mejor réplica.

—No, *en fin* no. —Su tono se hincha de impaciencia. Coge una pieza beis y la encaja con la marrón.

—¿Cuál es exactamente tu problema, Sabelotodo? —Doy un paso firme hacia su habitación. Directa. Espalda erguida. Pies separados.

Y lo miro fijamente.

Inspira por la nariz de la forma que Rosa le aconseja que haga cuando se pone histérico por culpa de los exámenes.

—Mi problema es que mi madre ha estado preocupándose en silencio por ti y por los secretos de tu familia durante años.

Y entonces me doy cuenta. Qué estúpida he sido. Papá y Rosa no son los únicos que sabían la verdad. Había más gente metida. Sabelotodo. Las madres que llevaban a sus hijos al colegio y que Dios no lo quiera, sus hijos nunca serían como yo. Porque no tenían el tipo de madre que...

—Yo no le he *pedido* a Rosa que se preocupe. —No pretendo sonar tan dolida. Tan mezquina. Pero me cuesta controlar el tono de voz cuando siento que estoy a punto de explotar.

—Ya sé que no —responde Sabelotodo, pero no con el tonito engreído de siempre.

Nervioso, deja caer la silla de Lego. Las piezas marrones y beis se desperdigan cuando caen sobre la mesa. No resopla ni maldice, simplemente vuelve atrás las hojas de las instrucciones para empezar de nuevo.

—¿No te cabreas cuando se rompen así?

Menea la cabeza.

—Es lo bueno de las miniaturas. —El arsenal de fichas de estudio cae al suelo cuando lo aparta todo para dejar más sitio a la maqueta—. Cuando tu mundo es tan pequeño, los problemas también lo son. Y cuanto más pequeños sean los problemas, más fácil es solucionarlos. O al menos eso esperas —explica mientras se agacha para coger las fichas de la alfombra.

Dieciséis

—Así mejor. —Papá va encendiendo todas las luces mientras caminamos por Sunnyside, como si creyera que es tan fácil hacer desaparecer la oscuridad.

Cuando les dije que quería volver, se ofreció a hacerme compañía. Al principio me negué, pero la expresión dolida de Papá fue como echar sal a la herida que me había infligido Sabelotodo cuando me desveló que Rosa y él están en continua angustia por mi culpa.

—A lo mejor necesitas a alguien contigo —sugirió Rosa. No le dije que esperaba que ese alguien fuera Órla. Que iba a sugerir matar dos pájaros de un tiro: devolverle la camiseta y volver a visitar la casa de mi infancia—. Deja que tu padre te acompañe —insistió—. Volver a Sunnyside puede resultarte un poco... Como siempre, buscaba la palabra adecuada y eligió «raro». Tanto ella como Papá me ignoraron cuando les expliqué que estaba acostumbrada a visitar edificios *raros* sola.

Rosa en parte tenía razón. Quiero decir, el shock de ver Sunnyside la semana pasada podría haber sido horrible. Aun siendo capaz de aguantar el tipo sola, creo que la presencia de Órla esa primera vez ayudó a mi estado de ánimo.

De todos modos, estoy acostumbrada a que Sunnyside sea *rara*. Siempre lo fue. O al menos eso decían mis amigos —los pocos que venían— cuando veían el antiguo maniquí que a veces vestíamos para cenar en la mesa del comedor. O a mamá haciendo varias cosas a la vez: cocinando y bailando bajo las trece bolas de discoteca que lanzaban diamantes metálicos a lo largo del suelo de la cocina.

Ya no queda nada de esas rarezas. Desde lo que consideró un allanamiento y que en realidad fue una exploración de @MisCasasVacías el año pasado, Papá ha estado acondicionando la casa. «Ponerla al máximo», creo que lo llamó de camino aquí.

Al máximo.

Esa frase era de Mamá, no de Papá, cuyo comportamiento era demasiado sobrio para expresiones tan coloquiales. Bueno, ¿se consideraría coloquial? A lo que me refiero es que al decirla me transportó a otro tiempo, así que...

—¿Viviste aquí alguna vez? —Siento que es algo que debería saber. Pero no recuerdo mucho de cuando era pequeña. No puedo imaginar que Mamá y él encajaran.

No pretendía preguntarle nada. En verdad solo quiero que se vaya. Se supone que debería estar martilleando un tablón de la valla que estaba deseando arreglar antes de pedirle a Bronagh que venga «a echarle un vistazo a la casa», cosa que no tiene sentido porque, ¿no lleva Bronagh —o más concretamente Órla—desde hace tiempo *echando un vistazo* a Sunnyside dos veces por semana?

Sin embargo, el modo en que papá camina por el pasillo en dirección a la caja de herramientas me resulta tan familiar que es como si los fantasmas de Mamá no fueran los únicos que rondaran por aquí, sino también los suyos. Sus antiguos yos, como el que me enseñó anoche: una foto en la que salía con una máscara de zorro que le había hecho mamá «por aquel entonces».

—La guardé —dijo, dándome la máscara como si fuera una prueba. No sé muy bien de qué.

Es curioso, porque la Mamá que yo conocía difiere tanto del Papá que conozco que no me los imagino como personas que pudieran regalarse cosas. Aunque lo cierto es que mi padre no parecía el mismo hombre en esa foto. No porque fuera más joven. También salía con el torso desnudo. Su bíceps nervudo se flexionaba mientras vertía en su boca ancha y abierta un chupito de algo ambarino con una sonrisa hedonista.

(Buen uso de «hedonista», Iris).

—Estuve aquí un tiempo, sí, cuando eras pequeña. —Papá pasa los dedos en busca de polvo por el marco de un cuadro de una señora mayor sentada en una silla mientras un hombre, que intuyo que es su marido, está encorvado leyendo el periódico. Mamá me dijo que se titulaba «Mis padres» y durante años pensé que se trataba de mis abuelos. Jamás habría imaginado a mis padres así. Tan tranquilos. Tan felices. Tan juntos—. Solo tenías un año cuando me fui, no lo recordarías.

No.

No me acuerdo.

Hablamos de esa teoría en clase de biología, con la señorita Reid, la de que el cuerpo humano reemplaza sus células cada siete años, en cuyo caso, Papá ya se habría transformado dos veces desde la foto. ¿Y yo? Yo también sería una chica —casi una mujer— distinta de la que conoció mi madre.

Pero la señorita Reid nos dijo que la teoría no era del todo correcta, que hay algunas neuronas, las de nuestra corteza cerebral por lo visto, que nunca cambian, y células en nuestros corazones que a medida que envejecemos se reemplazan cada vez más despacio.

Le digo a Papá que puede salir. La forma en que relaja los hombros le delata, aunque se esfuerza por no parecer aliviado.

Google me dice que la corteza cerebral está ligada a procesos como el pensamiento, la consciencia, las emociones, el lenguaje, la razón y la memoria.

«La memoria».

La única parte de mi cuerpo encargada de toda esta mierda es una de las pocas que se supone que es permanente. Y segura.

Pero no puedo recordar un padre pudiera ser despreocupado.

Y lo fue.

Y no puedo recordar que mi madre fuera a...

Pero lo hizo.

✦

Dicen que el tiempo vuela cuando te diviertes, pero cuando estás registrando la casa de tu difunta madre, el tiempo se mueve tan rápido como aquella sonda de la NASA que rozó el sol. Pero, mientras la nave espacial era a prueba de llamaradas, mis esperanzas de encontrar respuestas se chamuscan más fácilmente

A pesar de todos los cojines que he apartado de las camas y los sofás. A pesar de todos los libros que he cogido de las estanterías. A pesar de todos los papeles que he sacado de los cajones y sujetado con las piedras pintadas de Mamá: nada.

—¿Qué has hecho, Iris?

Este caos es la peor pesadilla de Papá, porque no es solo la habitación de Mamá, donde Papá me ha sentado en la silla del tocador, la que parece desvalijada. Hay un montón de abrigos con los bolsillos vueltos del revés y bolsos con la cremallera abierta en la moqueta.

Papá me coge los dedos antes de que pueda rebuscar en el cajón del tocador.

—Para.

Tiene los ojos tan oscuros y abiertos como el armario, cuyas puertas se balancean sobre las bisagras y su contenido está vomitado por el suelo.

—¡Tiene que estar aquí! —Le aparto las manos. Ahora están en mis brazos, evitando que me levante, evitando que me mueva, evitando que busque, lo cual es vital si alguna vez quiero averiguar el *porqué*.

—¿El qué? ¿Qué tiene que estar aquí? —Gira la cabeza de lado a lado y arriba y abajo.

—La nota. —La furia retumba en mis entrañas, ¿no me ha ocultado suficiente que también pretende ocultarme esto?—. Siempre hay una nota.

—Iris. —La forma en que Papá dice mi nombre es la misma forma lenta y rota de pronunciarlo que cuando tenía diez años y las dos sílabas marcaban una grieta que me atravesaba por el medio—. No hubo ninguna nota. Yo también la busqué. En cuanto me enteré de cómo murió, vine y busqué por todos lados. —Algo en mí debe haberle calmado, porque afloja el agarre y echa un vistazo a la habitación—. Aunque confieso que no la puse tan patas arriba como tú.

Está intentando aligerar el ambiente.

Es lo que hacemos, ¿no? Nos ayudamos. Nos animamos a sonreír.

—Siento que no haya respuesta, cariño.

Una hora después, ya he colgado la ropa y he colocado todo en los cajones y en su sitio. Al mirarlo, pensarías que no ha pasado nada.

—Tenemos que irnos pronto —dice Papá cuando me encuentra en mi antiguo cuarto, bajo mi viejo edredón, sintiéndome demasiado grande, demasiado adulta para mi antigua cama.

Esta mañana le he sugerido, como quien no quiere la cosa, que, ya que vive tan cerca de Sunnyside, deberíamos visitar a Bronagh. Le he dicho que quería darle las gracias por cuidar de la casa y que tenía que devolverle una camiseta a su hija. Usé a propósito «su hija» porque mi piel se ruboriza con un leve calor cuando pienso en el nombre de Órla.

Ya son las dos y media.

Me tumbo de lado y deslizo la mano bajo la almohada como cuando me voy a dormir.

Oigo el fino crujido de un papel.

¿Un papel?

El corazón me da un vuelco cuando lo agarro.

Es demasiado grueso para ser una nota. Cuando lo saco de debajo de la funda rosa me resulta demasiado colorido. Demasiado festivo. Un obsequio envuelto en papel de regalo casero. De color crema, decorado con árboles de Navidad. Los dibujos son garabatos, incluso caóticos. Pero en su desorden los árboles me resultan reales. Reconozco el estilo al instante.

«Feliz Navidad, Iris», había escrito Mamá con un rotulador dorado. Las letras envuelven una nube que se cierne sobre los árboles.

Dentro hay una camiseta básica blanca y un paquete con siete rotuladores para ropa. Y una nota.

No es la nota que buscaba, pero es una nota.

Llenala de arcoiris
Un beso

—Iris, —me recordaba Mamá— significa Diosa de los Arcoíris. Y es muy cierto —canturreó aquella vez que hizo bocadillos de beicon con un vestido de gala porque *Mira Quién Baila* le había inspirado un vals de cocina—, me aportas mucha luz y color.

Sé que me lo dijo porque lo escribí en el cuaderno para recordar las cosas buenas que me regaló Tala.

¿Cuándo lo escondió? ¿Esperaba verme abrirlo? ¿Nos imaginó dibujando los arcoíris juntas?

La camiseta es demasiado pequeña. Como todo en esta habitación, le pertenece a otra niña —con madre— de otro tiempo —con madre—. La guardo en la mochila y bajo.

—Le he dicho a Bronagh que estaríamos allí sobre las tres —me recuerda Papá cuando subimos al coche unos minutos después.

En cuanto aparcamos delante de su casa, Órla aparece en la ventanilla como si yo no fuera la única que ha estado esperando este reencuentro. Mi corazón, que debería estar roto por Sunnyside, late a un ritmo incongruente para una chica que hace nada estaba buscando la nota de su madre muerta.

Diecisiete

—Hola —decimos Órla y yo al unísono.

—Ven, ¿quieres que te guarde el abrigo? —pregunta Bronagh y entonces soy consciente de la camisa a cuadros que he elegido esta mañana y de las preguntas que se me han pasado por la cabeza mientras dudaba si dejar dos o tres botones sin abrochar. Después de mucho hacer y deshacer frente al espejo, al final me decanté por tres. Demasiados, quizá. Cuando me quito el plumón de los hombros, queda una abertura enorme, un sujetador que se desliza y un destello de diversión de Órla mientras tiro de la tela como una dama victoriana en un intento desesperado de guardar cierto decoro.

—Podéis ir al salón un rato mientras tu padre y yo nos tomamos un café. —Bronagh señala con la cabeza la habitación que, desde que estuve aquí la semana pasada, ha sufrido una transformación festiva.

—¡Cuidado dónde te paras! —exclama Órla cuando hago una pausa para asimilarlo todo. Sigo la dirección de su dedo, que señala una ramita de muérdago en lo alto de la puerta, sobre mi cabeza. Esboza una sonrisa a la vez que lleva sus manos a mis caderas para echarme a un lado y pasar.

—¿Has salido hoy? ¡Hace un frío que pela! —Sí, estoy balbuceando. Quizá si me concentro en el frío glacial dejo de sentirme tan acalorada.

—Colega —dice Órla acercándose al árbol del rincón—. ¿En serio estás hablando del tiempo conmigo? Seguro que hay cosas mejores de las que hablar.

Tiene razón. Hay muchas cosas de las que quiero hablar con Órla. Como de sus increíbles logros gimnásticos; o de si miedo fue lo único que sintió cuando salí del cobertizo en Sunnyside; o de si alguna vez, ya sabes, había conocido a una chica que siempre había pensado que era totalmente hetero, pero que de alguna manera había cambiado de idea.

Las palabras me habían salido sin dificultad al ensayarlo en mi cuarto de baño. Sonaba curiosa pero tranquila. Ahora, no obstante, no me veo con el valor de preguntárselo.

—¿De qué quieres hablar entonces?

—¡Para empezar de por qué narices *Ma* guarda esta mierda! —Órla está de rodillas, sosteniendo un reno con la nariz de pompón roja, ojos saltones y las astas hechas con dos limpiatuberías. Hasta que lo privó de su posición privilegiada, Rudolph era la única decoración casera de un árbol que, por lo demás, estaba perfectamente combinado y era digno de aparecer en una revista de interiores.

Todavía de rodillas, se acerca más, más, más, hasta detenerse justo delante de mí, más deslumbrante que cualquiera de los ornamentos de su mono azul cobalto adornado de estrellas doradas.

—Todos los años *Ma* insiste en que esta —deja a Rudolph en la palma de mi mano— es la *pièce de résistance.* —Ahora que está a mi alcance, puedo ver que las constelaciones del mono de Órla están bordadas a mano—. No me digas que no está para tirarlo. Me he ofrecido a hacerle alguna otra cosa. Hay un montón de ideas que pegarían muchísimo más con nuestro concepto, pero no quiere.

Sí, el reno está un poco maltrecho y es una porquería, pero entiendo por qué Bronagh quiere conservarlo.

Para aferrarse.

—A mí me gusta. —Me alzo sobre Órla, que levanta una mano como diciéndome «tira». La agarro y la noto cálida. Suave. Y la mía está temblando cuando vuelvo a colocar el reno en la rama. Que gira y deja al descubierto la parte de atrás, donde distingo tres letras garabateadas y medio borradas con tinta roja—. ¿Ó.M.G.?

—Presente. —Y hace una reverencia dramática—. Órla Mary Gamble. ¡Una exclamación desde el día que nací! —Roza mi brazo cuando se pone de pie y coge dos ositos envueltos en aluminio dorado de un cuenco artísticamente colocado entre las velas del aparador—. Lo irónico es que cuelga mis cosas viejas, ¡pero estas elaboradas chocolatinas son demasiado «cutres» para colgarlas en su árbol! ¿Quieres una?

—Por supuesto.

Estamos quitándoles el envoltorio a los bombones cuando se abre la puerta del salón. Espero ver a Papá o a Bronagh, que han estado conversando en voz baja en la cocina, pero su lugar entra una mujer en chándal con un moño rubio impecable. Menea uno de sus dedos huesudos de forma exagerada frente a la cara de Órla.

Esta traga y se relame los labios para limpiarse el chocolate.

—Todos esos dulces navideños se van acumulando, ¿sabes?—Su acento liverpuliano es más claro que sus ojos, los cuales entrecierra mientras traza una línea invisible con el dedo desde la boca de Órla hasta el puño que ha cerrado alrededor del envoltorio estrujado.

—Iris, esta es mi entrenadora, Catherine. —Si hace un momento era una exclamación, ahora no es más que un leve murmullo.

Como si acabase de darse cuenta de que hay alguien más en la estancia, Catherine desvía su mirada hacia mí, sus ojos azules me miran de arriba abajo.

—Encantada de conocerte. —Es mi mejor voz. La que normalmente reservo para cuando conozco a los padres.

Asiente como si las palabras fuesen una pérdida de tiempo. Vuelve a centrarse en Órla.

—No pareces muy preparada.

Las manos Órla revolotean hacia su mono y desabrocha los dos botones superiores. Debajo lleva esas mallas negras y moradas que vi en las fotos de las escaleras.

El envoltorio de la chocolatina, liberado de la palma de Órla, cae al suelo en silencio.

—Siempre estoy preparada —dice sonriendo, aunque no es hasta que Catherine se marcha del salón cuando la sonrisa traspasa sus tensas mejillas y se dibuja en sus ojos—. Bueno, parece que tengo que irme. Sesión de entrenamiento extra —me explica y curva el labio inferior en un pseudo puchero.

—¿No puedes librarte?

—¿Estás de broma, colega? —Abre el calendario del móvil—. Cada día cuenta cuando vas a por el oro olímpico. —No es que suene triste, sino un poco forzada—. Cuando esté en el podio, los sacrificios habrán merecido la pena, ¿verdad?

—¡Claro! Si yo apenas soy capaz de concentrarme para acabar un solo día de instituto, no te quiero contar la fuerza de voluntad que debes de tener para estar en el equipo nacional. En cuanto Papá y yo salgamos por esa puerta, te pondrá como el brillante ejemplo de cómo mis expectativas de futuro podrían mejorar si cambio de actitud.

Se encoge de hombros.

—A lo mejor nuestra actitud no sea tan distinta, sino la suerte.

—¿La suerte? —Pienso en los folios sobre los Piscis que vi en su escritorio cuando eché un vistazo por su habitación hace unos días. No se irá a poner astrológica conmigo, ¿verdad? Ni empezará a preguntarme mi signo, ¿no?

Órla cuadra un poco la mandíbula y se muerde el labio inferior.

—Sí, la suerte; es lo que hay escrito en esas cosas de origami que sostienes en las fotos, ¿verdad? —Entonces sus mejillas se ruborizan—. Puede que los haya visto cuando, hipotéticamente, te cotilleaba en Insta.

Ajá. Así que no he sido la única que ha estado investigando. Gracias, Dios, por YouTube y los vídeos que la gente ha colgado de las competiciones de Órla.

Tiene gracia lo fuerte que te puede latir el corazón cuando hace apenas una hora se había vuelto de piedra.

—Fue genial verte, Iris.

—Oye, antes de que te vayas... —Meto la mano en la mochila.

—Podrías habértela quedado. —Órla no necesita acercarse para cogerla, pero lo hace—. Creo que te pega. —Ladea un poco la cabeza como si me estuviera haciendo una pregunta. Y entonces las líneas de su sonrisa alrededor de sus ojos esmeralda desaparecen.

¿Me está preguntando dónde estoy en la escala que bordó?

Yo también me lo he preguntado. Todas las madrugadas desde el martes, cuando no podía dormir a por todos los «por qué», los «cómo» y los «¿qué cojones?» y he instado al ruido de mis pensamientos a ir más allá de Sunnyside y Mamá.

Y cada vez, se iban a Órla. Y cuando mi mente se iba a Órla, mis manos se deslizan a mi cintura, a mis braguitas, al lugar que siempre ha sido placer.

Pero por mucho que intento alejarme, Sunnyside y Mamá siempre acechan.

Y, ¿quién quiere pensar en su madre cuando está pensando en, bueno... *eso?*

Y con todo lo que está pasando, ¿debería siquiera estar pensando en *eso?*

¿Deberían mis manos siquiera merodear?

¿Está mal hacer de mi cuerpo un refugio?

¿Ansiar alguna especie de alivio?

—Órla, Catherine te está esperando en el coche —la avisa Bronagh desde el pasillo—. Tienes que ir al gimnasio.

—Lo que en realidad tengo que hacer, Iris —Órla se acerca un poco más—, es darte mi número. —Pese a lo bajito que habla, su susurro hace saltar chispas en mi piel.

Dieciocho

—A Sarah siempre le gustaba beber café con leche hasta la hora de comer. —Cada vez que habla, Bronagh se inclina hacia mí en el sofá. Papá y ella entraron al salón después de que Órla se fuera a entrenar. Y aunque la habitación sigue brillando con luces de colores, ahora parece diferente. Ha perdido parte de su encanto—. Y luego cambiaba a Earl Grey por la tarde.

Eso no lo sabía.

—Y el gas. Cualquier cosa que llevara gas. Latas de gaseosa. Prosecco... Siempre estaba lista para una fiesta. Siempre era la primera en...

—¿Qué te pasó?

Si Bronagh está afectada por mi tono de voz, no lo demuestra.

—Con Mamá, me refiero. —Porque lo del Prosecco, la gaseosa y las fiestas suena muy divertidas y eso, pero, ¿no me dijo Bronagh que mi madre y ella ya no tenían tanto trato cuando mi madre murió?—. ¿Qué os pasó? ¿Cambió?

—Iris. —Papá entrecierra los ojos y deja su taza en la mesa. Endereza la espalda. Está preparándose para disculparse en mi nombre.

—No pasa nada. —Bronagh me mira, su sonrisa no ha desaparecido del todo—. Yo quería a Sarah —dice, más cerca que nunca—. Pero lo cierto es que no siempre era fácil ser amiga suya. —Posa una mano en mi brazo y me da un suave apretón—. Tú vivías con ella, Iris. Creo que sabes a qué me refiero.

~~Lo sé~~.

No me atrevo a moverme por si asiento.

—Mi padre enfermó y estuve varios años yendo y viniendo de Irlanda, así que, entre llevar a Órla al gimnasio para entrenar y demás, no tenía la misma energía que antes para Sarah. —Una lágrima rueda por su mejilla hasta la barbilla y desaparece sobre el grueso borde de su jersey granate—. Y, sinceramente, me sentí decepcionada. Todas aquellas largas llamadas telefónicas a cualquier hora del día, y de la noche; todas aquellas veces que corrí a consolarla en persona. Te prometo que nunca lo lamenté, pero cuando mi padre enfermó y la que necesitaba un poco de apoyo fui yo, Sarah nunca estuvo ahí. Estaba muy ocupada, como siempre. —La voz de Bronagh, normalmente tan cantarina, ahora es plana—. Y, por terrible que sea decirlo, a veces tu mamá era...

Le da un sorbo a su café mientras elige las palabras. Es un tema recurrente, ¿verdad? Ese afán por ser preciso a la hora de describir a Mamá.

—Sarah era intensa, eso es todo. Siempre atrapada en sus pensamientos y a veces era incapaz salir. Una tarde me llamó. No hacía mucho que había vuelto de ayudar a Papá cuando Pete, el padre de Órla, me dijo que no podía seguir así. No hablé con ella. Tenía que pensar en mí.

Algo me revuelve el estómago. Ira, tal vez, pero mezclada con algo más.

—Creo que se nos ha hecho tarde, ¿verdad, Papá? —Me pongo de pie. Demasiado rápido para que parezca algo tan casual como pretendía.

—Cuando dejas a alguien así —dice Bronagh—, aunque tengas motivos para anteponerte, bueno... luego es difícil vivir con ello. —El aire entre nosotras se espesa.

—Cierto. —No sé si Papá me responde a mí o a Bronagh, pero ha cogido su abrigo y se dirige claramente hacia la puerta.

Bronagh nos acompaña.

—Llámame cuando quieras, Iris. —Saca un trozo de papel y un boli de uno de los cajones del mueble del pasillo y anota su número de teléfono—. Es importante que comprendas quién era Sarah. Toda ella. —Un destello, lívido como un relámpago, pasa entre ella y Papá—. Que sepas la verdad.

—Gracias —dice Papá. Aunque no parece agradecido en absoluto con su despedida entrecortada y su mano en mi espalda empujándome hacia el coche.

Cuando miro el móvil mientras nos alejamos de casa de Bronagh, veo que tengo un montón de WhatsApp de Tala. Y también una ristra del grupo «Volvamos sanas y salvas», del que no me salí por miedo a parecer la única gilipollas que no está de acuerdo con la solidaridad entre mujeres, o en reducir el número, o en lo que sea que las chicas esperan conseguir. Estoy de acuerdo con todo. Solo que no me gusta que se piensen que tienen derecho a saber dónde estoy.

Freya ha vuelto sana y salva de su día de compras en Birmingham.

Aisha ha vuelto sana y salva de casa de Charlie.

Chloe ha vuelto sana y salva de la piscina.

¿Y qué pondría yo? ¿Iris ha vuelto sana y salva de la casa donde su madre decidió que el mundo no era suficiente?

—¿Y por qué te fuiste *tú*? —Ya casi hemos llegado a casa cuando rompo el silencio—. De Sunnyside, digo. —Aunque lo que en realidad quiero decir es: «¿Por qué abandonaste *tú* a mi madre?».

Mi padre siempre va superconcentrado cuando conduce, pero ahora mismo está mirando la carretera con una intensidad que no es normal ni para él.

—La situación era complicada, cariño. —Sus ojos se mueven solo para mirar por los retrovisores.

Suspiro lo bastante fuerte para que mi padre comprenda que «La situación era complicada, cariño» no es suficiente respuesta.

—Sarah era... —Pone el intermitente, gira a la derecha y para en el semáforo en rojo, que cambia a ámbar y luego a verde—. Podía ser... intensa.

La palabra que yo usaría es «exuberante».

(Buen uso de «exuberante», Iris).

—¿La amabas?

—Sí. —Cuando por fin me mira, está sonriendo con tristeza.

—Pero, de todos modos, la dejaste.

Aparca en la entrada de nuestra casa y asiente con una leve y pesada inclinación, como si su cabeza —o más bien lo que hay dentro de ella— estuviera atascada, y creo que la conversación ha terminado. Pero entonces...

—A veces, Iris, aunque quieras a una persona, marcharte es lo mejor que puedes hacer.

El día se había vuelto noche de camino a casa. Desde la calidez del coche, vemos a Rosa en la ventana iluminada, corriendo las cortinas para que no entre la oscuridad.

—Entiendo que debe ser fácil. Oír cosas negativas de tu madre. —La lluvia repiquetea contra el parabrisas y, aunque ya no nos movemos, mi padre activa el limpiaparabrisas—. Con Sarah las cosas podían ser complicadas. —Hace una pausa entre frase y frase como si buscara verdades más agradables—. No siempre sabía qué hacer. —Los limpiaparabrisas se mueven sobre el cristal, rítmicos, incesantes, decididos a repeler la lluvia—. Aquel día de Navidad, por ejemplo. —Papá está sentado mirando al frente, con la vista fija en la fachada de la casa, y se muerde el labio mientras apaga el motor. Los limpiaparabrisas se detienen y la lluvia, ahora más intensa, cae en cascada hacia el capó y luego desaparece—. Sarah me pidió que te llevase a Sunnyside para desayunar.

—¿Qué? —No recuerdo nada de esa mañana, pero *sí* recuerdo que no fuimos a ver a Mamá—. ¿Nos pidió que fuéramos?

¿Y no fuimos?

Al igual que cuando llamó a Bronagh y ella no descolgó.

—Quería que tuvieras unas Navidades felices. Tu felicidad siempre es lo prim...

—Primero. —Al asentir, un suave bufido de algo que no quiero sentir sale de mi nariz—. Lo sé, Papá. *Sé* que quieres que sea feliz.

—Cuando me llamó, arrastraba las palabras. Parecía borracha. —Papá está medio entre las sombras, medio en el resplandor naranja de la farola—. No quería que la vieras así. No te hubiera sido agradable.

~~Te diré lo que no fue agradable para Mamá: pensar que todos la habíamos abandonado, que cuando era evidente que nos necesitaba, tomamos la decisión consciente de no ir.~~

Diecinueve

La cafetería, con sus luces brillantes y los cotilleos estruendosos, parece más hostil de lo habitual. Prefiero los rincones oscuros de un edificio abandonado y el reto de hallar una forma de entrar.

Lo raro es que no me entusiasma la idea de hacerlo sola.

—Por favor, Tal. Te prometo que es seguro. Solo es un antiguo restaurante italiano. Ya sabes, el que lleva cerrado de toda la vida. Ni siquiera tenemos que irnos en medio de la nada, está en el centro del pueblo.

—Iris. —Tala deja el cuchillo y el tenedor en la mesa con un repiqueteo que hace girar demasiadas cabezas en su dirección. Baja la cabeza y, como siempre, esconde su mirada tras el pelo—. ¿No te parece un poco locura —susurra— ir a un sitio así ahora? Con ese tío al acecho...

—¿Te refieres al tipo del que ya me he escapado? —Aun así, perdura su risa. Su mueca malévola. Cuanto más lo pienso, más creo que no tenía una navaja en el bolsillo—. No veo por qué debería dejar de hacerlo cuando el problema lo tiene el asqueroso ese.

Tala se encoge de hombros.

—No quiero que te hagas daño, eso es todo.

—Pues ven conmigo.

—Iris, aunque no te lo parezca, a veces hay cosas más importantes que la urbex.

—¿Como esto? —Echo un vistazo al horario de repaso que me ha hecho—. Lo he seguido desde que me lo diste el lunes. —Cuando me refiero a que lo he seguido, quiero decir que tenía los libros en el escritorio mientras escribía, editaba y luego nunca enviaba esos mensajes a Órla. En vez de eso, me he limitado a garabatear su nombre una y otra vez como un patético cliché—. ¿En serio crees que debería pasar un viernes por la noche repasando los ciclos del carbono y el agua?

—Tu nivel de sobresaliente en geografía te lo agradecerá.

—Y el nivel de aburrimiento me condenará al infierno. Venga, Tal. —Meto el horario en el bolsillo trasero de la mochila—. Podemos seguir repasando mañana...

—Para mañana tengo programado inglés, literatura francesa y psicología. Esta noche tengo que perfeccionar la presentación oral de alemán.

—Seguro que puedes hacerlo en tu hora libre después de comer. A las seis me toca pasear a Buddy, así que como muy pronto saldríamos a las siete y media. —Cuanto más tarde mejor si no queremos que nos pillen, aunque obviamente no se lo digo.

—Supongo. —Se frota la uña del dedo anular con el pulgar—. Si realmente necesitas que vaya.

—Genial.

Saco el artículo del restaurante abandonado cuando...

—Es solo que, en esa hora libre, Dougie y yo íbamos a repasar mis poemas para ver cuáles podrían ser buenos para el certamen. —Tala no lo formula como una pregunta, pero suena levemente a petición.

—Oh. —Un trozo de patata se me queda atascado en la garganta—. Si voy a recitarlos yo, ¿no deberíamos elegirlos nosotras? —Trago un poco de Coca-Cola.

—Ya te lo pedí, pero no parecías interesada. —Sigue hablando en voz baja, pero su suavidad se ha endurecido en algo nuevo.

—¿Cuándo? —Aunque me estrujo el cerebro, no recuerdo que me dijera nada de elegir poemas.

—El sábado. Te mandé un WhatsApp. Bueno, realmente fueron cinco. Te pregunté cuál te gustaría leer. —Lo dice mientras revuelve el queso fundido con las judías—. No me contestaste.

«Mierda».

—Mierda, Tal. ¿Fue por la tarde? —Asiente—. Estuve en Sunnyside y después con Bronagh y Órla. Ya sabes, la chica que conocí...

—Sí, sé quién es Órla. —Dios, ¿Tala acaba de poner los ojos en blanco?—. La has mencionado como un millón de veces. Y quinientas mil de esas fueron el lunes, cuando me decías una y otra vez que te había dado su número.

Juro que es el trago de Coca-Cola lo que me provoca el hormigueo en la piel.

—Ese fin de semana me llegaron muchísimas notificaciones del grupo «Volvamos sanas y salvas». Entonces debiste mandar algo más y no miré los mensajes anteriores. Lo siento. —Los chicos en la cola de la cafetería se quedan con la boca abierta al oír mi disculpa en voz demasiado alta y Tala se hunde en la silla.

—Lo entiendes, ¿verdad? —le pregunto unos minutos después, mientras caminamos por el pasillo, a punto de irnos cada una por su lado a clase—. Perderme tus mensajes. El sábado fue muy intenso.

Tala se detiene en seco.

—¡Mira por dónde vas! —De entre toda la gente, tropieza con Sabelotodo.

A mi pesar, acabo ayudándole a recoger los libros que se le han caído en el choque.

—Capullo —espeto mientras él se escabulle por el pasillo.

Tala agarra las mangas de mi abrigo.

—¿Estás bien, Iris?

—Claro.

No parece muy convencida.

—Pareces un poco...

Ladeo la cabeza y dejo que siga la pausa:

—¿Un poco…?

—No sé, ¿enfadada? Y un poco… —Ya estamos otra vez— distraída —acaba diciendo.

Podría contárselo. Lo que mi padre me dijo en el coche cuando volvíamos de casa de Órla. Que mamá quería que fuésemos a desayunar el día de Navidad y, como no fuimos, ella…

Pero de intentarlo, es decir, si se lo dijera, lo que saldría de mi boca no serían palabras, sino gritos.

—Creo que me gusta Órla —digo en su lugar.

Tala enarca la ceja como «¿No me digas?».

—Y no te sorprende, ya sabes, el hecho de que sea… —Ahora soy *yo* la que trata de buscar las palabras adecuadas—. Ya sabes, ¿no? Una chica.

—Bueno, eso explicaría por qué huiste de Rollo.

—Me gustaba Rollo. Me gustaba de verdad. No es que no me gusten los chicos, es que…

—¿También te gustan las chicas?

—Supongo.

Seguimos caminando.

—¡Típico! —Tala sacude la cabeza, riendo—. Tú estás abierta a todos y yo no soy capaz de encontrar…

—¿Que estoy abierta a todos? —Me quedo boquiabierta y subo el tono fingiendo sorpresa al girarme hacia ella—. Tala Fischer, ¿insinúas que soy avariciosa solo porque ahora también me gusta una chica?

—No quería decir eso…

—Lo sé. —Paso el brazo en torno al suyo—. Estoy bromeando. Además, hay cosas más importantes por las que alterarse. Como que supongas que no encuentras a nadie, es un caso clásico de hablar demasiado pronto. —Le doy un codazo en las costillas al tiempo que Dougie sale del baño de los chicos.

No miento, se le dilatan las pupilas cuando la ve.

—¡Tala! ¡Madame Cuthbert no va a estar *très content de toi*!

—*¿Pourquoi pas?* —pregunta ella.

Maldita sea, esto es lo más cerca que he estado de verla flirtear, y no entiendo una palabra.

—En cristiano, por favor, gente.

Tala esboza una sonrisa socarrona en plan «te lo dije» porque a finales undécimo curso no paró de insistir en lo buena idea que sería que me apuntase a francés si algún día quería irme a explorar Francia. «Bah, da igual», pensé, «ya lo aprenderé cuando esté allí».

—Madame Cuthbert no estará contenta porque... —Dougie agita unos papeles en mi cara antes de centrar toda su atención en Tala— anoche no pude dejar de leer tus poemas. Me engancharon tanto que no tuve tiempo de acabar los capítulos de *L'Étranger*. Los he impreso para que podamos repasarlos más tarde, ¿vale?

—Parece que no soy la única que se distrae con la llama del amoooor—bromeo en cuanto Dougie se despide y se pierde entre la multitud. Quién sabe, quizá sea bueno que no leyera los mensajes, porque ahora Dougie y ella tienen unas cuantas horas más para ponerse poéticos. O cualquier otro eufemismo que se use hoy en día para liarse—. Tú haz lo tuyo con Dougie.

¿Cómo si no va a superar ese muro que ha levantado ante el sexo/amor?

Como yo no tengo esas muro, varias horas después, de camino a por Buddy para su paseo vespertino, le envío un mensaje a Órla:

¿Te apetece probar la urbex?

Cuando llamo a la puerta del señor West, veo que todavía no ha contestado.

—¡Por el amor de Dios! —El hombre vagamente familiar que abre la puerta del señor West está mucho menos contento de verme que Buddy—. Tú eres la que pasea al perro, ¿no?

Asiento mientras acaricio el inmenso volumen del pelaje de Buddy. Te juro que no hay una sola vez que verle no me haga sonreír.

—Te tengo en la lista de personas a las que llamar —dice el hombre, con una mano agarrando a Buddy por el collar y la otra frotándose la frente—. Tendrás que pasar un momento. —Retrocede hacia el pasillo—. Es una lista jodidamente larga. —Suspira mientras cierra la puerta—. Papá se cayó hace unos días.

—¿El señor West? ¿Está bien?

—Se pondrá bien —responde con una mezcla angustia y exasperación—. Por cierto, soy Adam.

—Yo Iris. —Al agacharme, las orejas de mopa negras del perro friegan suavemente mi cara y su cola barre el suelo frenéticamente.

Adam coge la correa de donde cuelga en el perchero y la enrolla en un bonito lazo. Es muy meticuloso a la hora de colocarla dentro del bebedero vacío de Buddy, que está encima del trasportín. Las mantas de Buddy también están cuidadosamente dobladas y apiladas, su comida en Tupperwares y su pelota favorita, que sobrepasa el evidente gusto de Adam por el orden, está atada a una cuerda asquerosa y enmarañada.

—¿Buddy se va a algún lado?

No conozco a este tipo, pero la combinación de mejillas sonrosadas y ojos esquivos hace que su incomodidad resulte evidente.

Cuando por fin habla, juraría que dice algo de un refugio de animales.

—¿Qué? —Me levanto para oírlo mejor y Buddy se abalanza sobre mí, apretando sus patas contra mi pecho.

—Papá mejorará con un poco de fisio, pero no es probable que vuelva a tener la misma movilidad que antes, así que…

—¿Así que…?

—No será capaz de pasear a Buddy y no puede permitirse pagarte para que lo hagas todos los días, así que…

¿Qué? ¿Se cree que si no termina las frases, entenderé lo espinoso del asunto y no hará falta que nombre el triste destino de Buddy en voz alta?

—¿Así que…?

—Así que Buddy se irá a un refugio de animales. —Ya está. Lo ha dicho.

Buddy raspa el suelo laminado, impaciente por salir.

—¿Y el señor West está de acuerdo? —No pretendo que suene como una acusación, como cuando Sabelotodo juega a ser un abogado en medio de una disputa familiar. Pero hace unas semanas vi al señor West y a Buddy sentados en el sofá juntos y por fin entendí el cliché de «el mejor amigo del hombre»—. Se necesitan.

—Papá cree que es lo mejor.

Buddy gira la cabeza, agarra esa pelota mugrosa y la deja caer a mis pies. Es lo que hace cuando quiere jugar. Cuando está contento, mueve la cola. Cuando nota peligro, enseña los dientes. Cuando tiene hambre, se sienta junto al armario del fondo a la izquierda de la cocina, donde el señor West guarda su comida.

Imagino al señor West en una cama de hospital, sin poder transmitir lo que necesita de forma tan clara.

Su hijo me da treinta libras, me dice que siente no haberme avisado con antelación, pero que, dadas a las circunstancias, «seguro que lo entiendo». Y antes de poder responderle «pues la verdad es que no», Adam West cierra la puerta.

✦

—No lo entiendo —espeto media hora más tarde cuando irrumpo en la cocina, acalorada por haber vuelto andando con el maldito plumón morado grueso puesto.

Papá está al teléfono; se da cuenta de mi furia y levanta un dedo para decirme que tardará un minuto. Frunce el ceño y entorna los ojos como «relájate».

—Entiendo lo que quieres decir. —Levanta la voz para hacerse oír sobre mis portazos y traqueteos mientras pongo al calentar una tartaleta en el horno—. ¿Entonces es mejor que no hagamos nada hasta después de Navidad?

~~¿Por qué hacer hoy lo que puedes hacer en el futuro, eh, Papá? ¿Y a quién le importa a quién jodas por el camino?~~

—Van a separar al señor West y a Buddy. —Las palabras salen de mi boca y llegan a la cocina justo cuanto Papá cuelga la llamada—. Lo abandonan en un refugio de animales ahora que el señor West más lo necesita.

~~Obviamente~~ Papá me pide que me calme.

—Seguro que la decisión no ha sido fácil —responde en cuanto le cuento toda la historia. Me guiña el ojo y me quita el último trozo de tartaleta del plato, como si todo fuera a desaparecer con su ridícula manía de robarme la merienda.

—¿A ti te parece bien?

—Lo que creo es que a veces la gente tiene que tomar decisiones difíciles. —Sostiene dos tartaletas más, con una expresión de lo más patética, las mete en el horno y sonríe, como si todo se resolviese tan fácilmente—. Tener un perro es una gran responsabilidad. —Allá vamos. Ya empieza con su sermón sobre por qué nunca nos dejará tener mascota—. El señor West no podrá cuidar de Buddy, no como él necesita para tener una vida plena y sana.

—¿Y no importa acaso que el señor West esté hecho una mierda después de su caída y su animal favorito del mundo no esté a su lado para consolarlo?

—El señor West tendrá a su hijo. Y Buddy tendrá una nueva familia que le dará mejor los cuidados que necesite.

A ojos de Papá todo está solucionado. Ni me molesto en contarle que, cuando me fui y Buddy entendió que no iba a pasear, se le escuchaba lloriquear incluso después de que el hijo del señor West cerrara la puerta.

—Por cierto, estaba hablando con Bronagh —dice Papá mientras cojo una de las tartaletas recién calentadas y me siento a la mesa.

El nombre de Bronagh enlaza con el de Órla y se me traba la lengua. A duras penas consigo responder con un «¿Eh?».

—Sobre Sunnyside. —Papá que se sienta frente a mí—. Quería hablar contigo. He pensado que tal vez quieras venderla.

—¿Venderla? —El shock deshace el nudo y la palabra me brota.

—Dice que los compradores dejan de buscar cuando se acerca Navidad y que es mejor que empecemos después de Año Nue…

—¿Venderla? —repito, porque, ¿qué coño? ¿Es que no me ha oído?

—Sí. —Y juro que los ojos le hacen chiribitas, como si vender Sunnyside fuera la mejor idea de su vida.

—Pero si acabo de recuperarla. —Me viene a la mente la caja de cenizas que está junto a la Caja de Cosas de Mamá. Como todo lo tangible que me queda de ella cabe debajo de mi cama. Como Tala y yo convertimos el refugio en un lugar donde pensar en ella en su aniversario, porque no tenía tumba, ni siquiera un banco. No había dónde ir.

Hasta Sunnyside.

¿Y me está sugiriendo que la venda?

—Pensaba... —La preocupación marca las venas de sus sienes y cuello—. Pensaba que con lo que pasó allí no querrías...

«Lo que pasó allí».

No es un recuerdo, ¿verdad? Si no estuve allí para verlo. Si ni siquiera sabía qué había pasado hasta la semana anterior. Sin embargo, mi cabeza ha creado una imagen; pieza a pieza ha creado un horrible puzle de aquella mañana de Navidad con mi madre y las pastillas.

No es que no lo pensara cuando estaba en Sunnyside. No es que cuando estaba en el salón, donde Papá dice que la encontraron, imaginara a Mamá en el sofá. Lo que habría llevado puesto o su piel amarillenta e hinchada. No es que oliera el cojín con fuerza, preguntándome si habría apoyado la cabeza en él. O que mirara el techo tratando de imaginar qué fue lo último que vio.

Todo eso ocurrió. Pero también pasaron más cosas.

Como cuando toqué las cosas que ella tocó y todo el dolor de mi cuerpo se impregnó de algo parecido a alegría. Alegría sería una palabra demasiado exagerada, demasiado feliz, pero sea cual fuere la palabra, me acercó a ella más de lo que había estado en siete años.

—He estado arreglándola —me informa Papá—. Para dejártela bonita, obviamente, pero también para que esté lista para la venta.

Pensé que una propiedad tan grande te parecería una carga, cariño. Especialmente una tan antigua.

La cocina no es un campo de batalla. Oigo lo que Papá dice y le encuentro sentido. Pero me anestesia el corazón cuando enumera todos los arreglos que ha hecho. Cada tarea que describe, añade otro centímetro a la línea invisible que está trazando en el suelo entre nosotros.

—Tienes mucho en lo que pensar. —Es como acaba la conversación.

Asiento porque tiene razón y sonrío porque está nervioso.

Papá me besa en la coronilla y cuando se va noto que mi móvil vibra en el bolsillo.

Órla:
Dime cuándo y dónde quedamos.
Me apunto.

Veinte

—Está claro que a mí no me han enviado el código de vestimenta. —Órla levanta los brazos con las palmas hacia arriba y hace una mueca—. Tú pareces salida de *Matrix* y yo soy la maldita Poppy de *Trolls.*

—Tu abrigo es muy arcoíris y el coletero… —No sé ni por dónde empezar a describir la tela ancha con estampado de pelícanos con la que se ha hecho el moño.

—Oye, ¡que lo he hecho yo! —Se da golpecitos en la coronilla fingiendo autoconciencia.

—Me encanta. Todo. Incluso las botas —digo, fijándome ahora en las florecitas que ha dibujado en las puntas de los zapatos—. Es que es un poco… ¿llamativo? —Trato de decirlo con tiento.

—Supongo destaco en la oscuridad.

Y es cierto. Solo una novata confiaría en que la oscuridad de la noche, la penumbra de los callejones bastaría para camuflarse. Las ventanas de los pisos contiguos dan al patio donde seguimos valorando la mejor manera de subirnos a un contenedor.

—Quizá debería haber sido más normativa.

Órla sacude la cabeza.

—Sinceramente, colega, lo normativo es lo último que.

Me llevo un dedo a los labios en señal de silencio.

—Esa mochila es una Tardis —susurra mientras saco unos guantes, una linterna frontal, toallitas y, justo lo que buscaba, una máscara de protección le coloco en la parte inferior de la cara.

—Por si hay polvo —le explico, cogiendo un pañuelo y atándomelo de forma que me cubra la boca.

Me alzo, no hay elegancia en el fuerte balanceo de mis piernas ni en el mugido que pego cuando mi pecho golpea parte superior del contenedor. Subo las rodillas. Suelo hacer esto sola por bastantes razones, y las vistas que debe tener Órla de mi culo es una de ellas.

La ventana está, tal y como pensé cuando hice un reconocimiento en uno de mis paseos con Buddy, atascada en su marco abombado, pero se puede abrir fácilmente con el carné de la biblioteca. Tala echaría humo ante tal sacrilegio. Es el único uso que le doy.

—¿Lista?

Órla, aún en el suelo con los brazos en alto para que la agarre, parece cualquier cosa menos lista.

Consigo —con una cantidad desconcertante de gruñidos— subirla al contenedor, donde aterriza encima de mí con un «pum», espachurrando la bolsa del McDonald's que tenía en equilibrio sobre el regazo. Es muy probable que las hamburguesas se hayan aplastado, aunque la tragedia se diluye por lo cerca que están nuestras caras. Incluso con la máscara entre nosotras, imagino su respiración y las cosquillas que me haría en la nariz.

—Con todas esas volteretas hacia atrás, saltar por los aires y esos tumbos por la colchoneta, pensaba que subirte aquí te resultaría pan comido.

—No es lo mismo —dice Órla una vez se ha quitado la máscara y ha cogido la linterna que le he ofrecido en cuanto nos hemos puesto a salvo dentro—. Para empezar, un gimnasio está bien iluminado y tiene el suelo elástico. Este sitio tiene unas vibras muy distintas, mucho más espeluznantes.

Ya estamos. Ser «espeluznante» es una de las razones por las que Tala casi nunca me acompaña. «Es como una peli de terror» dice mi mejor amiga siempre que la llevo a cualquier sitio que no sea el refugio. Y se acaba la partida antes de que la exploración siquiera empiece.

—Mieeeeeerda.

Órla alumbra los rincones más alejados de Matteo's, que fue, y sigue pareciendo un restaurante italiano. No tiene nada de inquietante, No para mí. Que sí, hay algo de moho en las paredes y el olor es más hediondo que la pizza margarita. (Buen uso de «hediondo», Iris). Pero me parece romántico que las mesas sigan vestidas con manteles a cuadros verdes y blancos, los platos y la cubertería puestos y las servilletas rojas dobladas en forma de corona. Sin embargo, dudo que Órla esté pensando en romances cuando me agarra, me acerca y se acurruca a mi lado, con su aliento caliente en mi cuello mientras susurra.

—¿Crees que hay fantasmas?

—No —mi corazón se retuerce de la decepción—, pero no pasa nada, no tenemos por qué quedarnos si es demasiado. —Es la respuesta por defecto que le doy a Tala cuando se asusta. No hay nada peor que explorar con alguien que no ve la belleza de estos sitios porque su visión está nublada por el miedo.

—¿Irnos? —Órla casi me deja ciega cuando me apunta la linterna a la cara—. ¿Por qué íbamos a irnos?

—¿No te da miedo?

—¿Miedo? —Gira la linterna hacia sí misma—. Si te enfrentases a mi entrenadora un domingo por la tarde, después de todo un finde de serpenteos decepcionantes y chapuzas con los aros, sabrías que hay cosas mucho más terroríficas que los espíritus. ¡Que vengan los fantasmas! —Ríe mientras avanza, sin dejarse intimidar por la oscuridad.

Hay una cafetera lista para gorgotear y moler granos en la barra, donde las botellas sin abrir de vino se yerguen largas entre copas y un sacacorchos optimista. Hay menús, panfletos de publicidad, recibos y una pila de correo junto a la puerta. En la cocina hay sartenes lavadas, tarros a medio usar de hierbas y especias y una carpeta con recetas manchadas a pesar de estar enfundadas en plástico.

—Colega, mira. —Órla rebusca entre los libros y papeles de la barra—. Mira todas estas reservas. —Pasa las páginas—. ¿Cuánto lleva cerrado?

—Unos cuatro o cinco años. —Oí algo en la cadena de radio local que a Papá le gusta llevar en el coche. Una noticia sobre que las altas tasas municipales estaban sentenciando a muerte la calle principal. La expresión «sentencia de muerte» se me quedó grabada.

—¿Crees que la gente venía a por su carbonara o lo que fuera y se encontró con que los italianos se habían largado? —Sus ojos entrecerrados me miran mientras cierra la agenda—. Apuesto a que el gerente era Sagitario. —Se estremece de broma—. Son lo peor. Muy caprichosos.

Odio el hecho de saber esto de ella, porque todo esto de los signos del zodiaco me parece un disparate, pero Mamá era Sagitario.

Hay precisión en la forma en que Órla se adentra en la cocina, la misma particularidad en su zancada que vi en los vídeos de sus competiciones. Puede que los haya visto una o dos o incluso puede que veintisiete veces al día en YouTube.

—Hay comida en los armarios —dice—. Pensaba que se habrían ocupado de eso. Ya sabes, deshacerse de todo antes de irse, pero parece que simplemente desaparecieron sin pararse a pensar en toda la mierda que dejaban atrás.

Cuando entramos por la ventana, le dije a Órla que podía quitarse la máscara porque Matteo's parecía bastante seguro. Solo lo cubre una fina capa de polvo. Sin embargo, su visión de la gente que alguna vez trabajó en este sitio queda suspendida en el aire, haciéndolo viscoso y difícil de respirar.

Este no es el ambiente que busco.

—Deberíamos comer —digo alegre y animada—, antes de que las hamburguesas aplastadas se enfríen. —Cuando deposito la bolsa de papel sobre la mesa, sale el olor a carne—. Tal vez quieras usar esto primero. —Le paso las toallitas antibacterianas, que pasa por la silla antes de sentarse.

—¿Hay algo que no traigas en esa mochila?

Enciendo unas velitas a pilas y... sinceramente, esta noche me estoy sorprendiendo a mí misma.

—¿Vino, *signorina*? —Cojo una botella del estante tras la barra y la sostengo como si fuera un bebé al que voy a presentar a un certamen de belleza.

—Conduzco, ¿recuerdas? Además, beber entorpece los sentidos. —Órla abre la cajita de la hamburguesa e inspira—. Prefiero que los míos estén alerta. —Mi corazón se desboca cuando me mira a través de sus pestañas—. Ha pasado mucho tiempo... —Juraría que está insinuando la posibilidad de algún tipo de relación, pero...—. ¡McDonald's está en la «lista de prohibidos» de la entrenadora! Creo que hace años que no me como una.

—¿Entonces estoy a punto de ser testigo de una rebelión? —Le doy un gran mordisco animal a la mía para animarla.

Los gritos de la calle se cuelan por las diminutas rendijas de las ventanas y Órla gira la cabeza como un búho, comprobando todos los sombríos rincones en busca de algún peligro inminente.

—Están fuera.

Suelta el aire que había estado conteniendo.

—Olvídate de la hamburguesa, mi mera presencia aquí es una rebelión.

—Dios, ¿te has escapado? —Una mancha de kétchup gotea de mi manga como sangre en los dibujos animados, de cuando me limpié la boca con el dorso de la mano—. ¿Tu madre sabe que estás conmigo?

—No se lo diré a Catherine —Órla no solo imita la voz de Bronagh—, pero que te quede claro que solo lo haré esta vez. —También imita a Bronagh inclinando la cabeza. El gesto compasivo de bajar la barbilla que he visto hacer a muchísimas madres cuando me hablan o hablan sobre mí y mi «situación»—. Puede, en estos momentos, que lo que Iris necesite sea una cara amiga.

Me clavo las uñas, afiladas y puntiagudas, en las palmas.

—¿Entonces has venido por pena?

—Oh, ¡déjate de tonterías! —Órla sacude la cabeza, riendo—. He venido para tener una noche libre y que nos divirtamos un poco.

Separa los labios y, tras unos minutos sin hablar, da hacemos desaparecer las hamburguesas y las patatas.

—Joder, qué bueno estaba.

—¡Creo que soy una mala influencia! —Clavo los ojos en sus dedos, que está lamiendo para quitarles la grasa y la sal. Me mira mientras come.

—Tengo una teoría.

—Venga ya. —Si las teorías de Órla son iguales que las de Sabelotodo, tenemos para rato.

Pero Órla alza la ceja en gesto de «escúchame, ¿vale?».

—Por nuestra cuenta, somos una cosa; una cierta versión de nosotras mismas con unos rasgos que creemos que conforman nuestra esencia. Pero cuando conocemos a alguien, cuando dos personas se juntan… no sé, crean algo nuevo.

—¿Es lo que vamos a hacer esta noche? Transformar a tu antiguo yo que rehuía las hamburguesas en un glotón devorador de carne.

—Buen uso de «glotón», Iris, pero eso no…

—Espera, ¿qué? —Mi tono acusatorio pincha la sonrisa de Órla. Se desinfla en una mueca de preocupación—. ¿Qué has dicho?

—¿Te refieres a mi teoría?

—No, lo de después.

—Buen uso de «glotón», Iris. ¿Por qué? ¿Qué he…?

—Buen uso de «adorar», Iris —me dijo mi madre una mañana durante el desayuno, cuando le dije lo mucho que adoraba las *pain au chocolat.*

Mamá era de palabras. Puede que solo tuviese diez años cuando murió, pero incluso a los cuatro o cinco años ya había inculcado su valor y entusiasmo.

—Buena pronunciación de *shock-oh-lá.* —Su humor era tan dulce y cálido como la masa—. Deberíamos ir a Pa-rii—canturreaba. Y aunque mis conocimientos en geografía iban a la zaga de mis logros lingüísticos, sabía que infería un acento muy poco inglés a su entonación de la ciudad, que me dijo estaba llena de arquitectura exquisita, ropa exquisitas y una gastronomía más exquisita aún.

Repetía la palabra «exquisita» a mi zumo de naranja mientras ella me prometía un barco por un río, subir a una torre y un tren que nos transportaría de un país al otro por debajo del mar.

No hubo viaje a Pa-rii. Ni a París. Pero, más o menos un día después, hubo un salón decorado con banderitas francesas, y sopa de cebolla para cenar. Hubo una copa de vino llena de Ribena y queso viscoso blanquecino para untar en trozos arrancados de una barra de pan crujiente que, cuando la sacó del cesto, era tan larga como mi pierna.

—¿Qué te parece? —Los ojos de Mamá revoloteaban entre mí y nuestra cena pícnic de estilo parisino.

—*Egg-skwiz-ita* —respondí, y ella sonrió.

Vuelvo de pronto al presente.

—Me has pillado desprevenida... —me excuso con Órla.

—¿Iris?—No hace tanto frío, pero agradezco la calidez de su mano.

—Mi madre solía decir eso. De las palabras, me refiero. «Buen uso de tal y tal, Iris».

—¡La mía también! —Juro que Órla brilla, en plan, «es una señal»—. Ma también lo hace.

Por un momento pienso que quizá haya algo de verdad en eso de que es una señal, pero entonces me doy cuenta.

—Supongo que era algo que Bronagh y Mamá se decían. Quizá cuando eran más jóvenes.

Cuando eran amigas.

—Lo siento —dice Órla, y sé por dónde va a seguir—. Lo de tu mamá, me refiero.

Normalmente llegados a este punto le digo a la gente que lo he superado. Que era una niña cuando ocurrió y que, sí, es una pena, pero, de verdad, lo prometo, estoy bien.

Pero.

—La echo de menos.

Mi vergonzosa pena se huele a la legua. Más que el fétido olor de la sala. Y debe meterse en la boca y nariz de Órla, porque, durante un minuto o así, no dice nada, permanece en silencio mirando la mesa, todavía sujetando mi mano.

Finalmente rompe el silencio.

—Mi abu, por parte de Ma, creía que todas las almas volvían en forma de pájaro —dice al final—. Juraba por su vida que el abuelo había vuelto como una gaviota. Creía que, tras su muerte, no se había perdido ni una sola de las vacaciones que pasamos juntos.

Cuando Órla me mira a los ojos, espero ver que está de broma, pero lo único que encuentro es esperanza.

—¡De verdad! Era capaz de diferenciarlo en una bandada cada vez que íbamos a la costa. Ahora la abu es un loro que vive en la cafetería indie del pueblo. Critica a los clientes que piden café con leche. Nunca pudo soportar a nadie que no valorara una buena taza de té. —Los dedos de Órla se alejan de los míos y se recuesta en la silla—. Me gusta. Significa que cuando alguien muere, en realidad nunca nos abandona.

La idea es tranquilizadora, reconfortante, aunque la fea verdad de cómo Papá rechazó la invitación de Mamá aquella mañana de Navidad se abre paso a través de la tranquila estampa igual de fuerte y violenta que el graznido de los cuervos que ahuyentaron al petirrojo en Sunnyside.

—Pero ¿y si la persona que murió sentía que los demás queríamos que se fuese? ¿Volvería igualmente?

No responde, en realidad no habla, ni siquiera cuando me paso la media hora siguiente escupiendo verdades sobre los secretos de Papá y su rechazo a Mamá. ¿Tiene razón Órla entonces? En su teoría. ¿Me transformo en alguien nuevo en su compañía?

Es cuando saco el comecocos que hice para el restaurante, meto los dedos entre los pliegues y le pido que elija, que rompe su silencio.

—Esa —dice al tiempo que señala un cuadrado y luego otro. Levanto la solapa y leo ese destino irrefutable.

«Serás fuerte».

Sonríe incluso cuando le enseño cómo Mamá nunca me dio otra opción.

—Es una palabra curiosa. —Ha salido por la ventana del restaurante y me espera sentada en el contenedor—. «Fuerte». —Son solo dos sílabas, pero me golpean con fuerza en el pecho—. La gente me considera así. —Mueve las piernas y salta al suelo—. Ya sabes, por mi entrenamiento.

—Se te ve bien.

Si Órla se da cuenta de que mi comentario tiene dos interpretaciones, no lo demuestra. Sus ojos se vuelven soñadores, ya no me presta atención.

—Aunque tenga un horario, no está en mi naturaleza seguirlo a rajatabla. —Se mete las manos en los enormes bolsillos amarillos—. Los Piscis tendemos a ser criaturas efímeras, ¿sabes?

Me dejo caer a su lado.

—Entonces, ¿tal vez no sea tu signo del zodiaco Noel que te define? —Caminamos de vuelta a su coche perfectamente acompasadas—. ¿No creerás en serio que tu vida la definen los astros?

Ella se detiene.

—¿Y eso es más loco que pensar que la tuya está escrita en un trozo de papel?

Veintiuno

—Pues tendrás que hacer pis en la jungla—le digo a Órla mientras señalo uno de los estrechos caminos que serpentean entre las tiendas del casco antiguo del pueblo—. Y cuando digo en la jungla, me refiero a un callejón. Prerrogativa de los urbexers —añado al ver que niega con la cabeza—. Si vas a ser la compinche de @DoralaUrbexploradora, tendrás que acostumbrarte a acuclillarte donde puedas.

—¡Oye! Que yo no soy la compinche de nadie —me rebate—. De todas formas, no es solo un pis… —El creciente rubor de sus mejillas es visible a la luz de las farolas.

—¿Crees que tu entrenadora ha programado tu sistema digestivo para que expulse la hamburguesa lo antes posible?

—¡No tengo que hacer caca, si es lo que piensas! —Órla mete la bolsa de papel con los envoltorios de las hamburguesas en una papelera cercana—. Creo que me ha bajado la regla. Supongo que no tendrás nada en tu mochila Tardis para eso, ¿verdad?

Le ofrezco una servilleta, pero por la mirada que me lanza Órla entiendo que no servirá.

✦

Veinticinco minutos después, nos deslizamos por la puerta trasera de mi casa a mi dormitorio y la dirijo hasta mi cuarto de baño propio —donde hay una cesta con los mejores productos de higiene personal del mundo— mientras le garantizo los poderes curativos de una taza del té Womankind de Rosa.

—Vuelvo en un min —le digo a la puerta del baño que se está cerrando antes de bajar corriendo a la cocina, donde Papá no para de hablar del vivero que su compañero de trabajo le recomendó para ir a comprar su árbol perfecto y *de verdad*.

Rosa me mira desde su asiento en la mesa de la cocina.

—¿Estás bien? —me pregunta en voz baja.

Asiento y enciendo la tetera.

—¿Queréis? —les pregunto, pero ni Papá ni ella me escuchan.

—Tu artificial estuvo bien, pero tienes que admitir que las ramas están dobladas unas sobre otras. —Papá pone esa cara, como de que le resulta igual de difícil manejar un árbol imperfecto que una hija imperfecta—. Han desaparecido la mitad de las pinochas.

Rosa no responde, pero es una de esas personas que le da sentido a la expresión «silencio ensordecedor».

Papá, aparentemente ajeno al significado del silencio de su mujer, sigue parloteando.

—Venga, cariño, llevamos años hablando de comprar un árbol de verdad. Y como no lo vamos a poner hasta el dieciocho, ¡seguro que aguanta vivo hasta el día de Navidad! —Le pone su móvil, supongo que con la web del vivero abierta, en las narices—. Y con tu reciente éxito botánico, seguro que cualquier reticencia que tuvieras se ha disipado. —Coge la frondosa yuca de su lugar sagrado en el alféizar de la ventana y se la muestra a Rosa como si sostuviera la antorcha olímpica en todo su esplendor.

Que yo sepa, el yoga se caracteriza por sus movimientos lentos y meditados, pero la rapidez con que Rosa se levanta de la silla y corre a por su yuca me recuerda más a Usain Bolt. Rápidamente devuelve la planta al lugar que le corresponde.

—Sé que no es el mejor de los árboles, Matt, pero lo tengo desde hace años. — Incluso por encima del rugido de la tetera hirviendo, soy capaz de notar que el tono de mi madrastra está cargado de nostalgia.

—¡Exacto! —El de Papá, no obstante, está lleno de desdén—. Está hecho polvo. —Coloca las manos en la mesa como diciendo «caso cerrado» y mi corazón y estómago se revuelven por la facilidad con la que se ha deshecho del decrépito pero bonito árbol de su mujer—. Tirémoslo a la basura.

¿Es que no soporta que algo esté un poquito roto y defectuoso?

Juro que siento el latigazo de sus cabezas al mirarme cuando dejo dos tazas sobre la encimera.

—¡Sí, tíralo! —Soy yo quien habla, pero no reconozco mi voz. No solo por el volumen, que es alto, mandón y atrevido, sino por el desprecio y el desgarro con la que va cargada—. ¿Por qué ibas a conservar algo un poco estropeado, eh? Dios te libre de intentar arreglarlo. Mejor quitárselo de la vista y reemplazarlo con otro nuevo y reluciente.

Papá se pone de pie con los brazos extendidos, las palmas hacia arriba y los ojos muy abiertos, como diciendo «Iris, por favor». Se acerca para abrazarme.

—No. —Es la única palabra que puedo pronunciar, porque «no» es corta y no hay mucho espacio en mi lengua, en la que guardo algo más grande y pesado que una simple palabra de dos letras. Algo más grande que el estúpido árbol artificial de Navidad que ni siquiera me gusta porque todos sabemos que los árboles de verdad tienen ese olor delicioso. Pero esa no es la cuestión. La cuestión es que Papá está actuando como de costumbre. Porque, ¿no es más fácil deshacerse de un problema que enfrentarse a él? Tirar un árbol roto a la basura. Separar a un anciano enfermo de su perro. Vender una casa que ha sido testigo de una tragedia.

—Iris —suplica, ignorando a Sabelotodo, que acaba de entrar en la habitación. Esto es exactamente lo que Papá no sabe gestionar. Esta rabia y caos que brotan de mí es justo lo que Papá ha hecho todo lo posible por evitar.

Cierro la boca y la tormenta baja retumbando de mi garganta a mi estómago, la gravedad contra el trueno, mientras el vendaval de ira y exasperación prenden mis piernas y mis pies con fuego.

Quiero darle una patada.

Pétrea y furiosa, me conformo con pegar un zapatazo en el suelo.

Sabelotodo se lleva una mano a la boca y finge toser.

—Bebé.

—Iris —repite Papá con suavidad y dulzura porque él nunca sería capaz de hacerle daño ni a una mosca, ¿verdad?—. ¿Qué te pasa?

—¿Qué coño crees que me pasa?

—Iris.

Aparto la mano de Rosa de un manotazo cuando se me acerca.

—Ni se te ocurra. —Mi voz es rasposa. Arde con maldad. Me limpio las lágrimas que llevo conteniendo tanto tiempo y fulmino a mi madrastra con la mirada, que intenta aferrarse a su calma habitual.

—Enciende la chimenea, Matt —dice.

—Pero…

Rosa levanta la mano para acallar la réplica de su marido.

Papá se va.

—Os he oído desde mi cuarto. ¿Todo esto —Sabelotodo finge llorar— por un árbol?

—Noah. —Rosa apoya una mano en el hombro de su hijo—. Sé amable. *Por favor.*

—Claro —dice, pero en cuanto ella le da la espalda, mi hermanastro mira la cajita del té y sonríe con suficiencia—. A lo mejor deberías aumentar la dosis de tu té para mujeres si te vas a poner así siempre que te baje la regla. Aunque ya se ha aceptado el síndrome premenstrual como un atenuante en varios casos de Reino Unid…

—¡Ó. M. G.!

El camino de la mesa a mi dormitorio no es largo, pero se hace vertiginoso y eterno cuando intentas tomar aire y esperas no haberla liado.

—¿Iris? —me llama Rosa desde la cocina, pero sus palabras no alcanzan mis oídos porque todos mis sentidos están puestos en Órla. O en la ausencia de Órla, que definitivamente, se ha ido.

Veintidós

—¡Mierda!

¿Qué esperaba? Si Sabelotodo oyó todo el drama desde su habitación, Órla desde la mía seguro que también. No me extraña que desapareciera. Le dije que iba a por té. Y no unté cualquiera, sino uno que le devolvería el equilibrio. Si no se hubiera ido, se habría ahogado en la puta ironía.

—Toc, toc —dice Rosa unos minutos después, sin llegar a llamar a la puerta porque tiene las manos ocupadas con tazas de ese maldito té—. Las estabas preparando, ¿verdad? —Su voz transmite un ápice de orgullo, en plan «por fin compartes mi fe en el poder curativo de las hierbas».

—Demasiado tarde. —Si antes mi llanto era rápido y furioso, ahora es torpe y triste.

La cosa es que yo *no* lloro.

«Serás fuerte».

Y lo soy.

Y, aun así...

Tampoco hablo con madrastras, al menos no con madrastras de rostro compasivo, brazos abiertos y e invitaciones a respirar.

Yo *tengo* ~~tuve~~ una madre.

Y aceptar a otra sería...

~~¿Qué?~~

Traición.

Y, sin embargo...

No rechazo a Rosa cuando deja las tazas en la mesita de noche y vuelve a acercarse para cogerme la mano. Dejo que me guíe hasta la cama, donde se sienta a mi lado, más cerca que de costumbre, y me dice que no está bien no estar bien.

Una frase poco original, pero no pongo los ojos en blanco ni los tiño de desprecio.

—¿Tala se ha ido a casa?

Me encojo de hombros, sin molestarme en aclarar que no estaba preparando ese estúpido té para Tala. Es ridículo, pero sé que si intentara decirle la verdad, me trabaría al pronunciar el nombre de Órla.

—Si quieres te lo puedes beber tú.

—A las dos nos vendría bien calmarnos un poco —dice.

—Si no recuerdo mal, he sido la única que se ha puesto histérica por un árbol.

—¿Sabes, Iris? Cuando el padre de Noah se marchó, todos mis amigos me repetían lo bien que me había adaptado. —Rosa siguió sus propios consejos y respiró hondo antes de apartarse ligeramente—. Tenía treinta y dos años, era una mujer adulta con un buen trabajo y un hijo precioso. Juré que no me dejaría pisotear por un exmarido mujeriego que, de todos modos, nunca fue lo bastante bueno para mí.

Saca una latita de bálsamo de labios del bolsillo, le quita la tapa y usa un dedo para esparcírselo por sus labios.

—Conseguí una hipoteca para una casa nueva, me corté y teñí el pelo y me apunté a clases de yoga en un intento por estar bien física y espiritualmente. —El bálsamo de vainilla huele muy bien—. Lo hice todo bien. Y todos se sorprendieron de lo bien que controlé todo. De cómo, pese a todo lo que había pasado, estaba perfectamente bien. Me decían que era extraordinaria. Y los creí, Iris. Yo también estaba segura de ser extraordinaria. —Sus dedos juguetean con los hilachos de la manga de su rebeca—. Entonces, un día, perdí los papeles por una balsamina.

—¿Una qué?

—Es una planta que la gente da a los niños para que se interesen por la jardinería. Se supone que se cuidan con mucha facilidad.

Intento no reírme, porque puedo intuir por dónde va la historia. Todos sabemos que —obviando la preciada yuca— Rosa es una asesina en serie de plantas.

—No floreció y me puse hecha una furia. Hice todo lo que debía por esa maldita planta. La cuidé, la regué y, aun así, no pudo darme lo único que yo quería. Así que tiré al suelo la puta maceta puse el grito en el cielo.

—¡Rosa! —No soy ninguna puritana, pero, en serio, el Ancla no es de las que suelen decir palabrotas.

—Lo sé, jodidamente sorprendente, ¿eh?

Y con toda su paz, serenidad y respiración yóguica, en cierto modo lo es.

—Pero no se trataba solo de la balsamina, Iris, y apostaría mi colección de adornos de Navidad a que, para ti, no se trata solo mi viejo árbol.

Sentadas en silencio, sorbemos nuestro té.

—Mañana voy a hacer yoga, ¿te apetece? —A juzgar por el brillo de sus ojos, supongo que no bromea.

—A lo mejor podemos ir a probar todos. —Papá está apoyado en el marco de la puerta, en un intento, supongo, de parecer casual. Su rostro es más viejo de lo que nunca imaginé, con profundas arrugas alrededor de su ligera sonrisa y una expresión que es una mezcla de inquietud, disculpa y esperanza.

Siempre que me he burlado de la increíble propensión de Tala por llorar, ella me habla de los efectos curativos de una buena llorera. Cómo libera químicos que alivian el dolor físico y emocional. Así que, como acabo de llorar, cuando veo a Papá no espero que esa rabia sísmica vuelva a estallar. Pensé que tal vez habría sofocado ese brote de ira en mi interior.

Veo que intenta acercarse a mí sin agobiarme. Hablar conmigo sin preguntar demasiado.

Pero es demasiado.

Todo.

Lo que me hizo al ocultarme sus secretos.

Lo que le hizo a Mamá al mantenerme alejada.

Y mientras tanto seguía interpretando el papel de don Riguroso, al que jamás se le ocurriría saltarse las normas.

Solo que las normas no siempre se limitan a llevar un traje EPI o usar las herramientas adecuadas para un trabajo.

También hay otro tipo de normas.

—¿Sabes que Rosa y yo estamos juntos gracias al yoga? —dice, y puedo ver que se está debatiendo entre permanecer donde está o entrar en mi habitación.

Quizá oye fuegos artificiales explotar en mi cabeza o huele el tufo azufrado del magma que envuelve mi corazón. Sea como fuere, se queda donde está.

Doy un trago al té Womankind y ansío el equilibrio que promete.

Rosa, normalmente tan sagaz, empieza a reírse.

—No seas exagerado, Matt. Viniste a las sesiones justas como para invitarme a un café después de clase, donde me convenciste de que eras un yogui y de que pronto estaríamos haciendo el arco volador. —Enarca una ceja—. En realidad, una vez me atrajiste bajo el pretexto de tu potencial meditativo, ¡nunca volví a verte tumbado para hacer una chaturanga!

Doy un sorbo, luego un trago y luego me bebo rápido el puto té.

Mi madrastra es todo risitas, pero esto no tiene ni pizca de gracia. Porque su encuentro idílico no refleja cómo es Papá.

—Es un fraude. —Me pongo de pie para ocupar tanto espacio como puedo—. ¿No es eso básicamente lo que nos ha hecho a todos? Convencernos de que es una cosa y luego sorprendernos con que la realidad es otra bien distinta.

—Iris —dice Rosa—. Venga, amor. No es justo.

—¿Tú crees? —Todo es pura energía volcánica. La tensión. El silencio. La verdad. No se habla, pero retumba en la habitación—.

Creemos que le conocemos, pero al igual que a ti te hizo creer que era el tipo de hombre doblaría hacia atrás haciendo el puente, a mí me hizo creer que era el bueno. Y sí, pensaba que era quisquilloso y un pesado, pero al menos sabía que podía confiar en él porque los Rigurosos no son peligrosos. Los Rigurosos apagan fuegos. No los prenden.

—Iris, por favor. —Aunque no mirara a Papá, por el débil quiebro de su voz, sabría que sus ojos están anegados en lágrimas.

—¿Sabes quién lo veía como era? —Ahora estoy furiosa—. Mamá. —Cuando escupo su nombre, una llamarada de rabia, rencor y aversión emana de mi piel—. Con la máscara de zorro quería decir algo, ¿verdad? Vio lo astuto que podías llegar a ser.

—Su intención nunca fue mentir. —La voz de Rosa es como el mar durante nuestras últimas vacaciones en Grecia.

Cálida.

Tranquila.

Profunda.

—Pensó que si seguías creyendo la historia del incendio, te sería más fácil soportarlo.

Quiero arremeter y provocar algunas putas olas.

La ignoro; solo miro a Papá.

—Dices que no me lo contaste porque intentabas protegerme. Pero te estabas protegiendo a ti mismo. Destrozaste a Mamá cuando me llevaste a vivir contigo. Luego pisoteaste sus pedazos cuando te negaste a que la viera el día de Navidad.

—Iris —dice Rosa—. No es como si...

Pero Papá sacude la cabeza.

—No, Rosa. —Me sorprende que podamos entender sus palabras entre sus sollozos.

—¿Así que tú puedes llorar, no?

Si antes quería ser gigante, ahora quiero ser pequeñita. Tener diez años, y que no me digan que debo ser feliz, que me permitan derrumbarme porque mi madre ha muerto, ¿y no es motivo suficiente para llorar?

—Lo sien…

—Vete. Déjame. Sola. —Pronuncio cada palabra larga e implacable—. Eso se te da bien, ¿verdad? —Me niego a apartar la mirada de él cuando exclamo—. ¿No fue precisamente tu capacidad de apartar a la gente lo que mató a mi mamá?

Veintitrés

—¿Alguien quiere *palitaw*?

Rosa ya está abriendo la tartera que le ha dado Tala cuando ha venido a recogerme hace unos minutos. No importa que hayamos terminado hace nada nuestro insoportable *brunch* familiar de los sábados o que Papá y ella hayan interrumpido bruscamente su ambiente *vinyasa*.

—Mmmmm —dice papá, apoyándose contra la barandilla y dando un mordisco a uno de los pastelitos de arroz dulce que Tita Celestina ha preparado como parte del «intercambio gastronómico» entre Rosa y ella—. Coge uno, Iris. Puede que incluso sean mejores que las famosas tartaletas de Rosa.

—¿Estás lista? —Ignoro a Papá, cojo mi abrigo del armario de debajo de las escaleras y fijo la vista en Tala, cuyos ojos destellan con una mirada a lo «¿Qué coño está pasando, Iris?»—. ¿Al refugio? —digo ansiosa por irme, porque la razón por la que ha venido no tiene nada que ver con que ignore a Papá, sino con conmemorar a Mamá.

—Solo faltan seis días para el diecisiete —dijo Tala ayer—. Tenemos que hacer planes.

Dado que todos los años hacemos lo mismo —encendemos velas y recordamos las mejores anécdotas de Mamá—, el apuro de Tala es, en mi opinión, un poco innecesario, pero estoy dispuesta a seguirle la corriente si con eso podemos largarnos de aquí. Pero

Tala se ha girado hacia Rosa, que le ha preguntado algo sobre el certamen de poesía y, antes de que me dé cuenta, mi madrastra le está contando a mi mejor amiga que conoce un par de movimientos que le vendrían de maravilla para mejorar su confianza esa noche.

—Ven —dice Rosa al tiempo que agarra a Tala por el codo y la lleva a las dos esterillas de yoga desplegadas en el suelo del salón.

Tala se quita el plumón y el jersey y se echa a reír cuando Rosa pone sus manos en sus brazos y empieza a colocarla en lo que ella llama «la postura del águila». Papá la copia. Los tres están allí plantados, con el pie levantado y totalmente ensimismados. Tala y Papá hacen una mueca de dolor mientras que Rosa, tranquila e impertérrita, les dice —con voz de pódcast de meditación que engulle casi todas las tardes— que su contorsión es como una puerta.

—Debéis centraros en su dificultad —afirma—. Cuando reconozcáis la dificultad, quizá lograréis transformaros. Ven, Iris, tú también.

No quiero transformarme.

Por eso le he enviado un mensaje Órla esta madrugada diciéndole que creía que no debíamos seguir viéndonos.

¿Qué fue lo que dijo en Matteo's? Que por nuestra cuenta somos una cosa y que, cuando conocemos a alguien, juntos, nos convertimos en algo nuevo. Pero ese algo nuevo en lo que me convertí en compañía de Órla —sacando fuera todo eso de echar de menos a Mamá y estar resentida con Papá— era un monstruo, un torrente gruñón que no podía callar.

Papá se desploma, carcajeándose, mientras Rosa le explica a Tala cómo relajarse, riendo con una alegría absurda mientras observa desde su espalda y le dice que puede ver sus alas.

—¿Las ves, Iris?

Me encojo de hombros. Lo único que veo son los prominentes omóplatos de Tala.

¿Es este mi problema?

¿Es mi incapacidad para ver más allá de lo obvio por lo que no puedo imaginarme las alas de Tala? ¿Por qué no puedo imaginarme a mi mejor amiga como un ave valiente remontando el vuelo?

✦

—Suéltalo. —A su favor, decir que Tala aguantó los quince minutos que tardamos en llegar al refugio sin preguntar por qué no le hablo a Papá. Pero ahora que estamos aquí, la hoguera no es lo único que quiere poner en marcha—. Venga —insiste con las manos llenas de ramitas—. Habla.

—Estoy bien. —Me distraigo rebuscando en la maleta, extendiendo las mantas y abriendo dos latas de Coca-Cola y una bolsa de Maltesers para compartir—. Si tus poemas son tan buenos como tus hogueras, vamos a arrasar en el certamen —digo al tiempo que Tala se deja caer a mi lado con un cuaderno y un bolígrafo—. ¿Me los vas a enseñar o qué?

—Vale —dice, aunque su voz es la misma que usa en clase cuando no le queda más remedio que responder en voz alta. Es un murmullo, una mezcla de letras avergonzada que apenas forma palabras.

—¿Qué passsssa? ¿No te ha proclamado Dougie la nueva Emily Dickinson? —Extiendo la mano hacia las hojas A4 que acaba de sacar de la mochila—. ¡Solo los voy a leer *yo*! Ya sabes, tu fan número uno.

—No quiero que...

Aunque agarro el papel, ella sigue sin soltarlo.

—¿No quieres qué?

—Que me juzgues. —Esta vez no es un murmullo. Es clara y afilada, como una guillotina que corta el aire entre nosotras en lo que se siente como un antes y un después.

—¿Desde cuándo juzgo yo a la gente?

—¿Don Riguroso? ¿El Ancla? ¿Sabelotodo?

—¿Por ponerles motes? Solo son apodos.

Ella se encoge de hombros y suelta el papel, que desdoblo y para revelar el título del poema escrito en mayúsculas y en negrita en la parte superior.

SOY AS

—¡Me encanta tu seguridad, Tal! ¡Claro que lo eres! Eres un as. —Espero a que Tala responda con «Y tú eres más as», pero no lo hace. Más bien se sienta y me mira de manera que transmite que no le apetece que nos alabemos mutuamente, como hacemos desde hace siete años—. No, tú eres más —digo de todas formas.

—Tal vez no sea lo que crees. —Le da un toquecito al papel—. No se lee muy bien en la página. Se supone que hay que leerlo en alto para que...

—Seguro que lo pillo.

—Vale. —Se cruza de brazos y se encorva un poquito. Me alegro de haberme prestado voluntaria para recitarlo por ella, dada su propensión a querer desaparecer.

Muevo los labios mientras leo e imagino cómo sería hacerlo delante de un público. Hacerlo por Tala. Dar vida a sus palabras:

As como en excelente, experto y demás.
As como en marcar al oponente sin tocar.
Cuando tocar tiene origen en
unas manos en la cadera,
o unos dedos en el rostro
o labios sobre labios
y uf,
        para,
        por favor...
        soy as.

As como en no, gracias, eso no es lo mío, por favor.
Ser as es...

no, no-es-una-fase,
no, no-es-una-broma.
As como en
sí-seamos-compañeros,
sí-seamos-amigos.
As como en sí, sí, sí.
Soy demasiado as para fingir
más tiempo que mi cuerpo arde
con algo que se parezca a tu deseo sexual.
Es más como indiferencia,
como si hubiera un lo-tomas-o-lo-dejas,
lo dejaría pasar y mejor que creas
que esto no es una fase ni un error en mi creación.
Es solo que no me gusta el sexo igual que a ti no te gusta...
hornear.

—¿Eres as? As como en asexual. —Más que una afirmación es una pregunta.

—Sí —contesta Tala.

—Pero nunca lo has hecho. —Tiro de la cremallera del plumón—. Me refiero al sexo.

—No —responde.

—¿Entonces cómo...? —Hace demasiado calor aquí—. ¿Al menos vas a, ya sabes, intentarlo?

—No lo sé, Iris. —El folio me hace un corte en el índice cuando me lo arrebata de las manos. Me llevo la herida a la boca para chuparla mejor—. Olvídalo. —Tala arruga el poema y se dispone a tirarlo al fuego.

—¡Ni se te ocurra, Tala Fischer! —Agarro sus manos y le abro el puño derecho. El poema-bola cae al suelo de piedra—. Está bien. —La atraigo para abrazarla—. Simplemente me ha sorprendido. Pensaba...

—¿Por qué? —Los movimientos de Tala cuando se separa de mí y se agacha para recoger el poema son muy peculiares. Lentos y premeditados, como si se estuviera tensando, lista para ponerse en el modo lucha o huida que aprendimos en biología.

—Por qué, ¿qué?

—¿Por qué te sorprende? —No es que Tala sea gritona ni brusca, pero percibo desafío en su tono y en el modo en que tira de las esquinas del papel opuestas para que sus pliegues se alisen y vuelva a desvelar su verdad una vez más.

El refugio se oscurece; fuera las nubes deben de haber anegado el sol invernal.

—No puedo imaginar no tener curiosidad. ¿No crees que alguna vez...?

—¡No! —Sus ojos despiden un destello irritado. Pero cuando sigue hablando unos segundos después, su voz se ha suavizado—: Es lo que soy. —Sus palabras, sosegadas, rebosan aceptación—. Supongo que es improbable, aunque no imposible, que en algún momento cambie de opinión. A *ti* no te gustaban las chicas y mírate hora, enchochada con tu gimnasta.

No le he contado a Tala que he terminado con Órla. Aunque tampoco es que tuviera *nada.* Solo pasamos una noche que yo me imaginaba prometedora y que, en realidad, pasó de conversaciones profundas a un drama menstrual y después a una discusión familiar. Y, *¡puf!* De repente, ella —y cualquier posibilidad de romance— desaparecieron.

Sonrío y resoplo un poco indiscriminadamente por la nariz. Sé lo que me dirá Tala si le enseño los mensajes que envié. El primero sugería que no era el momento de pensar en otra cosa que no fuesen las mierdas de mi familia. El segundo en el que añado que el lado bueno es que ella (y su entrenadora) me agradecerán no tentarla a saltarse más entrenamientos para comer hamburguesas. Ya se acordará Órla de mí cuando esté en el podio, suene el himno nacional a todo volumen y reciba su oro olímpico.

Si Tala leyera esos mensajes, vería más de lo que dicen. Vería conexiones. Con Rollo. Con Felix. Con Jasper. Con Jack. Con todos esos chicos majos y amables de los que dice que me he alejado

—o en el caso de Rollo, que he *huido*—. Cree que tengo la costumbre de abandonar a alguien bueno antes de que ese tenga la oportunidad de hacérmelo a mí.

Ojalá nunca hubiese cursado psicología avanzada.

—¿Cómo sabes que eres as? —le pregunto ahora, equilibrando los Maltesers en dos pirámides, una para ella y otra para mí.

—Supongo que igual que tú sabes que no lo eres.

Uno para ella. Uno para mí.

Coge uno de la cima y empieza a mordisquear la cobertura de chocolate.

—No siempre es fácil contarte algo, Iris.

—¿Por qué? —Esas dos palabras, solas, siempre suenan a crítica.

—Dímelo tú. —Aunque esté sonriendo, no le llega a los ojos—. *Tú* no me confías tus cosas a *mí*.

Noto un nudo en la garganta Aunque quisiera soltar todos mis secretos, las palabras no conseguirían abrirse paso.

Tala cierra los ojos durante unos segundos. Cuando los abre, es como si se hubiera dado cuenta de que le tocaba seguir hablando.

—He intentado hablar contigo. —El pequeño núcleo esférico del mutilado Malteser empieza a derretirse cuando saca la lengua y se lo pone encima—. Pero no me escuchas. Te lo tomas a broma o haces como solo fuera cuestión de esperar al momento adecuado.

—¿Cuándo me lo he tomado a broma?

—Em, ¿Haribo?

Y ahora lo que me calienta las mejillas no es la hoguera, sino la vergüenza.

Hace unos veranos, fuimos de viaje escolar a Francia, y hubo un incidente con Jameson en los baños de mujeres del ferry de Portsmouth a Caen. Tala juró que, la cara de Jameson cuando se la chupó después de haberse hinchado a comer pica-picas en el autocar era como si se hubiera poseído algo. Siempre he supuesto —y sí, burlado— de que es por eso que no se ha vuelto a acercarse a ningún chico desde entonces.

—Te dije que lo odié, que no tenía ningún interés en volver a hacer, eso ni nada parecido. Pero tú seguías insistiendo en que le diera otra oportunidad. Con otro chico. O...

—Porque no siempre será así, Ta...

—¿Pero tú te estás escuchando? —estalla, se levanta y la punta del zapato golpea la pirámide, que se desploma y desperdiga las bolitas de chocolate en distintas direcciones a través de la manta y hacia el suelo—. Te crees que tienes calado a todo el mundo.

A cuatro patas, intento recoger sus Maltesers.

No decimos nada. Lo único que oigo es el crepitar del fuego y el techo y las ventanas temblar bajo el repentino aguacero.

Meto las mugrientas bolitas en el paquete vacío, cojo una de la parte superior de mi pila y se la ofrezco a Tala en la palma de mi mano. Cuando la coge, una ráfaga de viento abre la puerta del refugio.

—¿Entonces el diecisiete? —Tala rompe su silencio. A través de la rendija, veo que al petirrojo posarse en el escalón—. ¿Te gustaría hacer algo diferente este año para recordar a tu mamá?

Veinticuatro

—¡Iris! —La voz de Bronagh armoniza con el bullicio y la alegría de la multitud de cantantes de villancicos que se apiñan frente a los baños de la estación cantando a todo pulmón *Rockin' Around the Christmas Tree* como si hubiesen estado comiendo troncos de Navidad y bolitas de ron desde las siete de la mañana—. Me alegro tanto de que hayas quedado conmigo. —Me envuelve en un abrazo gigante que, con ese abrigo gris de piel que lleva, siento como si el Yeti me estuviese absorbiendo —. Aún no puedo creer lo mucho que te pareces a Sarah. Quizá sean tus ojos. —Me estudia con tal intensidad que no sé a dónde mirar—. O tu boca.

¿Es eso? ¿Mis ojos? ¿Mi boca? ¿O hay algo más en mí que tiene reminiscencias de mi madre? No solo en mi aspecto, sino en algo más profundo, algo como la forma en la que enfadé a Tala. Cómo estaba tan segura de que la juzgaría del mismo modo que ella parece pensar que al llamarles Sabelotodo, el Ancla y el Riguroso juzgo a Noah, Rosa y a Papá.

«El señor Taylor es un entrometido» dijo una vez Mamá cuando el agricultor de al lado vino para preguntarle si conocía la normativa para encender hogueras en el jardín.

«Esa mujer es una intransigente» espetó cuando la bibliotecaria insistió en que no podía llevarse *Cumbres Borrascosas, Tess la de los d'Uberville* y *Rebeca* hasta que no hubiera devuelto y pagado la multa de los diez libros que ya tenía en préstamo.

«Esa profesora es una imbécil prepotente» murmuró cuando me subí al coche después de que la jefa de estudios se la llevase para «hablar tranquilamente», dejándome jugando al tres en raya con su asistente. Para entonces ya lo me había cansado, llevábamos jugando desde que recogieron a los demás niños, hacía más de una hora.

—¿Te gusta el chocolate caliente? —Bronagh se alegra cuando le digo que sí—. Entonces, ¿vamos a Birdies? A tu madre le encantaba el chocolate caliente con malvaviscos y nata montada.

Quizá sea la falta de espacio en el coche de Bronagh, pero aquí la ausencia de Mamá es mucho más patente. O quizá es por oír hablar de ella. Esos pequeños detalles forman una imagen más nítida y, a su vez, un agujero aún mayor.

Sin embargo, he venido precisamente por los detalles. Por eso le escribí a Bronagh en cuanto Tala me dejó en casa, después del refugio, y le pregunté si no le importaría quedar y responderme algunas preguntas que tenía sobre Mamá.

Varios minutos después, estamos en el tipo de cafetería independiente, pequeñita y mona, de esas que solo existen en las películas. La pared del fondo está oculta con estanterías repletas de libros que a Tala le encantarían. En la barra hay dos tablones de madera con letritas blancas: una ofrece la carta y la otra las distintas formas en las que Birdies quiere animar a los lugareños. En su próximo esfuerzo, dentro de tres días, se proyectará *Un cuento de Navidad* con karaoke. La *pièce de résistance* es una jaula de pájaros enorme en un rincón junto a la ventana, donde veo un loro posado sobre un columpio, con sus ojos saltones clavados en el hombre que tenemos delante y está pidiendo un café con leche para llevar.

—¡Chico malo! ¡Chico malo!

—Siéntate —me dice Bronagh, inclinando la cabeza hacia la mesa vacía junto al ave criticona.

—¡Buena chica! ¡Buena chica! —grazna el loro cuando me siento—. ¡Buena chica! ¡Buena chica! —repite cuando Bronagh toma asiento no solo con chocolate caliente, sino también con un trozo de galleta.

Me pilla mirando.

—He pensado que podemos ir a medias.

Y, aunque me prometí a mí misma no pensar en Órla en esta visita, mi corazón no puede evitar estremecerse al acordarme de que, con todas las restricciones que su entrenadora le impone a la hora de comer, Órla probablemente nunca llegue a compartir manjares como este con su madre.

—Creo que le gustas —dice Bronagh, y mi corazón baila un vals, porque está claro que no soy la única que piensa en la posibilidad frustrada de que Órla y yo seamos algo *más que amigas.*

—¿Ha dicho algo?

Centro toda mi atención en ver cuántos de esos minimalvaviscos rosas y blancos puedo meter en la cuchara mientas imagino a Órla, cuya respuesta a los mensajes ha sido bastante, quizá demasiado, fría —no pasa nada, Iris, sé que andas con mil movidas—, llorando contra el hombro de su madre.

—¡Se podría decir que sí! —Bronagh ríe—. ¡Buena chica! ¡Buena chica! —Mueve la cabeza a la vez que imita de forma penosa al loro, y mi corazón, que palpita y baila un vals, se desploma en mi estómago, donde queda pegado como los malvaviscos y la crema—. Estoy casi segura de que ese pájaro es mi madre. Después de mudarse de vuelta a Belfast cuando yo tenía veinte años, juró que no viviría en ningún otro sitio que no fuera Irlanda, pero hay algo en esos ojos negros saltones...

Justo entonces, el loro ladea la cabeza y observa a Bronagh.

—¡Buon giorno!

—A Mamá le encantaba pasar sus vacaciones en Italia. —Bronagh se encoge de hombros, como si eso fuese una prueba irrefutable—. Yo fui con *tu* Mamá una vez.

—¿En serio?

—El verano previo a que se fuera a la universidad. —Su profunda inspiración es diferente a la de Rosa. Mientras que la de mi madrastra parece reparadora, la de Bronagh es de resignación—. Fue el verano anterior a la primera vez que la perdí.

—¿La perdiste?

—Sí. —Se limpia una miga de galleta del labio con la lengua y mira más allá de mí, a través de la enorme ventana que va del suelo al techo y da a la concurrida calle, oscurecida ligeramente por el aliento de la gente y los vapores del café—. Sarah me abandonó más de una vez, pero esa primera fue culpa mía. Debería haberme portado mejor con ella, pero...

Es curiosa la cantidad de veces que la gente deja sus frases en el aire cuando hablan de Mamá.

Bronagh se recoloca en la silla.

—Creo que me puse celosa —dice, como si se le acabara de ocurrir—. Se había marchado a otro pueblo con un grupo nuevo de amigos artistas, y creo que no me sentó bien. Desde que vine a Inglaterra en sexto curso, siempre acudía a mí. Cuando su madre falleció, se mudó de Sunnyside a la casa de mis padres para poder terminar el bachillerato. Éramos como hermanas. A veces, también nos peleábamos como tal. Pero de repente apareció un grupo de compañeros que solo se quedaban con lo mejor de ella. Ya sabes, ese precioso lado creativo suyo.

Ese lo conozco.

~~¿Y el otro también?~~

—Quizá si no hubiese sido tan mala... Si hubiese seguido visitándola los fines de semana... Quizá no se hubiera descarrilado tanto y... —Se frota las mejillas con una servilleta—. Hay tantos «quizá» con Sarah.

—¡Buena chica! ¡Buena chica!

Quizá si Papá y yo hubiésemos ido a desayunar el día de Navidad...

Quizá si él no me hubiese apartado...

~~O el quizá de los quizás: quizá si no hubieses llamado...~~

Por ahí no.

La cafetería se ha llenado. La cola llega a la puerta. Todas las mesas están ocupadas.

—¿Por aquel entonces ya conocías a mi padre?

—Claro, eran una bonita pareja. Matt estaba loco por Sarah. —Bronagh sonríe y juro que sus ojos se iluminan al recordar esa versión enamorada de Papá—. Aunque lo cierto es que todo el mundo estaba loco por Sarah. Tenía esa forma de... No sé cómo describirlo; de hacerte sentir que todo es posible, que podías ser quien quisieras ser.

Es verdad.

El verano anterior a su muerte, Mamá me sacó de la cama a las tres de la madrugada y me metió en el coche con oso Bim y varias mantas.

—Suena a que estoy como unas maracas, pero necesitamos más oscuridad —dijo alejándose a toda velocidad de la casa y en dirección a las colinas, que desde la ventanilla del coche parecían las jorobadas espaldas de monstruos silenciosos y enormes. —Estamos subiendo. ¡Arriba, arriba, arriba! ¡Eso es bueno, Iris! ¡La vida es bonita, bonita, bonita! —Todo lo que decía iba acompañado de un signo de exclamación.

Nada de aquello tenía sentido, pero yo le seguía la corriente, porque era mi madre y se mostraba muy segura, y yo solo tenía diez años, así que, ¿qué otra opción tenía?

—Aquí.

Me subió al capó del coche y el calor del motor me pareció tan reconfortante como su brazo en torno a mis hombros. Dejó que ponerle pegatinas con brillantina en forma de estrella en su pelo mientras me explicaba que las líneas de luz en el cielo no eran ni cohetes ni superhéroes, sino restos de cometas, y que la mayoría apenas eran más grandes que un grano de arena.

Alcé la vista.

—¿Y cómo brillan tanto si son tan pequeños?

—Son como *tú* —su voz era tan clara como el cielo nocturno, y sus palabras transmitían el mismo asombroso calor que las esquirlas celestiales en llamas—. Son la muestra de que, incluso las cosas más diminutas, pueden llenar de luz la oscuridad infinita.

Tú haces eso, Iris. —Su mano en mi brazo me estrujó contra ella—. Los científicos lo llaman lluvia de meteoritos. —Me besó la coronilla con tanta fuerza que juraría que podía notar sus dientes contra mi cráneo—. Pero, ¿sabes cómo lo llamo yo?

Miré del cielo a mi madre. Ambos eran infinitos. Ambos me entusiasmaban y a veces me llenaban de miedo.

—Lo llamo esperanza.

Bronagh ladea la cabeza y me mira.

—Cuando todo iba bien era magnífica, ¿verdad?

—¡Buon giorno! ¡Buon giorno! —El loro saluda a una señora que maniobra con un cochecito el espacio entre nuestras mesas. Le da al niño, que va atado, una moneda de chocolate gigante. Este se queda mirando fijamente a su madre mientras ella desbloquea su móvil, y entonces niño estira el brazo para llegar a la ventana y dibuja un corazón con el dedo en la condensación del cristal.

Y así de fácil, plasma la simple forma de sus sentimientos en el cristal.

Veinticinco

—No es *mi* problema —espeta Jonny Filer desde la fila de detrás de mí—. No se la va a sacar delante de mí, así que...

El domingo, mientras estuve con Bronagh, el exhibicionista volvió a mostrar sus partes a otra joven a un kilómetro y medio del bosque Good Hope. Esta vez hasta se hizo una paja. Durante los últimos tres días ha habido una ristra de mensajes en el grupo de «Volvamos sanas y salvas» sobre la mejor forma de defenderse de estos ataques.

Clávale los dedos en los ojos.

Dale un puñetazo en la garganta.

Dale un pisotón.

Pégale un rodillazo en la entrepierna.

Vuélvete loca y escúpele en la cara si hace falta.

—Estamos aquí, Jonny, porque es un problema de *todos*. —Angeline Daré se gira para fulminarlo con la mirada y no sé quién está más cabreado, si Jonny porque su ex acaba de llamarle la atención delante de todo el instituto o yo porque me he visto obligada a admitir que a veces una Caribella puede hablar con sensatez.

—Bien dicho, señorita Daré.

La señora Clarke, nuestra jefa de estudios, continúa explicando que ha convocado esta reunión para tratar «cómo debemos actuar *todos*».

—Mi madre me ha dicho que, si lo veo, me ría de ese fracasado —comenta Evie, la reina de las Caribellas, desde la primera fila de la sala—. Es patético.

—No es algo para reírse, Evie. —La señora Clark mira al orientador escolar, el señor Moriarty, que asiente en acuerdo mientras se sube al escenario.

—El exhibicionismo —dice despacio con voz de no-me-avergüenzan-estos-temas— a menudo se ridiculiza en la prensa, lo cual puede llevar a que ni el delito ni sus víctimas se tomen en serio. Quiero que sepáis que, si alguien aquí de aquí viene a hablar conmigo o con cualquier otro miembro del personal sobre este tema, le escucharemos, ¿de acuerdo?

—Jooooooooodeeeer —murmura Jonny mientras la señora Clark nos recuerda a las chicas cómo podemos sentirnos más seguras—. Ni que el tío hubiera tocado a nadie.

Si la poesía de Tala tiene la mitad de la fuerza de la mirada asesina que le lanza a Jonny, la aclamarán como la Shakespeare del siglo veintiuno.

Diez minutos después, Jonny sigue con la boca cerrada mientras el señor Moriarty explica que aquellos que eligen exhibirse probablemente tienen la delirante sensación de que pueden hacerlo, que pueden sentir placer con el pudor y la vergüenza de sus víctimas.

»A veces también puede haber una dinámica de poderes —dice, citando algunos ejemplos de cómico y actores famosos que han admitido conductas sexuales inapropiadas—. Porque, aunque no haya tocamientos, el exhibicionismo *es* una conducta sexual inapropiada. —El señor Moriarty lanza una mirada a Jonny.

—Con la de fotopollas que se circulan por aquí sin que nadie las haya pedido, es probable que la mayoría de los chicos de nuestro curso también sean culpables de tener una conducta sexual inapropiada —le digo a Tala mientras nos arrastra la marabunta de alumnos que se apresuran hacia la cafetería en cuanto se da por finalizada la sesión.

—¡No todos somos imbéciles, Iris! —Dougie se coloca en la cola junto a su laureada poetisa—. A algunos sí nos importa y queremos cambiar las cosas.

—¿Te importa, realmente? —dice Tala mientras paga lo que debe ser su septuagesimotercera patata asada del trimestre y se dirige a una mesa. ¿Está mal que me alegre por el tono hostil con el que le habla?—. Porque, por las risitas socarronas, parecía que a casi todos los chicos os parecía muy gracioso.

Ambos se quedan en silencio y Dios sabe que no seré yo quien lo rompa.

Tala empieza a almorzar. Dios, ¿quién iba a saber que se podía ser tan violenta con un tenedor y una papa asada?

—Lo siento —dice mientras retira sus cubiertos y retoma su habitual volumen bajo—. Pero todas esas directrices: permaneced siempre en zonas bien iluminadas; mostraos seguras; guardad el teléfono en el bolsillo para no distraeros y poder observar lo que os rodea; tened siempre las manos libres por si necesitáis defenderos. —Mira a Dougie, que no le ha quitado ojo desde que se ha sentado—. Dices que queréis cambiar las cosas, pero todos los consejos que nos acaban de dar son para que *nosotras*, cambiemos nuestro comportamiento, no vosotros el vuestro.

Jamás he visto a Tala hablar tanto en público.

—Tienes razón. —Dougie está serio, compungido—. Pensaré en qué puedo hacer para ayudaros.

—Bien —la cara de tala al sonreírle cuando le dice que puede que tenga una sorpresa para ella en los próximos días es tan sincera, tan involucrada.

—¿Qué es? —le pregunta, pero Dougie se muestra tímido y, «ya lo verás, ya lo verás», mientras se sumergen en una larga charla sobre sus planes de ir a Birmingham a un club de lectura LGTBIQA+.

«Eh, ¿hola? ¿Por qué nadie me ha contado nada?».

—Anoche hablé con uno de los organizadores. —Dougie roba una cucharada de alubias del plato de Tala. Una guarrada, en mi opinión—. Le mencioné tus poemas y me dijo que, si querías practicar tu interpretación, puedes hacerlo allí.

—*Yo* voy a recitar los poemas de Tala —digo, pero Dougie se limita a encogerse de hombros. Me clavo las uñas en las palmas mientras mis venas se llenan de sangre tan repentinamente caliente que sé que me va a hacer arder las mejillas—. Y he estado pensando —continúo apresurada antes de que puedan volver a su charla privada sobre sus escapadas privadas— que no sé si el poema de Tala «Soy as» es el más adecuado para que lo lea *yo* en el certamen.

—Es magnífico —dice Dougie—. Ha trabajado mucho en él.

—Lo sé. —Le agito una bolsita de Maltesers a Tala y la miro como diciendo «¿quieres?», mientras mi demonio interior le dice a Dougie «¿a que no sabías que son sus favoritos?»—. Pero el contenido es muy personal.

—Por eso es tan potente. —Dougie no se muestra agresivo en su respuesta, solo objetivo.

—Lo entiendo. —Por el rabillo del ojo, veo los codazos y las muecas burlonas de las Caribellas, pero aparto la vista de Dougie—. Tala ya ha sufrido suficiente con esas y no quiero que vuelva a pasarlo mal por tu certamen.

—No hago por el bien de *su* certamen. —Tala no grita exactamente, pero corta mi conversación con Dougie—. Lo hago por mí. Porque me siento cómoda admitiendo y compartiendo el hecho de que soy asexual. Y porque, a diferencia de otras personas, *yo* no me avergüenzo de quién o qué soy.

Durante lo que parecen minutos, pero según el reloj gigante de la pared del fondo —lo único que soporto mirar— son solo segundos, nuestro rincón de la cafetería es como Redmond.

Tala, Dougie, las Caribellas, yo.

Nadie dice nada.

Aunque, como ha demostrado Tala, el silencio nunca es permanente.

—No falla —ulula Evie entre risas, aunque en realidad «ulular» es demasiado suave para describir lo que hace Evie, porque lo que hace Evie es cáustico y mezquino—. Si a alguien tenía que darle miedo el sexo, es a Redmond.

—Cállate, Evie. —Angeline, seria, mira de reojo a su ilustre Caribella—. ¿No eres tú la que se considera la «Enciclopedia del sexo»?

Evie dirige una mirada de advertencia en dirección a la que hasta ahora había sido su leal secuaz.

—Seguro que, si fueras la «Enciclopedia del sexo», sabrías que la asexualidad no es que tenga miedo al sexo, sino que no se siente atraída por nadie. —Angeline mira a Tala para que se lo aclare—. ¿Verdad? No quiero poner palabras en tu boca ni nada parecido.

Después de su elocuente arrebato, parece que a Tala le viene bien que alguien hable por ella. Bajo esa melena de pelo negro, asiente.

—Bueno, pues a mí me parece bien —dice Angeline, no exactamente enfrentándose a Evie, pero se nota cierto desafío en el deje de su voz. Y aunque le agradezco que haya salido en defensa de Tala, también me disgusta que se haya sido ella la primera.

—Lo siento, Tal. —Aproximadamente un minuto después, cuando todo el mundo ha regresado a su mesa y el ambiente vuelve a llenarse de ruido, deslizo una mano conciliadora sobre su rodilla.

—No pasa nada. —Probablemente, nadie más da cuenta del ligero movimiento de su cuerpo, que la acerca un poco más a Dougie y la aleja como un kilómetro de mí.

Veintiséis

—¿Qué ha querido decir, Nessy? —El barro helado cruje bajo mis botas cuando me agacho junto al basset hound, sujetándola del collar para que no tenga más remedio que quedarse y escucharme—. Que, a diferencia de algunas personas, ¡*ella* no se avergüenza de quién es! Sabes qué estaba insinuando, ¿verdad? —Nessy tira, desesperada por unirse a un montón de beagles que están jugando junto al agua—. Tala cree que *yo* me avergüenzo. Que no *soy* sincera.

Nessy agita sus largas orejitas y tuerce el hocico. Araña el suelo con la pata izquierda.

—Vale. —La suelto y se va. A *ella* nada le preocupa aparte de a qué beagle olisqueará el culo primero.

¿Qué problema tiene Tala? Alza la voz y, qué, ¿lo primero que hace es usarla para atacarme?

La indignación me recorre el cuerpo a cada paso que doy junto a la oscura y helada ribera. Grito a Nessy que me siga y, pese a todas las advertencias que de esa estúpida reunión sobre no ir distraídas con el móvil mientras caminamos, deslizo el dedo por la pantalla conforme ando.

No hay notificaciones.

Llevo un montón sin publicar una foto en @DoralaUrbexploradora y no puedo ni imaginarme que vuelva a querer ir a un bando después de aquella noche con Órla en Matteo's. A Papá le encantaría, pero aún no me atrevo a abrir la boca en su presencia por miedo a ese espeso torrente de rabia.

—Necesito tarta —le digo a Nessy mientras el río se curva hacia el parque y corremos, probablemente un demasiado rápido para sus cortas patitas, hacia el pueblo.

Vuelvo a engancharle la correa mientras giramos a la izquierda, hacia la calle peatonal adoquinada, pasando junto a los escaparates de las tiendas, adornados con luces de fantasía y escenas elaboradas de cisnes con coronas de oro, un circo de bastones de caramelo y un único petirrojo en la rama nevada de un árbol.

La correa de Nessy se tensa mientras camina, ajena a que me he detenido en seco, con mis ojos fijos en el pájaro.

El petirrojo está dibujado a mano y es precioso, con un gran vientre castaño rojizo y ojos negro obsidiana que me siguen mientras Nelly tira de la correa, encarrilándome de nuevo hacia The Vault. Una vez allí, pienso aliviar todas mis penas con...

(Buen uso de «aliviar», Iris).

~~Cállate. Cállate. Cállate.~~

«Soy fuerte», me digo al ritmo del crujido de mis pasos sobre la fina costra de los charcos helados.

Lo soy.

Lo soy.

Lo soy.

¿Y qué si no quiero compartir mis sentimientos con Tala o el mundo a través de poemas o diatribas de cafetería? ¿La idea no es que no existe lo normal y que está bien que no seamos todos iguales?

—¿Y por qué ahora? —le pregunto a Nessy, cuyas patitas trastabillan sobre las losas del color del trueno. No soy yo quien ha cambiado, ha sido Tala, ¿no? Un minuto es Redmond y al siguiente emana la seguridad de Dua Lipa.

—¿Cerrado? —Me detengo y leo el cartel en la puerta—. No puede ser. —Pero lo es. Y no solo esta tarde. Porque hay una nota pegada debajo del cartel que dice: «Debido a circunstancias imprevistas, The Vault cesará su actividad a partir del 11 de diciembre».

No puede cerra.

Si estuve aquí hace apenas unos días.

¿Qué puede haber ido tan mal?

Llamo con fuerza en el cristal de la puerta.

—¿Hey?

Mi mano es un puño, que aporrea, que hace ruido, que es peligroso, una buena samaritana me dice cuando pasa por mi lado empujando un cochecito.

—Vas a romperla —dice, agarrándome el brazo, pero me aparto de ella y me dirijo a la ventana para aporrearla también.

—¿Hay alguien ahí? —grito.

—Llamaré a la policía —advierte la mujer.

—¡No pueden pirarse sin avisar! —Estoy prácticamente chillando.

Nessy brinca a mis pies.

La mujer retrocede, interponiéndose entre su hijo y yo. Como si estuviese loca.

~~¿Como tu madre?~~

Mis nudillos se estampan contra el letrero.

PUM.

—¡No está bien!

PUM.

—¡No es justo!

PUM.

—¡Eso no se le hace a la gente que os ha sido leal!

PUM.

—¡No podéis decidir marcharos sin más!

PUM.

Nessy ladra ahora, sacudiéndose mientras aporreo el cristal con mi puño rodeando su correa.

—¿Cómo —*PUM*— os —*PUM*— atrevéis —*PUM*— a —*PUM*— piraros —*PUM*— y —*PUM*— dejarme —*PUM*— aquí —*PUM*— sola —*PUM*— pelándome —*PUM*— de —*PUM*— frío? —*PUM.*

—¡Eh!

Alguien más grande que la mujer con el niño, el cochecito y sus juicios me agarra desde atrás.

Clávale los dedos en los ojos.

Dale un puñetazo en la garganta.

Dale un pisotón.

Pégale un rodillazo en la entrepierna.

Vuélvete loca y escúpele en la cara si hace falta.

Levanto la pierna dispuesta a pisar, empujar o patear.

—Iris —me llama.

¿Sabelotodo?

—Por favor. —dice más bajito esta vez. Y aunque no me suelta, no es su fuerza la que me mantiene envuelta en los brazos de mi hermanastro, sino un potente remolino de vergüenza—. No pasa nada. —Siento que separa su barbilla de mi coronilla y gira la cabeza—. Yo me ocupo.

—Si tú lo dices... —dice la mujer con el cochecito.

—Estará bien.

De todos los datos que Sabelotodo ha soltado a lo largo de su vida, creo que este es el que menos probabilidades tiene de ser cierto.

No estoy bien, ¿verdad?

Ni soy fuerte.

Nessy se sienta, con sus largas orejas cubriéndole la cabeza, que tiene agachada por, ¿qué? ¿Vergüenza? ¿Miedo?

Después de un minuto o dos de mis lloriqueos, Sabelotodo me suelta.

—Típico comportamiento de Iris. Eres la única que pensaría en entrar a la fuerza en una cafetería solo porque necesita un chocolate caliente.

—Tarta —digo, zafándome del suave agarre que aún ejerce sobre mí y me apoyo contra la pared.

—¿Qué?

—Que quería un trozo de tarta, no chocolate caliente. De avena y frambuesa, para ser exactos.

—Ah, bueno, en ese caso lo entiendo al cien por cien. —Y aunque arquea la ceja, detecto menos arrogancia de la habitual en su expresión.

—Vaya puta rallada. ¡Ahora incluso *tú* estás siendo amable conmigo! ¿Es que estoy en algún concurso macabro de televisión donde todo el mundo a mi alrededor empieza a comportarse al revés?

—En serio, esto ya es otro nivel de Iris. —Sabelotodo se sopla la punta de los dedos de las manos para mantener el frío a raya—. Tendrías que ser muy narcisista para pensar que el mundo entero se ha reorganizado para joderte. Esto no es ningún concurso, Iris. Es la vida. La gente cambia.

—Dice el chaval de diecisiete años que todavía juega con Legos.

—¿Qué quieres que te diga? Tengo una edad mental de uno de siete.

—Así empezarás en tu entrevista de Oxford, ¿verdad?

Sus ojos se entrecierran y lo que momentáneamente se había suavizado entre nosotros se endurece. Señala a Nessy con la cabeza.

—¿No tienes que llevarla a casa?

Es ridículo, en verdad, que, incluso después de haberme visto aporrear la puerta y oído lloriquear, cuando se me empañan los ojos me aparte de Sabelotodo y pegue la frente al cristal, por suerte intacto, de la ventana.

Mi respiración forma un círculo torcido en el cristal.

Podría dibujar un corazón en él.

Pero no lo hago.

En su lugar, dibujo una cruz.

Veintisiete

Durante el trayecto de vuelta para dejar a Nessy, Sabelotodo y yo no hablamos de lo que acaba de ocurrir. Más bien, mi hermanastro aprovecha para hablarme de la Declaración Universal de los Derechos Humanos de 1998. En circunstancias normales lo habría parado a los dos minutos como máximo. No porque no me importen los derechos humanos, sino porque me da igual lo que opine él sobre ellos. Sin embargo, esta tarde su disertación es el ruido blanco que necesito. El monótono zumbido de un dato tras otro tranquiliza mi corazón.

Sin embargo, mi calma es temporal, ya que vuelve a alterarse cuando pasamos por la calle del señor West, donde su hijo Adam sale con una maleta y la expresión acongojada.

—¿Cómo está tu padre? —le pregunto desde el otro lado del seto.

—Gruñón. —Su voz sugiere que es un rasgo que se transmite de generación en generación.

—¿Y Buddy?

Levanta los hombros a lo «quién sabe» mientras mete la maleta en el maletero de su coche.

—¿Qué me dices de los derechos del señor West? —le pregunto a Sabelotodo. La amargura que siento cada vez que pienso en cómo han separado a mi anciano amigo de su perro me sabe como si estuviera enferma y aún no me hubiese lavado los dientes—. O los de Buddy.

Sabelotodo se encoge de hombros.

—Curiosamente, el plan de estudios de Derecho no contempla ese tipo de cosas.

—¿Y qué? ¿Un problema moral solo merece de tu reflexión si luego te ponen nota? —El desdén que expulso por la nariz convierte brevemente el aire en vaho—. Seguramente, aunque el señor West sea incapaz de cuidar de Buddy, tiene derecho a verlo, ¿no?

Por una vez Sabelotodo no me responde directamente. En vez de eso, ambos permanecemos en silencio durante la fría vuelta a casa.

✦

En cuanto entramos, mi hermanastro sube directo a su cuarto.

—No falta mucho para la cena —avisa Papá junto a los fogones y con el delantal puesto.

—Te ha llegado una carta, Iris —me informa Rosa antes de dejar el paño que estaba usando para limpiar las hojas de su querida planta—. Parece que podría ser algo especial. —Sujeta el sobre blanco, coloreado con arcoíris a lápiz y, en el sello, un corazón pegado encima.

—¿Rollo te envía cartas de amor? —pregunta Papá.

Al ver que no contesto, Rosa me mira y abre los ojos a lo «¿y bien?».

—Ya no estoy con Rollo. —Doy la espalda a Papá para dejar claro que a quien respondo es a Rosa y cojo la carta. Una carta tan bonita no es del estilo de Rollo. Y aunque lo fuera, dado que ya ha pillado que no vamos a tener nada, dudo Rollo envíe nada. No he cronometrado cuánto ha tardado en dejar de involucrarme en su misión de rescatar la relación, pero, ahora que lo pienso, lleva días sin mandarme mensajes.

Rosa desvía la mirada de mí a Papá y de nuevo a mí.

—Entonces, ¿ahora tienes otro novio? —Se ha puesto en modo Ancla, intentando que haya paz.

El matasellos es de Edglington. ¿Órla?

—No, un novi*o* no. —Un momento de añoranza.

—¿Novia? —A Papá no le vendrían mal un par de clases por parte del señor Moriarty de cómo sonar natural al hablar a adolescentes sobre sexo. Para empezar, tiene que deshacerse de esa tosecita incómoda.

Me dirijo a mi cuarto sin responder.

—Ya casi está la cena. —Parece un disco rayado.

Cierro la puerta y pongo un pódcast de la urbex que soy incapaz de oír porque mi corazón late como un tambor.

Dentro del sobre hay dos papeles. Uno está doblado en forma de comecocos en blanco, el otro es una nota:

> Tal vez nuestro destino no esté escrito en las estrellas, ni por otros en un trozo de papel. Quizá lo escribimos nosotras.
>
> Un beso.

Dejo caer ambos papeles al suelo. Lo que ha escrito Órla es un concepto bonito. Pero se equivoca. Porque, ¿cuándo he estado yo al mando de mi propia suerte? ¿Acaso no ha sido Papá quien ha dirigido mi vida hasta ahora? Me apartó de Mamá. Me impidió verla. No me extraña que ella...

No fue una elección, fue una consecuencia.

Porque no era la clase de persona que...

Busco bajo la cama el cuaderno para recordar las cosas buenas. Leo sobre pícnics, sobre columpios, sobre manualidades navideñas, sobre paseos en bici, sobre bailes, sobre notas en mi almohada por las mañanas, sobre Mamá trenzando cintas sedosas y plateadas en mi pelo.

No he corrido las cortinas. La única luz, de la lamparilla de mi mesilla, hace que el exterior parezca inquietantemente oscuro y distante.

Mamá era amable. Mamá era feliz. Mamá era...

~~Recuerda, Iris.~~

~~*Era* todo eso.~~

~~Pero Mamá también era otras cosas.~~

Llaman a mi puerta.

—No podemos seguir así, cariño. —Papá entra en mi habitación sin que nadie le invite.

—¿También le dijiste eso a Mamá? —Hablar con él es una decisión consciente. Y qué si le digo algo feo. Me he cansado de poner muros a *mi* dolor para no hacérselo a él.

—No exactamente, no. —Se inclina hacia delante—. Aunque, de haberlo hecho, habría sido verdad. Sé que te duele, pero algunas cosas tenían que cambiar.

—¿Por qué? —Quiero lanzarle la pregunta a Papá como una bola de fuego, pero me sale débil y patética. Me hundo más entre las almohadas que tengo apoyadas contra la pared.

—Creo que sabes por qué. —Hunde su peso en el colchón, a mi lado. Yo me levanto y me siento en la silla junto al escritorio.

—¿Porque Mamá estaba enferma? —¿Es esta la primera vez que lo verbalizo? Es la primera intento dar forma a lo que me dijo Bronagh. De cómo a veces perdía a Mamá. Ahora pienso en todas las horas que Mamá desapareció.

La intensidad de la mirada de Papá es suave, como la llama de una vela.

—Pero mayormente tenía días buenos —digo—. Días muy buenos. —¿Vale la pena contarle a Papá lo de las guaridas, las casetas de pájaros, las búsquedas del tesoro, el origami, los barquitos que hacíamos con botellas y el laberinto que hicimos con cinta de carrocero en el suelo?

—No estabas a salvo.

—No estabas allí. —Me froto las lágrimas. No quiero que vea mi tristeza, sino mi furia—. Nos abandonaste, recuérdalo. ¿Cómo ibas a saberlo?

—Me lo dijiste tú, Iris. —Las lágrimas se deslizan en corrientes delgadas y veloces por sus mejillas.

—¿Te lo dije? —Mi cabeza se atasca en el recuerdo del que mi corazón, con todas sus fuerzas, intenta escapar—. ¿Qué te dije?

—Que tenías miedo.

—¿De qué? —Pero ya sé la respuesta.

Lo dice de todos modos.

—De Sarah. —Papá se levanta de la cama y a medida que se acerca más y más, veo que no quiere decir lo que va a decir, pero entiende que hay verdades que necesitan contarse—. Me llamaste, ¿recuerdas? Me dijiste que no querías seguir allí con tu madre. Que querías venir a vivir conmigo.

Veintiocho

Pedaleo más deprisa, deseando que el viento me azote más fuerte mi rostro, enredándome el pelo mientras recorro en bicicleta los caminos rurales iluminados solo por la luz de una media luna perdida entre las nubes.

Le he prometido a Papá que me quedaría, pero, ¿cómo hacerlo? Mi capacidad de comportarme como una persona normal se había agotado durante una cena que apenas he tocado. Ya no me quedaba normalidad a la hora de dormir, o estar tumbada en la cama.

Soy una traidora.

Una cuentista.

Y si no fuera esas cosas, si solo fuera la fuerza y sonrisas que siempre he creído ser, mi madre no estaría muerta.

Pero lo está.

Soy un fraude como la que más.

El ardor ácido en mis muslos.

El profundo dolor en mis hombros.

El desgarre abrasador en mi corazón.

~~Ahora lo sabes.~~

Empujo los pedales, disfruto los golpes de la mochila contra mi espalda.

~~Sabes quién eres.~~

El agua me escuece en los ojos, que arden de velocidad.

Y la vergüenza.

~~Nunca olvides la vergüenza.~~

Haz las curvas anchas y luego más anchas.

El sonido un claxon.

Una ventanilla bajada.

—¡Podría haberte matado!

~~¿Y no te hubiera venido bien?~~

—Tienes que entender que no fue culpa tuya —me dijo Papá al ver que me quedaba callada. Intentaba agarrarme, pero seguía sin saber cómo abrazar a un puercoespín, y mis púas cada vez sobresalían más, cada vez más afiladas.

¿De eso estoy hecha?

¿De púas?

~~Y no nos olvidemos de la traición.~~

—Allí no estabas a salvo, cariño. —Papá me acunó el rostro como si fuese la parte menos peligrosa de mí.

~~Obviamente no está al tanto de tus retorcidos pensamientos.~~

—El comportamiento de Sarah te hacía sentir insegura. Me llamaste. ¿Te acuerdas? Usaste su teléfono mientras dormía y me hablaste del cobertizo, de observar las estrellas y de Francia.

—¿Francia?

—Que creó Francia en el salón, ¿no te acuerdas?

—Y lo hizo —respondí, como «¿qué tiene eso que ver?». Francia aparece en el cuaderno para recordar las cosas buenas—. Comimos baguettes y queso y Ribena servido como si fuese vino. Había banderas. Fue mágico.

—Iris. —Había ya no era un disco rayado, ahora solo era un corazón desgarrado—. Pintó la pared de rojo, blanco y azul. Te sacó de la cama para que lo vieras. Y sí, te preparó una cena francesa especial, pero fue a las tres de la madrugada.

Papá me preguntó si quería sentarme. No conseguí encontrar la palabra «no» porque mi cerebro era un rompecabezas de diez mil piezas dispersas.

Apenas se ve la iglesia desde la carretera. No es tan alta como los árboles ni mucho más ancha que el cobertizo de Sunnyside. El único indicio de que está ahí es un letrero oxidado que, al igual que los caminos, está cubierto de ramas, zarzas y maleza. Me bajo de la bici, empujándola hacia delante, con las espinas desgarrándome mis finos leggins, diminutas pero espinosas y decididas, haciéndome cientos de cortes en la piel.

~~Deberían ser más profundos.~~

~~Más sangrientos.~~

~~Deberían raspar carne y hueso.~~

La luna está desapareciendo tras las nubes. En su luz desvaneciente, todo desaparece menos la tristeza.

Mientras conducíamos entre colinas con las ventanas bajadas y la música a todo volumen, la luna brillaba más fiera que nunca. A Mamá le preocupaba que las estrellas se vieran opacadas por su resplandor.

—Canta —me rogó, y yo lo intenté a pesar de que era tarde, o temprano, no estaba segura de cuál, y no conocía las canciones que me dijo eran de Kylie Minogue—. Venga, Iris, eres mi arcoíris. Te he traído para darle color, no para que te sientes ahí como un saco de grises.

Me dolió, claro que sí. Pero después hubo más magia: chocolate caliente de una petaca, pegatinas en su pelo, destellos de luz en el cielo.

Al día siguiente había una nota. La encontré en el felpudo cuando volví a casa, agotada, del colegio. Era una queja de los vecinos del pueblo. Nuestra aventura los había despertado. Decían que la velocidad y el ruido de Mamá eran inaceptables.

Por una vez me alegré de que Mamá estuviera en la cama a las cuatro de la tarde. Así podría destruir la nota antes de que la destruyera a ella. La semana anterior recibimos advertencias similares, después de hacer una hoguera en el jardín delantero y quemar todo desde discos hasta platos que, obviamente, no ardieron, pero se estrellaron con gran estruendo contra las losas. Mamá no hacía más que entrar y salir de casa, con la boca abierta y los ojos de par en par por la emoción, diciéndome por vigésima, trigésima, cuadragésima vez que el fuego era ceremonial; que aquello no era destrucción sino un extraordinariamente glorioso comienzo.

—Te quiero, Iris —dijo desatándome los zapatos, quitándome los calcetines y tirándolos al fuego—. Baila —dijo. Y sí, era tan salvaje como el fuego, pero en aquel momento, la forma en que me agarró de las manos y me balanceó no era aterradora sino liberadora.

En aquel momento.

~~Pero también hubo otro tipo de momentos.~~

Alumbrando con mi linterna la entrada de la iglesia, veo que está abierta. Lo había leído, pero nunca se sabe. Las autoridades se enteran de estos sitios abandonados y creen que son peligrosos. Ponen cerrojos a puertas y ventanas. Carteles de prohibido el paso. Advierten a la gente de que no se acerquen. Hay riesgo de daño o muerte.

Quizá sea cierto, pero en la oscuridad y la devastación también puede haber mucha belleza.

—No me abandones —me pidió Mamá la noche posterior a la hoguera mientras comíamos queso y piña frente a la tele y usábamos palillos de cóctel para limpiarnos la ceniza de debajo de las uñas y entre los dedos de los pies.

—Todos me abandonan —añadió.

Estaba mustia, la palabra que usábamos para designar el tiempo que transcurría entre el subidón de alcanzar las estrellas y el bajón de esconderse bajo el edredón.

Fui a la cocina. Ya había barrido los trozos del plato que se le había caído la noche anterior en su prisa por volver a la hoguera. Regresé a ella con el comecocos que guardábamos en el «cajón para todo».

—Ven —le dije—, vamos a jugar.

Eligió el amarillo. Eligió el número tres. Desdoblé la solapa. «Serás fuerte», leí con mi mejor voz de leer en alto, la que la señora Tucker me ayudó a perfeccionar por las tardes, cuando los demás niños ya se habían ido a casa y nosotras nos quedábamos jugando al tres en raya.

—Eres mi arcoíris —dijo Mamá, pero su voz la delataba, mis colores no eran lo bastante brillantes para salvarla.

Era una decepción.

Un saco de grises.

Saco el móvil del mi mochila. La chica que aparece en mis selfis parece débil. Sus fuerzas se han agotado. Está perdida. Y en el comecocos no hay senderos ni caminos que la ayuden a encontrar su rumbo.

Dentro de la iglesia hace más frío que fuera. Más oscuridad también cuando dirijo a la parte delantera, donde hay tres bancos sólidos y estables.

La iglesia huele. No a madera húmeda y hedor a orina, como en otros bandos, sino a añejo y especias antiguas.

Me siento en el primer banco y saco la Caja de Cosas de Mamá, que metí en mi mochila antes de irme de casa.

Son mentiras.

El comecocos.

Las fotos. La de mamá, Bronagh, Órla y yo.

El ángel.

La llave.

Todo mentira. Todo cambiado para encajar en una historia. Promesas escritas para ocultar las verdades que he enterrado más profundo que mis huesos se entierran dentro de mi piel.

«Serás fuerte».

Con un bolígrafo, garabateo las ocho promesas hasta que el papel que hay bajo ellas hace fino hasta casi rasgarse.

—No es culpa tuya, Iris —repitió Papá antes, cuando vino a comprobar que seguía en la cama y me dijo, una vez más, que hice lo correcto al llamarle y pedirle que viniera a buscarme—. Sarah comportaba de forma peligrosa —dijo—. Lo que hiciste fue valiente. No pudo ser fácil, amor, contármelo, elegir ponerte a salvo.

No la traicioné.

No hice las maletas. No fue *esa* clase de decisión. No se tramó ni planificó, no hubo tiempo para pensar las cosas.

No la traicioné.

Fue un calentón. Fue mi madre asustándome. Fue que no podía hacer nada más que irme.

Un búho ulula a lo lejos. Pero dentro hay silencio. Oscilo la luz de mi linterna por las paredes, captando el gran ventanal que se alza sobre la puerta. Dorado cálido, morado intenso, azul sereno. La vidriera forma una imagen de María acunando, protegiendo a su hijo.

Fui incapaz de dormir cuando Papá me llevó a su casa. Cada vez que cerraba los ojos oía el «no me abandones» de Mamá y sentía sus manos sacándome de debajo del edredón. Con el osito Bim apretado contra mi pecho, bajé sigilosamente las escaleras, donde Papá estaba sentado en el salón con la tele en silencio y el teléfono pegado a la oreja.

No sé con quién estaba hablando.

—Ningún niño debería tomar esa decisión.

Yo tenía diez años y diez meses cuando mi madre se desplomó en el cobertizo de las macetas al fondo de nuestro jardín.

—Voy a encontrar la luz —me había dicho.

Me había dejado sola con la televisión puesta y en la nevera diez pepinos, diez zanahorias y diez botes de hummus que solo tenían un día más de la fecha de caducidad impresa en la tapa.

No tenía hambre.

O por lo menos, no de comida.

La televisión arrojaba luz en las paredes del salón a medida que fuera oscurecía, y me empecé a preguntar cómo la iba a encontrar la luz cuando era evidente que estaba desapareciendo con el sol. Había una manta de lana tirada sobre el respaldo del sofá, que picaba, pero la prefería antes que subir a por mi pijama, porque si subía a por mi pijama, quizá no estaría aquí cuando ella volviera.

Era importante que yo fuera lo primero que viese Mamá al entrar en casa, que supiese que yo no era como los demás. Yo no la abandonaría. Siempre estaría aquí, sin importar lo que tardase llegar la luz.

No la traicioné.

Bajé el volumen de la televisión para oír golpes, insultos y gritos.

Eché a correr. Sin zapatos ni calcetines ni zapatillas de estar por casa. Corrí por el sendero que llevaba al cobertizo, donde mi madre estaba tirando macetas de terracota contra las paredes de barro, ladrillo desnudo y madera.

—¡Mami! —grité, pero ella no podía oírme. Ni verme. Estaba en otro lugar o tiempo—. ¡Mami!

La semana anterior habíamos estado en el cobertizo. Cuando las cosas estaban (algo) tranquilas y (algo) estables y en lo que ella llamaba equilibrio.

—Iris, vamos a cultivar lirios.

Su aliento eran nubes de vaho mientras me pasaba algo parecido a unas cebollas pequeñas y después inclinó el móvil para enseñarme unas fotos de pétalos de color violeta brillantes marcados con amarillo y blanco. Había un cuenco ancho y una bolsa enorme de compost abierta con una raja. Me dijo que metiera la mano hasta el fondo.

—Después pones los bulbos —me dijo conforme ella apretaba los suyos en la tierra, con sus ojos clavados en los míos, invitándome a hacer lo mismo—. Los compré a finales de verano. Tengo semillas en alguna parte. ¡También las plantaremos!

Nuestros dedos se rozaron. Tras la hoguera, su piel fresca y la promesa de las flores me hizo desear que llegase la primavera.

Pero aquella noche, *la* noche, sus dedos fueron como serpientes escurridizas que se enroscaban en torno a cualquier cosa que pudiera levantar y arrojar al otro lado del cobertizo.

Agarró el cuenco de lo que iban a ser lirios.

—¡No!

Pero lo lanzó de todas formas, y el cuenco se partió, el compost se esparció y los todos aquellos lirios diminutos que nunca crecieron rebotaron en duros y repetidos golpes contra las baldosas y salieron por la puerta abierta.

—¡Mami! —grité—. ¡No!

Me dije a mí misma que era como jugar a la rayuela cuando tuve que saltar para evitar las esquirlas.

No la traicioné.

Permanecí fuera en el césped, temblando pero (algo) a salvo, hasta que dejó de tirar y de gritar y se quedó dormida llorando y hecha un ovillo. Le quité las zapatillas de los pies y me las puse mientras recogía todo. Limpiezarelámpago. Quería que Papá viniera a buscarme, pero no quería que pensara que Mamá era un monstruo. Solo necesitaba un descanso. No quería no volver nunca a casa.

Fue ella quien eligió nunca.

Lo prometo, no la traicioné.

En todo caso, fue ella la que me traicionó.

Veintinueve

Ahora que sé la verdad, ya puedo seguir con mi vida perfectamente normal. Solo que las cosas perfectamente normales que me apetece hacer son con mi mejor amiga. Y cada momento que paso con ella también tiene que invadirlo el maldito Dougie.

—¡Este sitio es increíble! —Y ahora está aquí, con sus ojos revoloteando por todo el refugio, como cuando Buddy está desesperado por jugar con todos y cada uno de los perros del parque.

—¡Increíblemente helado! —dice Tala, retomando su papel habitual de prendemechas mientras le mando una foto a Órla de una fruta seca arrugada y muy poco apetecible.

La Iris de siempre tiene agallas. Así que, dada mi decisión de ser perfectamente normal, esta mañana por fin le he dado las gracias por el comecocos en blanco. Desde entonces, no hemos dejado de mandarnos mensajes.

¿Ciruela?

Casi.

¿Tomate?

¡Tómate algo conmigo!

Es un paso atrevido, ¿verdad? Pero hay fortaleza en el atrevimiento. Hay aventura. Y aventura es lo que necesito después de aceptar lo de mi madre y por lo que me hizo pasar. Pese a lo que le dije a Órla sobre que no era un buen momento para hacer nuevas amistades, si pudiera vivir una aventura con alguien ahora mismo, sería con ella.

Eso sí que me gusta.

Dougie se agacha junto a Tala y le tiende las ramitas, el *dream team* combatiendo el frío.

Estaba empezando a pensar que había imaginado a Órla. Su cabello pelirrojo. Su tez pálida. Sus labios rosados. Y cuando me respondió al mensaje, mi imaginación *hizo* de las suyas confeccionando escenas de película con ambas; primero sutiles, tímidas: un pico, aunque pico es una palabra demasiado dura para lo que imaginaba que harán nuestros labios. Serán apacibles, una forma un tanto extraña de describir esto que ocurrirá entre nosotras. A lo que me refiero es nos sentiremos bien y nuestros ojos se cerrarán y nuestro beso será mágico y todo todo todo será maravill...

—¡Céntrate! —Tala señala con la cabeza la maleta de Tita Celestina, clara orden de que tengo que seguir con *mi* rol habitual de proveedora de comida. En un mundo perfectamente normal, ofrecería un trozo de tarta de avena y frambuesa, pero, como The Vault ha cerrado, lo único dulce que he podido traer ha sido una patética caja de genovesas de naranja y chocolate.

No le he mencionado a Tala el momento de locura golpea-puertas de ayer, en parte porque quién querría admitir un comportamiento tan desquiciado, pero sobre todo porque ha sido difícil encontrar un hueco para hablar. Ahora los escucho hablar de los vídeos de un poeta filipino que Tala le mandó anoche, sorprendida por lo rápido que pasan a comentar el amor que comparten por los nachos y luego sus planes para el año que viene.

—Cuando solicité plaza en la UCL, me pareció una locura. —Tala coge una genovesa y empieza a mordisquear la cobertura de chocolate—. ¿Yo? ¿Estudiando psicología? ¿En Londres? Pero esto de la poesía... —Le sonríe a Dougie, pero no hay coqueteo, solo, no sé, respeto o gratitud o ambos—. Es como si algo hubiera dado un vuelco, y un cambio tan grande ahora me parece un poquito más factible, ¿sabes?

—He estado hablando con una chica, Stella —dice Dougie aceptando la bolsa de patatas fritas con sabor a vinagreta, que empieza a compartir con Tala—. Está en su segundo año de carrera en Oxford y cree que es muy distinto a estar en sexto.

—¡Una experiencia sin igual! —digo, imitando a Rosa, que anoche volvió a mostrarse preocupada porque, si me tomo un año sabático, puede que acabe desviándome y no vaya a la universidad.

—¿Distinto en qué sentido? —le pregunta ahora Tala a Dougie, quitándose el plumón y colocándose el pelo detrás de las orejas.

—Stella dice que puede llegar a ser agotador. Genial, pero extenuante. Todas esas nacionalidades, lo cual es genial, ¿verdad? Pero para una persona sorda que, en salas abarrotadas depende de leer los labios porque sus audífonos no son tan eficaces, puede llegar a ser un hándicap.

—No lo había pensado —dice Tal—. ¿Te darán ayudas?

—Creo que sí. Tengo que preguntarlo mañana en la entrevista.

—¿Tienes una entrevista para Oxford mañana? —Me cubro la boca con la mano para que no vean mi genovesa a medio masticar.

Dougie asiente.

—Mañana, y el jueves también.

Sé muy bien que son dos días de entrevista. Sabelotodo dice que la entrevista es más larga de lo normal porque los candidatos son más inteligentes de lo normal. A mí me gusta decir que eso les da a los profesores la oportunidad de saber si los perdedores que no salen de casa como Sabelotodo pueden soportar pasar una noche fuera.

—La de mi hermanastro es el jueves y el viernes. Si te parecieras a él, no estarías perdiendo el tiempo en un bando. ¡Estarías en casa tratando de predecir las preguntas metódicamente y preparando las respuestas a conciencia!

—Tú te ríes, pero podrías aprender un par de cosas de la disciplina de Noah, Iris.

Hago un gesto de indiferencia ante la pulla de Tala.

—Tengo *otras* cosas que preparar a conciencia. —Dougie descruza las piernas en la manta a cuadros sobre la que Tala y él están apretujados—. ¡Noticia de última hora: ya tenemos pareja para el certamen!

—¡Mierda! —A Tala se queda boquiabierta.

—¡Síp! —Se pone de pie para quitarse el abrigo, mostrando su camisa hawaiana más llamativa hasta la fecha: amarilla estampada con un patrón de papanoeles nadando, surfeando o tomando el sol en tumbonas a la sombra de árboles exóticos—. El diecisiete. —Dougie vuelve a sentarse y abre la aplicación de Notas en su móvil.

—¿De diciembre? —La sorpresa de Tala enseguida se transforma en horror.

—Sí, de diciembre, este viernes —confirma Dougie—. Mi colega Frankie ha conseguido acceso de última hora a The Vault. ¿Os acordáis de esa cafetería que acaba de cerrar en el pueblo? Por lo visto la van a usar para eventos en Navidad y Año Nuevo. ¡Y el diecisiete es nuestra noche!

—Pero no puedo. —Está tan histérica porque el certamen sea dentro de tres días que ni siquiera se ha enterado de lo que ha pasado con The Vault. Pero entonces me da un toquecito en el pie con el suyo, me lanza *esa* mirada, la que aflora siempre que intenta hablarme de Mamá estos últimos días. Iris y yo tenemos planes ese día.

—¡No, qué va! —Lo Estoy tan radiante y alegre, que podría iluminar el oscuro cielo invernal—. Este año no me apetece hacerlo. —Los ojos de Tala se abren de par en par, como «¿por qué?». Sinceramente, el certamen es mucho más importante que *eso*.

—Pero tenemos que recordar a tu madre.

Para ser perfectamente normal, lo que necesito es justo lo contrario. Pero mi estúpida cabeza no me deja olvidar, sino que se llena de la última vez que la vi antes de que...

—Volverás para colocar el ángel en el árbol cuando lo tenga, ¿verdad? —Las uñas de Mamá estaban moteadas de la pintura blanca de las zanahorias que había transformado en estalactitas y colgado de la parte inferior de las escaleras. A lo largo del pasillo había un rastro de cientos de bolitas de algodón que había usado como nieve.

También recuerdo su entusiasmo; cómo saltaba de un pie al otro, corriendo en busca de una caja, de algunas fotos, de una llave plateada, de *aquel* ángel, del comecocos que habíamos hecho unas semanas antes. Regresó a toda prisa al coche y me hizo gestos para que bajara la ventanilla.

—Elige. —No pareció darse cuenta de que Papá estaba en el asiento del conductor, frotándose las sienes y diciéndole que sería mejor que nos dejase marchar—. Elige —repitió. Es solo ahora que recuerdo sus pies descalzos sobre la escarcha que brillaba bajo el blanco lunar de sus pies desnudos—. Elige.

¿Sabía entonces que ya había elegido calma? ¿Elegido seguridad? ¿Elegido a Papá?

Elegí el rosa.

Y luego elegí el dos.

Mamá brillaba a la vez que desdoblaba el papel.

—Serás fuerte.

Me lo entregó, como si no necesitara conocer su fortuna.

Ocho días después, eligió irse.

—Déjalo, Tal —digo ahora cuando Tala empieza a decirme que no debería tomar decisiones precipitadas.

—¡No puedes dejar pasar el día sin honrar la memoria de tu madre! —Tala mira a Dougie en busca de apoyo, pero él se ha entretenido con su móvil—. Si es porque no quieres que me pierda el certamen, seguro de que podremos encontrar el modo de hacer los dos.

—No quiero hacer los dos. —Cojo otra genovesa como«en serio, no es para tanto»—. Ella eligió no estar aquí, Tala. Realmente no quiero honrar *eso.*

—Iris. —Hay tanta tristeza en la forma que pronuncia mi nombre. Tanta pena en sus lágrimas.

—¡Qué gilipollas! —dice Dougie.

—¿Qué? —Estoy a punto de volverme loca nivel tarta-de-avena-y-frambuesa cuando nos enseña la pantalla de su móvil.

—Tú no, Iris. Jonny.

Dougie nos muestra una foto enviada al grupo de WhatsApp de su equipo de fútbol. Es un primer plano de Angeline. Sale borrosa, pero se ven claramente sus ojos asustados y su boca gritando. Tala le arrebata el móvil para que podamos verla mejor. La foto tiene un montón de emojis de calaveras. Debajo hay un mensaje de Jonny:

Me dijeron dónde iba a estar la estúpida. ¡Le he dado una sorpresita!

—La hermana de Jonny, de décimo curso, está en ese grupo ese de «Volvamos sanas y salvas» que habéis estado usando todas.

—Yo *no* lo he usado —me defiendo.

Tala me lanza una miradita.

—Sigue —urge a Dougie.

—Le llegó una notificación de Angeline donde compartía con todas su ruta a casa y Jonny lo leyó. Se escondió en unos arbustos a cinco minutos de su casa y saltó sobre ella. Incluso le ha hecho una foto para demostrar a todo el mundo lo listo que ha sido.

—Menudo gilipollas —digo—. En serio, tengo que contárselo a Papá y a Rosa. Esta mañana, por enésima vez, me han vuelto a decir que *yo* debería ir a terapia. Como si, de todos los gilipollas enfermos que hay por ahí, *yo* fuera la que está mal de la cabeza. Pobre Angeline, debe de haberse cagado de miedo. —No quiero ni imaginarme qué podría haber pasado si la persona que hubiese obtenido acceso esa información hubiera tenido intenciones más repugnantes que las de Jonny.

—Dougie. —El pulgar de Tala está subiendo y subiendo por los cientos de mensajes que enviaron a ese grupo antes de ese—. Este grupo es asqueroso. Todos estos chistes... —dice, aunque la forma en que dice «chistes» deja claro que no le hacen gracia.

—Lo sé, ¿verdad? —Dougie suspira y sacude la cabeza ante el meme que Tala ha abierto. «Si tiene tetas o ruedas, te dará problemas», dice sobre la imagen de una mujer de grandes pechos en silla de ruedas. «Pues... vaya», pone debajo. Qué finos.

Tala se encoge de hombros.

—Pues no parece que se lo dejes muy claro en el hilo de mensajes...

—Yo nunca pongo nada. —Dougie se mueve incómodo.

—Ya, y eso es parte del problema. Tala parece aún más feroz que hace unos días en la cafetería—. Puede que no seas tú el que publica esa basura, pero, a menos que señales a la gente que sí, no haces suficiente.

Treinta

—¡Qué elegante! —Señalo con la cabeza el traje azul y la camiseta blanca que cuelgan de la puerta del armario de Sabelotodo, listos para la Gran Entrevista de mañana. Las Adidas, nuevas también, están perfectamente colocadas junto a su bolsa de viaje—. Pensaba que te costaría.

No hay libros en su escritorio. No hay apuntes en su cama. La mesa de manualidades está llena de bloques.

—Estoy relajado —dice, y al añadir un pequeño bloque translúcido a lo que creo que es una vidriera parece bastante relajado—. ¿Y tú? —Sus ojos se desvían de mí a Tala, que ronda nerviosa la puerta de su habitación.

—La señorita Poeta sufre de miedo escénico. Estamos buscando gente que nos haga de público. Y aunque no quiero molestarte la noche anterior a tu entrevista, esperaba que nos hicieras el favor de bajar al salón con nuestros padres. Solo tienes que ver cómo Tala demuestra que no me necesita, que es muy capaz de recitar por sí misma su exquisita poesía.

—No sé por qué me obligas a hacerlo—murmura Tala, bajando las mangas de su jersey negro por encima de sus manos.

—Porque soy tu mejor amiga y *sé* que puedes. —Llevo con la misma cantinela desde ayer en el refugio. Puede que no parezca gran cosa, pero decirle a Dougie que tenía que mojarse para ser aliado ha sido el último de una serie de pequeños momentos en los que Tala ha demostrado su valentía—. Has encontrado tu voz, ahora tienes que usarla.

El pecho de Tala se hincha a la vez que su mirada baja.

—¿Tiene algo que ver con eso de los folletos que Dougie y tú estabais repartiendo esta tarde? —Sabelotodo se agacha y recoge unos papeles grapados del suelo. «Magdalen College, Oxford», pone sobre la foto de una torre de Lego.

«Dios, menuda obsesión».

—Eso mismo —digo, obviando el hecho de que mi hermanastro parece, por la etiqueta de 7,50£ que veo en la parte inferior de la cubierta, haberse gastado dinero en instrucciones sobre cómo construir la universidad a la que aún no ha entrado.

—Pinta guay. ¿A quién se le ocurrió el nombre?

Fue Dougie quien bautizó el certamen como Rímala y ha rediseñado los folletos para incluir la promesa de que lo recaudado esa noche se donaría a dos organizaciones: Time's Up[3] y Lazo Blanco. De la segunda no he oído hablar.

—Trabajan con hombres y jóvenes para acabar con la violencia contra las mujeres —nos dijo Dougie. Y podría haberlo dicho con suficiencia, en plan «mirad qué buen aliado soy ahora», pero en vez de eso, disculpó. «Tenías razón» le dijo a Tala. «He callado demasiado. No he hecho suficiente».

—Al parecer —dice Tala— su amiga Stella le dijo que organizar eventos como este le ayudaría a desempeñar un papel principal en el club de poetas el año que viene.

—*Si* le admiten. —Me centro rápidamente en Sabelotodo antes de que Tala pueda acusarme de sonar borde—. ¿Y tú a qué club te unirás? —Miro la maqueta del Central Perk ya terminada—. ¿O seguirás viviendo tu vida indirectamente a través de los lugares y personas que creas en tu habitación?

—¿Recuerdas que has venido para pedirme un favor? Los insultos no te van a ayudar a convencerme.

3 Organización sin ánimo de lucro que recauda fondos para apoyar a las víctimas de acoso sexual.

—Llenaré el lavavajillas todas las noches durante una semana.

—Es imposible que se niegue. Si hay algo en lo que Sabelotodo y yo estamos de acuerdo es en cómo odiamos que Papá merodee a nuestro alrededor mientras metemos los platos y cuencos en el lavavajillas después de cenar. Es una de las peores cosas del mundo mundial. ¿Para qué molestarse en mandar a alguien una tarea si no puedes soportar ver cómo la hace? Papá siempre termina rehaciéndolo.

—Dos semanas. —Su voz suena como «o lo tomas o lo dejas».

¿Qué otra opción me queda?

—Trato hecho.

Incluso nos damos un apretón de manos antes de bajar al salón, donde se hace evidente que Sabelotodo y yo no somos los únicos que se han visto envueltos en una acalorada negociación.

—Si tanto quieres el maldito árbol, Matt, consigue tu maldito árbol. —Rosa está mullendo unos cojines ya mullidos y negando cuando entramos.

—Genial. —Papá palmea sus muslos con ambas manos, aplastando inevitablemente los cojines recién mullidos al sentarse—. Sé que el antiguo significa mucho para ti, amor, pero no te arrepentirás de cambiarlo por uno de verdad.

—¡Recuerda la postura del águila! —le dice Rosa a Tala, animándola a respirar hondo varias veces—. Equilibrio, fuerza y flexibilidad. Algo que necesitarás no solo en los certámenes de poesía, sino también en el matrimonio. —Finge lanzarle a mi padre una mirada asesina—. ¿Verdad, Matt?

—¿Empezamos? —Coloco a Tala en medio de la alfombra y me siento junto a Papá en el sofá—. Adelante —la urjo. Y ella comienza.

Es la Ley de Sod[4], que, justo cuando Tala levanta la mirada de la alfombra mientras se abre paso a trompicones con «Soy

4 N. del T.: Es una variante humorística de la Ley de Murphy. Mientras que la Ley de Murphy dice que «si algo puede salir mal, saldrá mal», la Ley de Sod añade un toque irónico, sugiriendo que no solo puede salir mal, sino que saldrá mal en el momento más inoportuno y de la manera más inconveniente posible.

as» sea cuando yo esté mirando fugazmente el móvil porque, aunque esté en silencio, se ha iluminado con una notificación de Órla. Nuestro intercambio de mensajes de ayer da a entender que está dispuesta a tener una cita conmigo, pero aún no hemos concretado nada. ¿Ha llegado el momento? ¿Me está dando fecha y lugar?

Resulta que no. Me ha enviado un selfi con un brazo tras la espalda y el otro levantado frente a ella, sosteniendo una hamburguesa en la mano.

> Transformación completada: ¡Oficialmente soy una glotona devoradora de carne!

Juro que solo me estoy riendo porque Órla es muy adorable. No tiene nada que ver con que a Tala se le haya olvidado un verso. Pero está claro que eso no es lo que Tala piensa cuando nos nuestros ojos se cruzan, deja de hablar y empieza a llorar y a decirle a todo el mundo que esto ha sido una pérdida de tiempo.

—Lo estabas haciendo fenomenal, Tal —le digo mientras ella se apresura a entrar en mi habitación y empieza a recoger sus cosas como si estuviese pensando en marcharse.

—Tanto que estabas distraída con tus mensajes. Genial.

—Podemos practicar. Una y otra vez. He encontrado tutoriales y pódcasts en internet sobre cómo hablar en público. No tenemos por qué dormir. Si hace falta, podemos trabajar en ello durante las próximas cuarenta y ocho horas. Te juro que tendrás toda mi atención en exclusiva.

—¿Y si me derrumbo esa noche?

—Entonces estaré allí contigo. Y puedo estar a tu lado o subir al escenario contigo o recitarlo yo misma, si es lo que quieres. Pero al menos date una oportunidad, ¿no?

Ella se encoge de hombros, pero el brazo que sujeta su abrigo ya está bajando, como si estuviese a punto de dejarlo caer; como si, en el fondo, Tala supiera que quiere quedarse.

—Escucha esto. —Saco los auriculares del cajón, los enchufo al móvil y le pongo el pódcast que encontré sobre tomar las riendas—. Es muy bueno. Tú eres buena, Tal. —Le meto los auriculares en los oídos, doy a reproducir y levanto todos los dedos para indicarle que vendré a por ella en diez minutos.

Media hora después, estamos de vuelta en el salón animando Tala en su quita interpretación de «Soy as». Con cada entonación, parecía un poco más cómoda, pero en esta lo hace perfecto y nos ponemos de pie en una ovación y giramos los cartelitos que he hecho con cartón, pegamento y rotuladores mientras escuchaba el pódcast en mi habitación. Al igual que los jueces de *Mira quién baila*, Papá, Rosa, Sabelotodo y yo sonreímos de oreja a oreja mientras cada uno le damos un diez sobre diez.

—Pero con vosotros es distinto —dice Tala después, cuando le digo que lo tiene controlado.

—Solo cambia el sitio. —Le dejo los carteles en el bolso, para darle buena suerte—. Estés donde estés, Tal, sabes que siempre te cubriré las espaldas.

Treinta y uno

—¿Seguro que hoy no quieres nada para tu madre, Iris? —pregunta Tala al aparcar delante de mi casa tras traerme del instituto. Echa un vistazo al reloj del salpicadero—. Aún estamos a tiempo de ir al refugio. Me resulta raro que sea diecisiete y apenas la hayas mencionado.

¿Por qué iba a mencionarla? ¿Por qué querría recrearme en lo que hizo?

Le muestro a Tala la *app* del calendario de mi móvil.

—¡Lo único que importa hoy es tu certamen, Tala! —Por desgracia, Rímala es lo único importante hasta Navidad. Sigo sin saber nada de Órla con respecto a la cita.

—¡*Bon appétit*! —exclamo con mi mejor acento francés, comprobando disimuladamente mis mensajes, cero, antes de guardar el móvil en la mochila—. ¿Ves? ¿Quién necesita nivel avanzado de francés cuando me sale tan fácil *à la moi*?

Tala enarca la ceja con arrogancia.

—Tu gramática castellana es impecable, Iris, pero en *Français, ça laisse à desirer.*

—Dejé de escucharte tras «impecable». —Sonrío y salgo del coche—. Que es como lo harás esta noche, amiga mía.

No parece convencida.

—No sé cómo esperan Mama y Papa que coma algo. —Tala dice que no sabe si tita Celestina y Kristian celebrarán su poesía o lo que revela. Desde que les recitó por primera vez «Soy as», no paran de decirle lo orgullosos que están de ella y han insistido en una cena elegante antes del certamen—. Me siento como si estuviera a punto de vomitar.

—Entonces estaré allí con un cubo a las siete y media, ¿vale? —Lo digo medio en broma, porque parece que Tala realmente podría vomitar—. Tempranito, como dijimos, para que puedas estar preparada.

—Gracias. —Se le atasca el cinturón mientras gira todo su cuerpo para mirarme—. Por estar ahí.

Muevo los dedos para entrar en calor y vuelvo a meter la cabeza en el coche.

—Eres mi persona favorita en el mundo entero, Tal.

—Tú eres más mi favorita.

—No, tú eres muchísimo más mi favorita. No querría estar en ningún otro sitio.

Es cierto. Cuando entro a la cocina y veo que Sabelotodo no hace mucho que ha vuelto, y ya está aburriendo, de su entrevista, daría cualquier cosa por estar ya entre bambalinas, respirando hondo y haciendo la postura del águila con Tala. En vez de eso, me toca aguantar el regodeo de Sabelotodo y el ligero interrogatorio de Rosa.

—Seguro que no ha sido todo tan fácil. Has pasado toda la noche allí, cariño. ¿No te desconcertó nada en absoluto?

Por una vez mi hermanastro salta directo con una respuesta tan segura como la convicción de Buddy de que puede atrapar cualquier pelota que le lancen.

—Ni idea —dice, en voz algo baja y extrañamente concentrado en untar la mantequilla hasta los mismísimos bordes de las tostadas.

Rosa no se mueve de su posición junto a la tetera, como si su tarde girara en torno a saber si a Sabelotodo le ha parecido difícil algo, cosa que, según la experiencia, es poco probable.

—¿Entonces?

—Déjalo —suelta—. Todo ha ido bien.

Rosa posa la mano en su espalda, pero se vuelve hacia mí.

—¿Y a ti, Iris? ¿Cómo ha ido tu día? —Por la forma de decir «tu día» insinúa claramente que se refiere a lo mismo de lo que Tala estaba tan pendiente, de que hoy no es un día cualquiera sino el diecisiete. ¿Cuándo se darán cuenta de que solo es un número más en el calendario? El día de hoy ha ido, y sigue yendo, bien. Mejor que bien. Casi se ha acabado el trimestre. Esta noche es el certamen. Mañana iremos a comprar un árbol de Navidad, ¡uno de verdad! E incluso Sabelotodo debería estar tranquilo dado que la entrevista que llevaba tres meses absorbiéndolo ya ha pasado.

—¿Estás bien, cielo? —Rosa mueve su mano por la espalda de Sabelotodo, hasta rodearlo con el brazo. Su evidente deseo de pasar a otro tema se ve saciado por el sonido del móvil de Rosa.

—¡No! —Sacude la cabeza mientras escucha—. ¿En serio?

—¿Qué ha pasado? —pregunta Sabelotodo, pero Rosa levanta la mano y mueve los labios diciendo «espera».

—Era tu padre —dice en cuanto cuelga—. Dice que han cogido al exhibicionista. —Rosa traga saliva, pero no se le quita el asco de su expresión—. Es un profesor.

—¿Qué? —exclamamos Sabelotodo y yo al unísono.

—Sí, de un instituto al otro lado del condado.

—Pero... —No sé cómo acabar la frase. No dejo de pensar en que el señor Moriarty nos instó a hablar con él o con cualquier otro miembro del personal si teníamos alguna información. ¿Le dijo ese profesor, este exhibicionista, lo mismo a sus alumnos? ¿Confiaban en él? ¿Y si ellos...?

Le envío a Tala un enlace al artículo que encuentro, y ella me responde con un aluvión de emojis que alterna caras cabreadas y caras tristes. Unos minutos después me pita el móvil.

> Joder, ¿y en quién se supone
> que debemos confiar?

Mi mente vuelve a la noche en el bosque Good Hope. Su acercamiento casi imperceptible. Su sonrisa indescifrable. La arrogancia de su risa.

«Serás fuerte».

Me lo creí. Durante años lo he creído, he caminado en la oscuridad, impasible.

Ahora no puedo ni mirar *ese* comecocos. Hice lo correcto al garabatear las promesas tachonadas que Mamá, que ni siquiera ella pudo cumplir.

Me siento en el borde de la cama, aprieto los ojos con fuerza e intento no ver su piel blanca como el hueso, su mano en el bolsillo, su...

Salvada por la campana.

O por el pitido, mejor dicho.

Órla:
Estoy aquí.

No lo entiendo. Para mí, «estoy aquí» sugiere que Órla me está esperando. «Estoy aquí» sugiere que tenemos planes. *No* tenemos planes. Teníamos la *idea* de unos planes, sí, bordeamos la posibilidad de cita. Pero, con la intensa agenda de ensayos de Tala, no he tenido apenas tiempo de pensar adónde podría llevar a Órla, qué íbamos a hacer exactamente.

Es increíble lo rápido que tu mente puede precipitarse a la posibilidad, lo vivo que puede sentirse tu cuerpo con solo pensarlo.

¿Aquí dónde?

Aquí.

¿Aquí aquí?

Lo que oyes.

¿En serio?

En serio.

Estaré en la estación de tren en 5 minutos.

¿QUÉ?

¿Vamos a tener la cita AHORA?

¿Y el tren? ¿Por qué no has venido en coche?

No me responde al momento, y yo no tengo tiempo para esperar. Cuando entro en el aparcamiento de la estación, dándole a fondo a los frenos de la bici, Ó.M.G. ya está allí. De pie, lleva un impermeable extragrande de color verde guisante y la capucha puesta, levanta la mano —la que he imaginado en mi cuello, en mi espalda, en mi... (contrólate, Iris)— para saludarme.

—Hey —dice en cuanto me acerco pedaleando.

—Hey —respondo mientras se acerca aún más.

Sin palabras, entonces, me maravillo ante el calor su aliento en el aire, separado del calor de mi aliento, e imagino que seríamos capaces de derretir casquetes de hielo con la fuerza de su futura unión.

Y ese futuro llega.

Llega*n*.

Sus labios sonrientes apenas cambian el gesto cuando se inclina, como si fuera de esperar, y me besa en la comisura de mis labios.

No hay violonchelos.

No hay *crescendo*.

No hay lengua.

Pero definitivamente va más allá de ser amigas. Definitivamente no es hermoso en plan de película, sino en plan real. Es como un instante en el tiempo, uno que transcurre demasiado deprisa, lo que dura una respiración, en el que se intuye el aroma a café y caramelos de menta que ha debido tomar en el tren.

—Lo siento. —Órla se aparta—. No pretendía... No debería haber supuesto... Es que te he visto y... —Se lleva el índice izquierdo a la boca, como si fuera posible borrar la nueva imagen que acaba de pintar de nosotras.

Lo cojo. Su dedo, quiero decir. No quiero que borre lo que sea que vayamos a ser.

Lo que quiero es besar su dedo. Y lo que quiero aún más es besar su boca. Pero aunque pensaba que no importaría, siempre que me he fantaseado este momento, Órla y yo estábamos solas. Aquí en el mundo real, hay gente que podría estar mirando, que podría darse cuenta de que la chica montada sobre la bici está siendo besada por la chica del impermeable verde guisante, que ya está mojado por la nieve.

¡Nieve!

Muy leve, pero *está* cayendo.

Aunque no beso el dedo de Órla ni los labios de Órla, le aseguro está bien que me haya besado.

—Más que bien —digo, intentando darle a entender que no me molestaría si me vuelve a besar.

Pero lo hace.

Obviamente.

Me molesta.

Me molesta mucho.

—Me has sorprendido. —Aseguro mi bici en el aparcamiento que hay fuera de la estación y empezamos a caminar hacia el pueblo—. Creía que estarías dándolo todo en el gimnasio.

—¡Un problemilla! —Órla se detiene y se sube esa manga gigante—. Un accidente —dice mientras observo la escayola blanca que oculta brazo derecho.

—¡Joder! —Alargo la mano y lo toco. Nuestras miradas se apartan como si acabara de tocar su piel.

Continuamos colina arriba.

—Lo peor es que este abrigo de segunda mano es el único que me puedo poner por encima de esta maldita cosa.

—No me odies, pero pensaba que era otra de tus extrañas, quiero decir, *preciosas* creaciones.

—Oye, no me quites el mérito —responde, desabrochando el impermeable para revelar jersey con la frase «ESTOY QUE TRINEO» bordada delante—. Más en mi línea. Y la buena noticia es que desde que me pasó *esto* —levanta el brazo herido—, tengo más tiempo para *esto* —Se señala su obra.

—¿Todavía puedes bordar?

—Pues no, pero soy muy buena directora creativa, y Ma es muy buena haciendo lo que se le manda.

—Y, ¿qué te ha pasado?

—No importa. —Órla se encoge de hombros con indiferencia, se detiene de nuevo, señala con la cabeza los botones a presión que se está intentando abrochar sola.

Hay algo muy íntimo en vestirla, en que mis dedos estén tan cerca de su pecho. Murmuro algo sobre que el frío me hace temblar.

—Lo que importa es que no tener que ir al gimnasio significa que podía venir aquí. —Órla me agarra la mano para que deje de temblar—. Dime, Iris Tremaine, ¿qué destino vas a escribirnos hoy?

Treinta y dos

Miro la hora en el móvil: las cuatro y media. Me quedan tres horas buenas antes de que tenga que estar en The Vault para ayudar a Tala a prepararse. Saco el folleto de la mochila y se lo paso a Órla.

—Después iremos, pero primero… —La dejo junto a la puerta de un bar donde unos hípsters barbudos están bebiendo cerveza artesanal junto a la ventana—. Espérame aquí un momento, por favor. Tengo una idea, pero requiere humillarse un poco.

—Me estás vacilando, ¿verdad? —exclama Rollo cuando paso precipitadamente de una disculpa bastante vaga por mi reciente comportamiento a pedirle un favor. Sí, no está encantado de oírme, pero la llamada ya está yendo mejor de lo que esperaba. Quiero decir, me ha cogido el teléfono, que ya en sí es una sorpresa.

—¿Por los viejos tiempos? —Incluso yo me estremezco al decirlo.

—Por los *viejos tiempos.* —Resopla, y me lo imagino negando con la cabeza, como cuando soltaba algo al borde de la ofensa—. Iris, no hace ni tres semanas que rompiste conmigo. No son *viejos tiempos* todavía.

—Entonces hazlo por *mí.*

Quizá Rollo nota lo mucho que significa para mí, porque me pide que afloje.

—Vas a por todas en esa cita —dice en cuanto le esbozo el favor.

—Supongo. —Había olvidado lo fuerte que suena el silencio al teléfono. Lo que parecen minutos deben ser segundos—. A ver, sé que no acabamos de mutuo acuerdo exactamente.

—¿Acabar de mutuo acuerdo? —Se está riendo—. No lo llamaría así, no.

No pienso preguntarle cómo lo llamaría él, pero Rollo no va a perder la oportunidad de hacérmelo saber.

—Me hiciste bomba de humo.

—¿Bomba de humo?

—¿Cómo llamarías al apagón informativo que hubo después de lo que yo pensaba había sido una noche genial?

Un fogonazo de Rollo y cómo lo dejé durmiendo en su cuarto. Las sábanas no son suficiente para evitar que se le ponga la piel de gallina.

Me vuelvo para encararme a la pared, enredada en la incomodidad de que Órla esté tan cerca mientras el recuerdo del gran pero delicado peso de Rollo sobre mí enciende mis mejillas. Poco después de volver del cine a casa, quitándonos las vergüenzas tan rápido como la ropa, me dijo que quería besarme entera, empezando por los dedos de los pies.

—*Estuvo* guay —le digo ahora—. Bastante ardiente, por lo que recuerdo.

—¿Entonces...? —La voz de Rollo esta noche es tan profunda y penetrante como lo fue su lengua aquella noche en su habitación.

—Entonces, ¿qué?

—¿Fue lo que dije sobre Europa? ¿Que a lo mejor iba contigo? ¿Por eso desapareciste? No quise presionarte, Iris, solo era una idea.

La cosa es que sí que hubo presión. Pero no del tipo que Rollo creía. No era la primera vez que insinuaba que pensaba que lo nuestro iba en serio. Que podría estar enamorándose.

Cuando alguien te quiere, te da el poder de hacerle daño.

Qué es más peligroso entonces: ¿irse o quedarse?

—No sé si es peor —dice Rollo— que estuvieras actuando según lo establecido.

—¿Según lo establecido?

—Solo digo que he estado hablando con Félix...

—¿Félix? —¿Qué coño?—. ¿Mis ex han montado una conferencia sobre mí? Jasper también, ¿no? ¿Y Jack?

Menos mal que Órla no puede oírme.

—Solo Félix y yo. Y no ha sido una conferencia, solo una charla. Nos gustas, Iris. A pesar de cómo acabamos, me importas. Simplemente, me preocupa que, si sigues apartándote de la gente que te aprecia, acabará como esos edificios abandonados que tanto te gustan.

Parece irónico que un edificio abandonado sea el motivo de mi llamada.

—Lo haré —dice Rollo unos minutos después—. Pero con una condición.

Me vuelvo para mirar a Órla, que ha estado leyendo y releyendo el folleto de Rímala mientras yo he estado fuera.

—Tú dirás...

—No le crees expectativas a este chico con tus salvajes gestos románticos y luego desaparezcas en cuanto lo tengas pillado.

Varios minutos después, Órla y yo volvemos a bajar la colina.

—Normalmente habría que escalar para llegar al sitio al que vamos. Colarnos por las ventanas no bastaría. —Paro delante de la librería favorita de Tala y señalo hacia los tejados de los edificios antiguos—. En serio, subiríamos por los tejados y todo.

Órla me mira con los ojos como plantos, como «más vale que sea una broma».

—Por suerte para ti, Ó.M.G., tengo contactos. —Me doy un toquecito en la nariz como hacen en las películas.

—Sabía que valía la pena ir detrás de ti.

«Joder, qué buena está cuando arquea la ceja».

—Bueno, cuando digo «contactos» me refiero a un tío con el que salí un tiempo, Rollo. Trabaja en el bar de ese sitio, así que nos puede conseguir una forma de entrar mucho menos precaria.

Las voces de unos tipos cantando se abren paso colina abajo. Llevan jerséis navideños, están rebosantes de cerveza y jo-jo-jos. Uno de ellos le ha dado más caña al tema que los demás, con un atuendo que le hace parecer como si un muñeco de nieve lo llevase a caballito. Canturrea en un solo, ruidoso y muy gesticulado, la canción de Mariah Carey, *All I Want for Christmas.*

—*...is you!*—Órla se une al estribillo, medio susurrando, medio cantando, tirando de mí hacia ella por la parte delantera de mi abrigo.

Cuando estaba con Rollo, yo era la Órla de la pareja. La guay que encandilaba con canciones de amor y cortejaba con besos. La chica segura de sí misma que sabía lo que quería y lo conseguía. La valiente que tenía el control en todo momento.

Pero, sin embargo, con Órla, no soy yo quien manda. Pero, sin embargo, con Órla, me estoy pillando.

Presa del pánico, doy un paso atrás.

Se oye un «¡eh, eh!» de uno de los miembros del coro embriagado detrás de mí.

Órla se sobresalta, sus ojos revolotean de mí a ellos a mí a ellos hasta que se posan en mí en una mirada triste y punzante a la vez.

Sé lo que está pensando. Que estoy avergonzada, que es cierto, supongo. Pero no por lo que se imagina.

No me avergüenzo de ella.

Sino de mí.

«No le crees expectativas a este chico», dijo Rollo, y me tenía calada. Entiende mi predilección por salir por patas.

«Bueno uso de "predilección", Iris».

—¿Te apetece venir bajo el muérdago, cariño?

Puaj. El baboso suena como si tuviera cincuenta años. Normalmente le habría soltado alguna ocurrencia o se la habría devuelto, pero estoy desconcertada.

Sin embargo, Órla no se calla.

—No, vamos servidas, gracias —dice sin pestañear.

—De todas formas, eres demasiado flacucha para mí.

No me he dado la vuelta para mirarlo, pero imagino su cara. Su mueca de desprecio tan gruesa en su burla.

—Bien por ti, colega, porque tú eres demasiado capullo para mí.

Si la situación fuese distinta, me habría girado para ver la cara de pasmo de ese monigote. En lugar de eso, mantengo la cabeza gacha, girándome solo para ver sus espaldas canturreando colina abajo en dirección a la estación.

Órla no me quita los ojos de encima.

—¿Te ha incomodado?

—¿Qué? ¿Ese gilipollas sexista?

—Él no —dice—. Yo.

No solo la mano escayolada de Órla es incómoda. Su otra mano, y la mía también, cuelgan vacías a nuestros lados.

—¿Eh?

—¿Crees que no me he dado cuenta de que no querías que nos vieran juntas?

—No es eso, yo…

—Está bien, Iris. Solo quiero saber a qué atenerme contigo. Solo he tenido una novia, aunque ni siquiera sé si debería llamarla así. Ella no había salido del armario. Todo fue en secreto. Ni siquiera tuvimos una cita.

—Pero *has* tenido citas, ¿no?

Órla se encoge de hombros.

—¿Esta es tú primera cita?

Ella asiente.

—¿Tan patético es?

—¡No! —Sacudo la cabeza con fuerza—. Es *mi* primera cita con una *chica*.

—¿Y te parece bien? ¿Tener una cita con una chica? ¿Tener una cita *conmigo*?

—Sí. —Definitivamente, hay miedo en la forma en que mi corazón se estremece cuando agarro la mano buena de Órla. Pero también hay esperanza. Y, por ahora, notar ambas a la vez me parece bien.

Treinta y tres

—Cuidado al pisar. —Aunque Rollo ha cerrado la puerta antes de encaminarnos al bar de abajo, susurro—: Agárrate. —Le ofrezco un brazo.

La linterna frontal, que he enganchado al gorro de Órla tan pronto Rollo nos ha colado por la sala de personal hasta el primero de los laberínticos pasillos en desuso, proyecta fogonazos rápidos de luz sobre los azulejos color bronce de las paredes mientras ella asimila todo.

—¿Qué es este lugar?

—Ya lo verás. —Mientras la guío por el último tramo de escaleras, las botas de Órla dan pequeños golpes que resuenan en los escalones. Se ralentizan conforme subimos. Solo cuando olfatea reparo en el leve olor a orina animal de los aparcamientos de varias plantas—. Lo siento —digo, como si hubiese sido yo la que ha meado en los oscuros rincones del edificio—. Supongo que ya estoy acostumbrada. ¿Necesitas ir al baño antes de entrar? Señalo el letrero del de señoras con la linterna. El latón está desgastado y solo las letras «E» y la «S» siguen pintadas de blanco—. No quiero tener que levantarme en mitad de la película.

—¿La película?

—Ajá. —Me detengo frente a otra puerta, esta más ornamentada, con tallados en la oscura madera y tiradores que antaño, cuando estaban pulidos y cuidados, habrían brillado—. Soy muy convencional para las citas... Agarro a Órla de la mano y la llevo hacia dentro.

Por lo demás completamente a oscuras, la estancia se revela por partes en los círculos de tonos blanco amarillentos de los haces de nuestras linternas. La vasta sala que tenemos ante nosotras en otro tiempo se habría considerado lujosa; su decoración recuerda a una corona de dibujos animados. En este lado, el *nuestro*, la puerta está pintada de dorado. Las paredes, de un intenso color rojo, descienden hasta una moqueta de color burdeos, raída por las pisadas y polvorienta por el tiempo. Asientos numerados, tapizados con terciopelo del mismo tono regio, ascienden en filas ordenadas alfabéticamente.

Órla echa la cabeza hacia atrás, su linterna descubre el techo artesonado, y luego la baja hacia los respaldos de las butacas, donde antiguas cenizas y colillas sobresalen de bandejitas en forma de media concha. Se gira lentamente, boquiabierta por la maltrecha grandeza del lugar, se gira despacio hacia mí. A nuestra espalda, un par de cortinas gigantescas ocultan lo que antaño habría sido una pantalla.

—¿Un cine?

—¿Ves? Cosas predecibles para una primera cita, ¿verdad?

—¡Qué va! —Mi linterna no está sobre ella, pero puedo oír la sonrisa de Órla, su entusiasmo por el lugar, lo cual es inevitable, porque es precioso. Mugriento, sí, pero precioso al cien por cien.

—Es tan...

—¿Romántico?

Órla me aprieta la mano con fuerza. Nuestras palmas ya han olvidado el frío.

—¡Sí! —Suena tan segura y sorprendida a la vez.

—¿Un picoteo? —Dirijo mi luz hacia la parte superior del auditorio, donde hay una trampilla done pone «KIOSCO»—. El menú es un poco limitado, pero nos he conseguido el paquete VIP. —Dos bolsas de patatas y dos vasos de Coca-Cola reposan sobre el mostrador. Le debo una muy grande a Rollo.

A favor de mi ex, debo decir que su reacción cuando he aparecido con una chica ha sido de lo más normal. Sí, me ha susurrado: «¿Qué? ¿Ahora eres gay?». Pero Rollo ni siquiera arqueó una ceja cuando murmuré que aún no estoy segura de la etiqueta.

—No sé —le he dicho, ruborizada por la incertidumbre. ¿No es algo que debería saber?—. ¿Bi, tal vez? ¿O pan?

—Guay. —Rollo se ha encogido de hombros y me ha recordado que le envíe un mensaje cuando terminemos.

—¿Y qué más incluye el paquete VIP? —Órla da un sorbo a su refresco mientras sus ojos, iluminados por mi linterna examinan la vasta sala, claramente preguntándose qué posibilidades encierra.

—Asientos limpios: fila F, veintitrés y veinticuatro, y una elección de dos de las «Diez películas de romance lésbico que ver en tu cita» según *Pride.com*. ¡Muchas gracias, Google!

—Ya te digo. Google me llevó hasta unas fotos tuyas muy chulas.

Me da miedo pensarlo.

—Hablando de lo cual... —Órla deja la bebida en el suelo y saca su teléfono—. ¿No tenemos que hacer una foto para tu Insta?

Veo en su sonrisa, rápidamente abatida, que he tardado demasiado en decir que sí.

—Ah... —Hay un ápice de algo parecido a decepción o nerviosismo en su tono.

—No es porque quiera mantenernos en secreto. —No sé cómo expresar lo que necesito sin que suene cursi—. ¿Sinceramente? Después de la tormenta mierda que ha sido mi vida estas últimas semanas, estar aquí contigo me parece casi mágico.

Ella aparta el móvil.

—Continúa.

—Publicar en redes siempre ha sido buscando una especie de validación de lo que hago, como si que la gente lo viera lo hiciese más real. Pero esta noche, siendo solo tú y yo, de alguna manera, ya parece real.

La risa de Órla mientras avanza hacia la fila F no suena a burla, sino a alivio.

—¡Demasiado emotivo para una Capricornio!

—Ay, Dios, me había olvidado de que eres una de *esas.*

—¿¡Una de *esas*!?

—¡Una astróloga! —La forma en que lo digo debe haberlo transformado en un insulto, porque Órla se gira para fulminarme con la mirada, cegándome con su linterna—. ¡Joder! ¿Quieres apagar esa cosa? Me cubro los ojos, colocando la mía apuntando hacia arriba entre nuestros asientos mirando y me siento de perfil hacia ella—. En serio, ¡me estás dejando ciega!

—¿Con la linterna o con mi belleza arrasadora?

—Ambas. —Alargo la mano y le quito la linterna de la cabeza, y con ella el gorro de tela.

—¡Dios mío, Ó.M.G! ¿Y ese pelo?

—Atrevido, ¿eh? —Las largas trenzas pelirrojas ya no están. Lo que ha quedado es prácticamente un rapado en los laterales, aunque por la parte de arriba lo tiene unos centímetros más largo. Ya no tiene los rizos en la cara, así que los preciosos ángulos de su nariz, pómulos y barbilla resaltan.

Órla se sienta apoyándose sobre el hombro izquierdo, dejando su cara a mi alcance.

Sin pensarlo, extiendo el brazo y toco los mechones más largos de la parte superior, rozo las puntas con las yemas de mis dedos, que trazan entonces una línea invisible hasta su mejilla, que es cálida, suave y hermosa. Mis caricias son ligeras. Todo lo contrario que mi corazón, que retumba con tanta fuerza que podría reventarme las costillas.

En algún lugar, varias plantas por debajo de nosotras, hay gente bebiendo, animándose para el fin de semana. Estarán gritando por encima de la música, que no oirán realmente, sino que sentirán a través de los graves que hacen vibrar el suelo.

Aquí, sin embargo, solo hay silencio.

—Puedo oírte respirar. —Resisto el impulso de poner una mano en su pecho.

Sus labios se abren y mi dedo se desliza de su mejilla hasta su lengua, entre sus dientes. Me muerde. No fuerte, pero lo suficiente como para evitar que me aparte.

Deseosa.

Esto, ahora mismo, es mucho más ardiente que cualquier otro contacto físico que haya tenido. Nunca. Hasta. Que.

Suena un teléfono.

—¡Órla! ¿Cuál es la regla más importante en el cine? ¡Tienes que apagar el móvil!

—¡Perdona! —Como tiene atrapado mi dedo en la boca, la palabra sale más bien como «peddona». Y entonces se vuelve incómodo; ya sabes, averiguar qué hacer con su saliva en mi uña. Quiero decir, ¿debería lamerla? Sería un gesto de lo más excitante si el ambiente siguiera siendo seductor, pero no es el caso, porque Órla está hablando con alguien que supongo es Bronagh, y eso corta un poco el rollo.

—Perdona —dice cuando acaba, y esta vez de forma clara porque mi dedo, que por cierto, me he limpiado en los vaqueros, ya no está cerca de ninguna parte sensual de Órla, sino en mi iPad, intentando poner una película—. Ma se ha lanzado a organizar reuniones y llamar para organizar el año que viene.

—¿El año que viene?

—Mi año fuera.

Y mi cerebro debe ser hipócritamente desquiciado porque, pese a rechazar la sugerencia de Rollo de venir a Europa conmigo, mi cabeza y, sí, mi entrepierna se alborota por la remota posibilidad de que Órla y yo podamos pasar nuestro año sabático juntas.

—Aunque en realidad Mampodría llamarlo mi año «dentro». —La expresión de Órla se endurece. *Dentro* de un gimnasio. *Dentro* de una rutina. *Dentro* de un horario aún más agotador que...

—Oye. —Todo mi revuelo desaparece al verla tan cambiada—. El único lugar en el que estás ahora es este cine. Conmigo.

Pero Órla no está por la labor.

—Vaya con las madres controladoras. Dios, juro que a veces desearía que...

—¿Qué? ¿Que se tomara unas cuantas pastillas y muriera?

Órla frunce el ceño como si pensara: «¿Qué demonios acaba de pasar?».

—Lo siento. —Las palabras tienen que salir rápido para aligerar el ambiente y demostrarle que no pasa nada...

—Cuéntamelo —dice Órla.

—Es demasiado.

—Para mí no. —Se reclina en la butaca, con su mano buena en el reposabrazos entre nosotras y la otra sobre su muslo.

—Eso es lo que me preocupa. Hay algo en ti, Órla Mary Gamble, que me hace desahogarme más de lo que lo haría normalmente.

—Pues claro. Los Piscis somos empáticos, lo que nos hace muy buenos escuchando.

Pongo los ojos en blanco.

—Vale, muy bien, si te niegas a creer en el poder de mi horóscopo, podemos achacarlo simplemente a mi nombre.

—¿Tu nombre?

—Tiene una marca, un acento, sobre la O. Con ella, Órla significa princesa dorada.

—De ahí tu destino Olímpico.

Ella se encoge de hombros, como «lo que tú digas».

—Sin la tilde, Orla en gaélico significa vómito. Así que quizá —ladea la cabeza y su voz rezuma confianza— contigo mi destino no sea ser una princesa dorada. Tal vez esté aquí para ayudarte a *vomitar* lo que sientes.

—Puajjjjj.

—Mejor fuera que dentro.

—¿Puedo apagar la linterna?

Órla no parece convencida.

—Es más fácil vomitar en la oscuridad.

—Vale —dice—. Pero ni se te ocurra soltarme la mano. —Esta vez el contacto es distinto.

No es sexi.

Es seguro.

Nuestro silencio es aún más silencioso en la oscuridad.

—Rollo, el tipo ese al que has conocido antes, me advirtió de que acabaría como estos sitios si no me aclaraba. Entiendo a qué se refiere, pero, sinceramente, estos edificios, los sitios abandonados, ya son donde *más* me siento como soy.

Órla me ha pedido que no le suelte la mano, como si fuera ella la asustada.

—Y todo eso de los nombres... Iris significa «Diosa de los Arcoíris». Pero, si soy un puto arcoíris, debería ser colorida, ¿verdad? Hasta hace unas semanas, creía que lo era de verdad. —Las palabras se arremolinan en mi lengua—. Y ahora todo está patas arriba. Creía que Mamá me quería, pero se suicidó. Creía que quería a Mamá, pero le pedí a Papá que me alejase de ella. Creía que Papá era riguroso con la verdad y la razón, pero me ha mentido durante años. Creía que alejaría a las personas si estaba triste o enfadada, pero ahora mismo estoy ambas y, sin embargo, tú sigues aquí.

—Aquí estoy.

—Antes de descubrir la verdad sobre Mamá, debí de bloquear la mitad de nuestra vida juntas. Solo recordaba las cosas buenas. Pero es que no solo eran buenas, eran increíbles. Y me hizo creer que *yo* también era increíble.

—Para serte sincera, no te conozco tan bien, pero pareces bastante increíble, Iris.

La colorida Iris habría absorbido ese cumplido, pero en esta oscuridad, mi incertidumbre se profundiza y ruge.

—Si tan increíble soy, ¿por qué Mamá eligió marcharse?

Una sirena suena en algún lugar fuera de nuestro oscuro caparazón.

—Iris. —juzgarme doy cuenta por el desgarro de la voz de Órla que no soy la única que está llorando.

—Me encanta que me hicieras un comecocos en blanco. Pero sin la orden clara de que sea fuerte, no sé quién o qué se supone que debo ser.

El aliento cálido de Órla al apoyar su frente fría contra la mía es un contraste que me sacude de la cabeza a los pies.

—No eres la única que no sabe quién es.

¿Qué cojones? ¿Cómo puedo pasar de melancólica a excitada?

—¿Tú crees?

—No lo creo —Sus labios forman palabras contra mi piel—. *Lo sé.* —dice, acercándose su boca a la mía. Lo único que nos separa es el valor necesario para dar el paso.

La oscuridad que nos rodea se puede palpar.

Cargada.

El silencio está lleno de anticipación.

Mi mano en su mentón.

La suya a mi muslo.

Solo voy a vivir este momento una vez, pienso, antes de que el pensamiento pare y empiece algo dulce y abrasador. Si es mi lengua la primera o la suya, no lo sé, pero ahora son «nuestras» lenguas. Nuestros dedos. Nuestro aliento. Nuestro calor. Nuestro tira. Nuestro afloja. Nuestra suavidad. Nuestra dureza. El choque de nuestros dientes y luego el roce de sus pestañas contra mi mejilla. Todo es consciente. Todo es salvaje. Nuestros cuerpos encontrándose con torpeza en la oscuridad. Cuando su escayola golpea mi brazo con fuerza, no me importa si deja un moratón.

Quién sabe cuántos segundos, minutos, pasan; todo lo que sé es que no veremos ninguna película. No cuando tenemos esto.

—¿Qué hora es? —La fina clavícula de Órla sabe a cacao y a sal.

Su muñeca se retuerce contra mi hombro mientras se gira para iluminar su reloj.

—Tenemos media hora —dice, y la oigo.

Pero el oído no es el más poderoso de mis sentidos cuando mi espalda se arquea, apretando mi pecho contra el suyo mientras ella deja escapar un pequeño gemido y nuestros labios se encuentran otra vez, y no estoy en ningún sitio más que en estos dos asientos con ella.

Cuando besas a alguien como Órla, el tiempo pasa demasiado deprisa. Cada segundo te mete más en el momento en que estás con ellos hasta que te vuelves incapaz de imaginar no estar así de cerca. Ellos saben, quizá más que tú, quién eres exactamente.

—Podría pasarme horas así —murmuro contra esa parte de su cuello que se junta con su...—. ¿Cómo se llama a esto?

—¿Escote? —Órla se aparta muy ligeramente y mueve sus manos desde mis hombros hasta la rendija entre nuestras butacas, donde había encajado la linterna—. Yo también a lo de las horas, por cierto añade. La luz se me antoja demasiado brillante después de tanto tiempo a oscuras—. Pero... —Me enseña su reloj—. Tenemos que irnos.

—¡Mierda!

Órla mueve las piernas a un lado mientras yo busco mi iPad, que se ha deslizado de mi regazo al suelo.

—Tranquila —dice, y saca de su bolsillo el folleto que le he dado antes—. Me lo he leído a fondo mientras hablabas con Rollo por teléfono. El certamen empieza a las ocho. Incluso lo he buscado en el mapa. Estamos a diez minutos andando como mucho. Son las ocho menos veinte. Tenemos tiempo de sobra. —Cuando lo suelta para agarrarme de los hombros, el folleto revolotea hasta el suelo, y pese al tictac del reloj, no puedo evitarlo, me inclino para besarla una vez más.

—Dije que estaría ahí a y media, así que ya basta de besos. —Me limpio la boca con el dorso de la mano como si eso pudiera eliminar la atracción magnética que ejerce Órla sobre mí. Pero ella tira de mis mangas, queriendo más—. Lo digo en serio. —Solo uno entonces —. Para. —Y otro—. Ya ni siquiera te miro porque tu maldita belleza hace imposible que nos vayamos rápido.

—Considérame prohibida, entonces. —Trata de cubrirse la cara con la escayola—. Vete.

—¿No vienes?

Órla niega con la cabeza.

—Parece una noche muy importante para tu amiga. ¡Quizá te resulte más fácil concentrarte en ella si no estoy allí!

—¡Vaya! Parece que eres tan lista como sexi.

Su sonrisa es tan amplia que me cuesta creer que vuelva a tener un solo problema.

—Recogeré las cosas y te esperaré en el bar de abajo.

Después de un último y prolongado beso, salgo disparada hacia The Vault, vibrante como un arcoíris y preparada para bañar a Tala en mi gloriosa luz.

Treinta y cuatro

—Demasiado tarde. —El acomodador es un tío al que reconozco vagamente de primaria, pero no está dispuesto a que antiguas conexiones influyan en su poder—. Puedes quedarte aquí y mirar con todos los demás, pero no vas a subir ahí. —Hace un gesto con la cabeza hacia la escalera que conduce a lo que era una zona para sentarse cuando todavía era una cafetería. Ahora hace las veces de camerinos, que es exactamente donde tengo que estar si quiero cumplir mi promesa con Tala.

Tanto su móvil como el de Dougie me mandan directamente al buzón de voz.

«Mierda».

Miro alrededor, desesperada por encontrar otra forma de subir. Aunque han cambiado de sitio las mesas para crear un espacio donde actuar y los cuadros han sido sustituidos por páginas arrancadas toscamente de libros, el edificio sigue siendo el mismo. He estado aquí demasiadas veces como para saber que no hay otra.

Rosa, sentada con Kristian y Tita Celestina, da unas palmaditas en el asiento vacío junto a ella.

—Ven —me llama—. Empezarán en cualquier momento.

No solo yo capto el mensaje. El público calla, aunque aún se oye un leve murmullo de anticipación. El crujido de las bolsas de patatas y una ristra de toses amortiguadas cargan de espera el ambiente.

—¡Bienvenidos todos a Rímala! —¿Rema? No sabía que le interesara la poesía. Pero ahí está, en el escenario improvisado, con Dougie, que está de pie con ella junto al micro, que no dista de los muchos micros estampados en su camisa. Juntos (la voz de ella y las manos de él) presentan el evento, las organizaciones benéficas, la idea de que depende de nosotros acabar con la violencia contra las mujeres, que la pluma es más poderosa que la espada, y que un la poesía interpretada y el lenguaje de signos pueden ser más poderosos aún.

Dos personas, quizá de veintipocos años; una con aspecto español, vestida con vaqueros ajustados y oscuros, una camisa a cuadros y la obligatoria barba; y la otra con piel de porcelana, vestida con un vestido floral de los años cincuenta y peinada con rizos vintage, entran a continuación. Bueno, no solo entran, sino que se pavonean como solo lo hace alguien muy seguro de sí mismo.

No es solo su entrada segura lo que les da presencia, sino todo su porte. Su aura, supongo que se llamaría así, una cualidad innata que implica que cualquier cosa que digan, serán escuchados.

Se mueven despacio por el escenario haciéndose con cada centímetro del mismo, el chico habla con voz que retumba incluso sin el micrófono y la chica, haciendo señas, ambos mantienen de alguna manera un contacto visual colectivo con el público. Durante los siguientes cinco minutos, si extendieran las palmas de sus manos, nos meteríamos todos dentro.

Rema y Dougie vuelven al escenario.

—A continuación, Dougie acompañará a la poeta debutante de esta noche, Tala Fischer.

Mi corazón es como la cola de Buddy golpeteando contra los azulejos de la cocina del señor West cuando huele una galletita perruna. Solo que mientras su rítmico golpeo es de expectante felicidad, el mío es menos optimista. Porque, bueno, no quiero ser mala ni nada, pero ¿cómo va Tala —incluso la nueva Tala— a mantener el nivel de la actuación anterior, que con su carisma ha dejado el listón excepcionalmente alto?

Cuando la veo en el lateral del escenario me tiembla todo el cuerpo. Rosa me aprieta la mano, sonriendo como si estuviera segura de que todo va a salir bien. La sonrisa en el rostro de Tala no podría ser más distinta. Está inmóvil. Temerosa. Falsa.

Dougie y ella avanzan y ocupan sus posiciones a medio metro de distancia.

Tala agarra el micro, que queda demasiado alto, obligándola a ponerse de puntillas para decir:

—...

Uf.

Lo que dice se pierde en el eco de un chirrido. Hay un sobresalto grupal, varias manos sobre varios oídos, y Tala ríe incómoda mientras gira la cabeza en busca de ayuda, que llega, por fin, en forma de tipo pálido y flacucho que parece necesitar desesperadamente un poco de sol. Tala cierra sus ojos mientras él toquetea el micro.

Yo ya estoy levantando del asiento, lista para ir a rescatarla, pero Rosa me agarra.

—Lo hará bien.

El pecho de mi mejor amiga sube y baja, sube y baja, sus ojos siguen cerrados incluso cuando el técnico se inclina hacia ella y le dice, supongo, que ya está arreglado.

Los pies de Tala no se mueven. No durante cinco segundos, ni durante diez, ni durante treinta. Y lo sé porque los estoy contando uno a uno a uno a uno en mi cabeza.

Alguien de las mesas de delante se retuerce en su asiento. Alguien al fondo empieza a murmurar. Tala no parece darse cuenta. Aparte de respirar, está completamente inmóvil.

Hasta que...

Se lleva las manos al pelo y se lo aparta de la cara, recogido detrás de sus orejas. Es un gesto cotidiano pero ejecutado con tanta premeditación que, cuando sus dedos se apartan y abre los ojos, tiene la atención de todos y cada uno de los presentes.

Dougie la imita.

No es solo su postura distinta a la de nuestros ensayos, el poema también.

—Basta —dice, para que la palabra, el título, enraíce en la sala antes de continuar:

Todas hemos caminado con una llave entre los dedos
al doblar equinas, con el peligro latente
sí, en la oscuridad, en las sombras, pero también a plena luz, con una diana en el pecho,
porque desde pequeñas aprendemos
que debemos
MANTENER la mirada gacha.
NO llamar la atención.
NO sonreír.
NO poner mala cara
sin expresión en el rostro
y pasar rápidamente a los hombres
aunque también hay que
r e d u c i r   e l   p a s o
un poco, porque NO DEBEMOS parecer temerosas
de ellos en sus trajes o sus sudaderas con capucha, de sus fanfarronadas sobre
nuestras piernas
o nuestras tetas
o nuestros labios
o nuestros ojos
o nuestro culo
o nuestros brazos
o nuestra nariz
o nuestros muslos
o nuestro vestido
o nuestros zapatos
o nuestro pelo
o nuestra piel

o nuestro rechazo a aceptar sus palabras como algo usual
por si *nuestra* voz o *nuestro* aspecto se confunden con
interés

o *des*interés

porque entonces somos *escoria* o unas *mojigatas*
o unas *perras engreídas* con muy mala actitud
por no interpretar sus palabras de la forma que pretendían
Que era...
¿Cuál?
Dime.
Porque, ¿ahora *él* es el ofendido?
Porque queremos ir por la calle
sin sentir miedo de quien nos podamos encontrar.
Oh, sí, ya lo ha oído más veces, este rollo feminista
y entiendo su punto de vista,

no son todos los hombres.

Pero YA BASTA.
YA BASTA.
Porque cuando salen listas de víctimas asesinadas
por hombres en un solo año

Son 118 mujeres asesinadas

Mujeres sobrias. Borrachas. Deportistas. Trabajadoras
sexuales.
LO QUE FUERA que hacían, no hicieron nada malo.
Así que, YA BASTA.

Basta.

Y sí

TODOS LOS HOMBRES

pueden contribuir a que esta violencia no se repita una
y otra,
y otra vez.

Tala ya no es tierna ni dubitativa, es furia.

Me pongo de pie. Rosa se pone de pie. Tita Celestina y Kristian se ponen de pie. La chica del sombrero en la esquina se pone de pie. La mujer mayor con el chal y unas gafas que parecen anteojos se pone de pie. La pareja con camisas, corbatas y chalecos a juego se pone de pie. Todos, incluso el acomodador beligerante, se ponen de pie.

Aplaudir no basta. Silbo y pataleo mientras Tala y Dougie hacen sus reverencias y se dirigen entre bambalinas.

—¡Tal! —Antes de que el acomodador tenga la oportunidad de bloquearme el paso, subo las escaleras a toda prisa y me lanzo sobre Tala—. Has. Estado. INCREÍBLE. De verdad, ha sido una increíble.

—Gracias. —Se aparta para dejarle paso al siguiente poeta, que está sujetando sus notas mientras gira el cuello, preparándose para salir.

—¿Ves? —Dougie agarra a Tala por detrás, la hace girar y la electricidad que desprenden es tan fuerte que apenas tocan el suelo—. ¡Te dije que podías hacerlo! Ven, vamos. —La aparta de mí y la lleva a través de una puerta a una sala que antes era el aseo, pero que ahora parece, cuando los sigo, un vestuario—. Solo tengo un par de minutos antes de tener que salir con Katya, pero, Tala, has estado fantástica.

—*Tú* has estado fantástico —dice, y entran en esta pequeña retahíla de «No, tú has estado fantástica», «No, tú has estado fantástico» que, de no estar con toda la exaltación posterior a la actuación, sería de lo más molesta.

Afortunadamente, un tipo con un portapapeles y un boli detrás de la oreja le hace a Dougie la señal de que debe salir al escenario.

En cuanto desaparece, abro mucho los ojos y los brazos, invitando a Tala con mis dedos. Pero, aunque se acerca, lo que estamos haciendo ahora no es un abrazo.

—¿Te vienes a ver a los demás? —Las palabras de Tala mientras se zafa de mi agarre podrían tomarse como una invitación, pero no es una cálida. Es como si, en cuanto Dougie se ha ido, todo el júbilo hubiese desaparecido.

Mi boca se tuerce hasta parecer el emoji de la mueca.

—He dejado a Órla en el viejo cine con Rollo. Dios sabe la de tonterías que le estará contando sobre cómo soy como novia.

Tala se vuelve hacia el espejo apoyado en la pared. Las trece bombillas gigantes que lo flanquean dan a su piel un brillo cálido que contrasta con su expresión fría como el hielo.

—A lo mejor le dice que eres tan de fiar con tus novios como con tus mejores amigas, es decir —Se mira las uñas y luego levanta la barbilla para mirarme— , nada en absoluto.

—Tal. —Intento agarrarle la mano, pero ella se aparta.

—Me prometiste que me ayudarías a prepararme.

—Perdimos la noción del tiempo. —Y es horrible, pero incluso ahora me estremezco al pensarlo—. Lo siento.

—Yo lo siento más —dice—. Nuestra relación puede ser platónica, Iris, pero no creía que fuese a ser tu segundona. ¿En qué momento se ha vuelto Órla...?

—Tal, yo...

—¿Sabes qué? —Levanta ambas manos como diciendo «para»—. Olvídalo. —Me da la espalda.

—No, yo lo siento mucho más —le digo a nadie más que a mi reflejo cuando ella se va.

Treinta y cinco

Llego al viejo cine sin aliento, que es, por supuesto, la única razón por la que soy incapaz de hablar cuando entro y me encuentro a Rollo inclinado sobre la barra, con los labios tan cerca de Órla que prácticamente le está besando la oreja.

—Anda, si *ha* vuelto. —Rollo guiña el ojo y Órla lo mira en plan «¿ves?».

—¿Cómo ha ido? —La sonrisa de Órla es el rayo de esperanza que me hace falta ahora mismo.

Tala estaba furiosa. Callada, sí, pero su decepción se oía a gritos.

—Lo ha hecho genial —respondo, aunque no lo suficientemente alto para que Órla me oiga.

—¿Qué? —Se levanta de su taburete y nuestros rostros quedan a escasa distancia.

Bajo la mirada hacia las cáscaras de cacahuete que botas y tacones de aguja han machacado en la alfombra pegajosa. No hace falta mucho para destruir algo.

—¿Estás bien? —Su mano en mi muñeca me alivia—. ¿Quieres tomar algo?

Tiene lo que parece una limonada en la mano y le hace un gesto a Rollo de que quizá quiera otra, pero yo niego con la cabeza y le sugiero que nos vayamos.

—Hay demasiada gente —grito. Tribus de juerguistas se agolpan alrededor de las mesas. Un par de tíos, recientemente empapados en *aftershave*, están tan cerca que puedo oler su aliento, juraría que uno de sus pulgares me ha rozado el muslo—. Vamos a un sitio más privado.

Órla asiente como diciendo «ya te capto». Y, sí, trama algo con esa sonrisa seductora que sugiere que sabe lo que estoy pensando, pero la verdad es que no solo quiero quedarme a solas con Órla, sino también alejarme de Tala.

—¡Dios mío, Ó.M.G! —Mi chillido entusiasmado alcanza cotas vergonzosas de excitación cuando salimos del bar—. ¡Nieve! —Más pesada que antes, ahora está cuajando, como una capa de magia que cubre la suciedad con luz. Pisoteo con mis Doc Martens la finísima capa que hay en el camino, abro la boca e intento atrapar los diminutos copos con la lengua.

—Venga, Elsa. —Órla me tira del codo—. Si quieres llevarme a un sitio *más privado*, más vale que nos pongamos en marcha... El último tren es a las diez cuarenta y cinco.

—VALE, VALE. —Le quito un copo de la punta de la nariz—. ¿Cuánto confías en mí?

—Eso depende de si debo creer a Rollo o no.

No pregunto.

No hay tráfico, pero Órla pulsa el botón del paso de peatones y esperamos una eternidad a que el muñequito se ponga en verde. Viajeros trajeados salen de la estación lanzando miradas de reproche a una muchedumbre de fiesteros que ya celebran la Navidad. Por sus andares tambaleantes y sus gritos por el frío, imagino que las chicas con minifalda y los chicos con pantalones hasta los tobillos se han metido de lleno a celebrarlo en el tren.

Me dirijo al aparcabicis, saco la mía y señalo el manillar.

—¿Te apetece dar una vuelta?

—¿Estamos tonteando o de verdad esperas que me siente ahí?

—Habrá un casco —Le ofrezco el mío—. Y muy buen sentido de la orientación. —Puedo ver por el ligero arqueo de la comisura de su boca, que se está ablandando—. Y muchos más de estos. —Apoyó la bici contra la pared y la beso.

—Vale —dice conforme me separo—. Está claro que soy demasiado débil y fácil de sobornar. ¿Pero qué hacemos con esto? —Señala ese maldito bulto de yeso.

—No me has contado qué te ha pasado.

—Es una historia muy aburrida, ya te lo contaré. Ahora mismo ...—Sonríe de forma sugerente— hay cosas más importantes... —Y volvemos a besarnos. A pesar del frío, mi cuerpo entra en calor.

—Tal vez es mejor que vayas en el asiento —sugiero unos segundos después, mareada—. Agárrate a mi cintura con la mano buena. Añadirá un poco de peligro al viaje, pero te prometo que estás en buenas manos.

—Rollo no piensa lo mismo.

Pongo los ojos en blanco y le abrocho la hebilla del casco bajo su barbilla.

—Que le den a Rollo.

—Por lo que he oído, tú ya le has *dado.*

—¡Ja! *Touché,* Ó.M.G., *touché* —Me pongo a horcajadas sobre la bici, entre el sillín y el manillar, y me retuerzo para ayudar a Órla a subirse—. Quizá no haya sido tan buena idea —concedo—. Bronagh me matará si te rompes algo más.

—¡Vamos! —Órla se coloca en su posición y yo empiezo a pedalear.

Tras unos bamboleos iniciales en los que Órla aúlla como hacía Buddy cuando fui a casa del señor West para calmarlo durante la Noche de las Hogueras, nos ponemos en marcha, avivadas por el ocasional claxon de advertencia. Órla responde chillando y yo saludo con la mano. Unos minutos después, con el viento helado y la nieve alborotándome el pelo, corremos, ambas chillando, por las oscuras callejuelas iluminadas únicamente por mi faro, que apenas alumbra.

—¿Te ha gustado? —le pregunto cuando paramos bruscamente junto al refugio.

Los copos de nieve son más grandes ahora, tornando la ladera tan blanca como aquella tarde en que Tala y yo vinimos por primera vez. Nos refugiamos del frío y nos arriesgamos a que los vaqueros se empaparan con tal de hacer ángeles en la nieve. Cuando me levanté para ver el mío, un petirrojo bajó volando desde el tejado hasta donde habría estado el corazón de mi ángel.

—¿Que si me ha gustado? —Órla se baja, usando la linterna de su móvil mientras camina por el apenas visible sendero—. Me ha encantado. Ojalá lo hubiera grabado para mandárselo a mi entrenadora. —Se vuelve hacia mí, con los ojos bien abiertos y rebosantes de rebeldía, siguiendo el haz de luz que barre los arbustos, a través de los árboles y sube las enredaderas del refugio—. ¿Qué demonios estamos haciendo *aquí*?

Corro hasta alcanzarla.

—No estoy muy segura.

Había prometido que no vendría. Y aun así.

Juro que no tiene nada que ver con que sea el diecisiete de diciembre y mucho que ver con la intimidad, con el frío que junta los cuerpos en busca de calor. Con las provisiones que tengo guardadas para esos días y noches que vengo para pensar en Ma...

—¿Entramos o qué?

Órla me mete prisa y, con su hombro contra el mío, me ayuda a cerrar la puerta del refugio en un esfuerzo por vencer el frío ártico.

—Tal vez necesitemos algo más que cerrar la puerta para calentarnos. —Da saltitos sin moverse del sitio—: ¿Y eso? —Señala la chimenea con la cabeza.

—No entra en mis habilidades. Inténtalo tú si quieres. —Abro la maleta de Tita Celestina y saco las pastillas para encender el fuego junto con bolsas de patatas, anacardos tostados, unas manzanas algo pasadas y un táper lleno de palitos de pan.

—¡Qué romántico! —Órla mueve las velas con los pies—. ¿Vienes a menudo? —Sus rodillas se rozan deliciosamente con las mías cuando se agacha a mi lado en el suelo de piedra—. Dime, amante mía, ¿a quién más has traído a esta perversa guarida?

—Solo a Tala. —Me quedo con el «solo», porque Tala no es «solo» nada.

~~Lástima que la hayas hecho sentir *solo* como una amiga.~~

Me siento en el nido de mantas, observando como Órla azota el fuego con ineptitud, mis pensamientos se calientan más de lo que nunca harán esas llamas.

—Oye, hay otra manera de entrar en calor.

Siempre me sorprende lo diferentes que pueden ser los besos. Incluso con la misma persona. El mismo par de labios puede crear una sensación totalmente nueva. Y no solo los labios. Una mano que la última vez estaba sobre la mandíbula o el codo, puede reposar ahora sobre la espalda o el muslo. Aunque «reposar» no es el término más apropiado porque, aunque la mano de Órla no se mueva, bajo su tacto la sangre no deja de correr.

—¡Cuántas capas! —Cuenta cada prenda todavía sobre mi cuerpo; abrigo, jersey, camiseta térmica y, en teoría, el sujetador. Sus dedos cada vez se acercan más a mi piel.

Cuando me tumbo y Órla se coloca sobre mí, no hay focos, pero estoy tan expuesta como lo estaba Tala esta noche en el escenario.

Me pasa la mano por la cadera y siento que algo volcánico me recorre la columna vertebral.

—¿Y ahora qué?

Su pelo cae sobre mis mejillas cuando se sienta a horcajadas encima de mí.

—Quizá esto —dice, acercando su pulgar hasta la cinturilla de mis vaqueros.

Con las mantas debajo y encima de nosotras, Órla y yo estamos como en una burbuja. De esas que se soplan a través de un pequeño aro de plástico. Su fina superficie es preciosa por cómo deja pasar pequeños haces de luz.

Sin embargo, con un mal movimiento podría romperse.

Entonces vamos despacio, siempre tan cuidadosas en cómo nos abrazamos, que es cerca, pero deseando estar más cerca, ansiando que el espacio entre nosotras desaparezca por completo Vestidas, nuestras pieles no se tocan, pero cada centímetro de mi cuerpo arde.

Y los besos…

Joder.

Los b e s o s

El tira y afloja.

Delicado, pero asombrosamente feroz.

Nuestra ropa es una barrera, pero no hay prisa por quitárnosla porque de momento nos basta; ir más allá tal vez fuese demasiado cuando ya estoy palpitando con el calor de su mano en mis límites y la separación, ahora difuminada, que delimita nuestros cuerpos.

—¿Órla? —Su nombre es lo único que logro pronunciar, aunque guarda un interrogante. Un «¿deberíamos? ¿podemos? ¿cómo hacemos eso que he estado buscando en Google desde que retomamos el contacto a principios de semana?

Doce posturas para lesbianas.

¿Cómo es el sexo lésbico?

Guía para acostarte con otra mujer por primera vez.

Diez mujeres hablan sobre el sexo con una mujer.

¿Debería experimentar con otra chica?

Todos los consejos de los artículos de todas las páginas web, todas sus palabras, todas sus fotos también. Me inundan la cabeza, aunque no son líquidos porque no fluyen, sino que bloquean, y no puedo…

—¿Órla?

Me aparto.

—¿Estás bien? —Sus ojos claros rebosan preocupación—. Podemos parar.

Quiero y no quiero a la vez. Sonrío, pero hago una mueca.

—Lo siento —respondo—. He estado… —Mi voz se entrecorta mientras me separo de ella, no del todo, pero sí hasta que nuestras bocas y piernas quedan separadas ligeramente. Ella aún agarra dos de mis dedos—. He estado leyendo, ya sabes, qué hacer, cómo…

Órla ladea la cabeza.

—¿Cómo…?

Cierro los ojos con fuerza y escupo las palabras antes de que quemen el interior de mis mejillas con mi ingenuidad y vergüenza.

—Satisfacerte. —Abro un párpado despacio, entrecerrando los ojos mientras intento discernir si Órla cree que soy una novata, una pervertida o demasiado presuntuosa por creer que querría hacer algo más que esos besos tan tan ardientes—. Lo confieso: me siento como si fuese virgen otra vez.

Se ríe. No del todo de mí, pero casi, y me aprieta la mano.

—De todas formas, ¿cuánto hace que dejaste de serlo?

—¡Oye! —Me suelto los dedos y le doy un tirón en la muñeca en broma—. No sé qué te habrá dicho Rollo, pero si ha juzgado mi sexu...

—No tiene nada que ver con Rollo —dice Órla, tumbándose bocarriba y mirando el techo del refugio, que está parcialmente iluminado gracias a linterna volcada—. Puedes estar tranquila. Solo ha dicho cosas buenas de ti.

—¿Sí? —Le debo una cerveza.

—A lo que me refiero es que, todo el rollo de la virginidad es un constructo estúpido. No digo que las cosas no puedan cambiar, pero tal y como me siento ahora, es muy poco probable que vaya a tener un pene real dentro. ¿Significa eso que voy a ser virgen para siempre? Es probable que el gimnasio, los tampones o la masturbación rompiesen mi himen hace años, así que esa prueba de mi virginidad no es que sea muy fiable. De todas formas, ¿qué es el sexo?

—Supongo que eso es lo que he estado investigado. Patética, ¿eh?

—No eres patética —dice, al tiempo que gira la cabeza para mirarme. Sonríe—. Estudiosa.

—Hace tiempo que no me llaman estudiosa. —Yo también me tumbo bocarriba y me arrastro hacia ella, dirijo la mirada a la ventana, donde la nieve está creando una fina barrera entre nosotras y el mundo exterior—. Venga, yo te rasco a la espalda, tú me rascas a mí.

—¿Te rasco qué?

Órla me mira de soslayo coqueteando.

—He confesado mis vergonzosas investigaciones sáficas. Creo que ahora te toca confesar algo igual de vergonzoso.

—Buen uso de «sáficas», Iris —dice.

«No pasa nada», me digo cuando mi corazón se encoge por el choque entre mi presente y mi pasado.

—¿De cuánta vergüenza estamos hablando?

—Del cien por cien.

Levanta su brazo derecho escayolado.

—¿Te vale con esto?

—No lo pillo.

Órla baja el brazo.

—¿Pensarías que estoy loca si te dijese que me lo he roto a propósito?

—¿Que hiciste qué?

—Ay, colega, ¡por tu tono asumo que es un sí!

Me siento, tiendo una mano a Órla como invitación a hacer lo mismo.

—No lo entiendo.

Cruza las piernas y suspira.

—Necesitaba un respiro —dice.

Me encojo de hombros porque no me parece suficiente explicación.

—¿Sabes lo duro que es ser gimnasta?

—A juzgar por el horario de tu nevera, parece una locura.

Asiente.

—Al nivel en el que estoy, solo puede ser así.

Sigo sin entenderlo.

—Le di un puñetazo a la pared hace cinco días, Iris. Y mira —Vuelve a levantar el brazo herido, señala la escayola—. En blanco.

—¿Y eso qué es? —pregunto, buscando a tientas el móvil y alumbrando con la linterna una línea roja en lo que sería el dorso de su mano.

—Ahí es donde Ma quería firmar, pero la detuve. Nada revela mejor que tienes cero amigos y cero vida como que tu madre sea la única que firma tu escayola. Si no hay ninguna, parece una elección estética.

—Seguro que tienes amigos, Órla. Y definitivamente tienes vida. Joder, que vas camino a las Olimpiadas.

Ella pone los ojos en blanco.

—¿Y si solo quiero ir de tiendas un sábado por la tarde? ¿O a un bar un viernes por la noche? ¿Y si lo que quiero es no ser una maldita princesa dorada?

Cuando se cabrea le cambia la cara. Su mandíbula es más cuadrada. Sus ojos se entrecierran, y si hubiese más luz, su frustración se podría confundir con maldad.

—Quiero ser una estudiante, una de verdad, una que pasa tiempo en el instituto y estudia más de dos asignaturas porque no tiene que preocuparse de que un sobresaliente más le arrebate las posibilidades de ganar el oro. Quiero coser —dice, con la expresión suavizada cuando suelta una especie de carcajada—. No pensé en eso cuando le di una paliza a la pared —Sacude la cabeza—. Quiero ser amiga de alguien. No me mires así.

—¿Así cómo?

—¡Con pena!

—No es pena, es incredulidad. Debes tener amigos. ¿Y las de gimnasia?

—La entrenadora se centra tanto en mí que el resto me odia. En el instituto se cansaron de invitarme a cosas y que les dijera siempre que no. Adoro la gimnasia, pero creo que no me hace bien. Mentalmente —Apoya la cabeza en mi hombro y suelta otro suspiro enorme—. ¿Sabes lo que quiero decir?

Oigo el ruido de las esquirlas de cristal y porcelana que barrí del cobertizo al caer del recogedor a la basura. Mamá seguía allí dormida. Papá estaría pronto al otro lado del teléfono.

Sé lo que es querer dejar algo que amas y te hace daño.

—Lo sé —le digo a Órla.

Lo sé.

Lo sé.

Lo sé.

—No se lo cuentes a nadie. Ma cree que me resbalé en el hielo.

Siento una punzada de miedo familiar en el estómago. He sufrido el filo de los secretos.

—Seguro que Bronagh lo ent…

—Lo digo en serio, Iris. —Órla levanta la cabeza y me mira con la misma intensidad con la que habla—. No se lo digas a nadie.

Treinta y seis

Todo va bien.

De verdad, repite conmigo:

Todo.

Va.

Bien.

Sí, Tala se ha cabreado, pero ya se le pasará. Al igual que Papá ya ha superado lo de anoche, cuando tuvo que venir a recogerme en pijama porque nos quedamos atrapadas por la nieve en el refugio. Papá siempre insiste en que le llame en caso de emergencia. Apenas quedaba tiempo para el tren de Órla *y*, dado el humor de Tala, no podía ni atreverme a pedirle a mi mejor amiga que nos llevara. Así que *era* una emergencia.

—¡Ah! —Papá ha tenido que mirar dos veces cuando Órla ha entrado—. Al decir «nosotras»...

—Cambio de planes. —Esperaba que le bastase con eso. No quería entrar ni en por qué Tala y yo no habíamos hecho nuestra habitual vigilia a la luz de las velas ni qué estaba haciendo con Órla.

—No me importa el *cambio* de planes, sino que me parece que no había plan en absoluto. ¿En qué estabas pensando al realizar una exploración con este tiempo?

¿«Realizar una exploración»? El Riguroso hace que hasta lo más emocionante suene a coñazo.

—No ha sido una exploración, Papá, he estado en el refugio un millón de veces. —Sonrojada por la vergüenza, me encojo en el asiento, agradecida por la oscuridad del coche—. Órla y yo solo queríamos pasar el rato en un sitio tranquilo.

¿Pasar el rato? ¿Lo vamos a llamar así?

El WhatsApp de Órla va acompañado de una risita en el asiento trasero.

Aunque Papá no parecía cabreado cuando he ido a pasear a Nessy, el basset hound, esta mañana, para asegurarme de que todo siga tranquilo, cuando vuelvo sugiero que hoy es el día perfecto para ir a comprar nuestro primer árbol de verdad.

Los tres miembros de lo que Rosa denomina nuestra «familia mixta» levantan la cabeza de sus cruasanes con una expresión entre recelosa e incrédula.

—¿Sugieres que vayamos todos juntos? —Sabelotodo está más confundido por mi comentario que por cualquiera de las extravagantes preguntas que le hicieron en su entrevista.

—Suponía barra esperaba que *tú* estuvieses demasiado ocupado para tal aventura.

—Déjalo, Iris —dice Papá—. Con los exámenes a la vuelta de la esquina, tú también *deberías* estar ocupada.

—Lo admito, es para no pensar en ellos. —~~Tu fuerte, Iris~~—. Visitar un vivero, aunque al final él —señalo amenazadora a mi hermanastro— termine viniendo, es mejor que ponerme a estudiar teoría de la comunicación.

Bola extra: todo el mundo sabe que es más fácil no quedarse mirando un móvil en silencio cuando estás distraída eligiendo el abeto perfecto.

—Venga, Papá. Estamos a dieciocho. —Le enseño la fecha en el móvil y después le pido a Alexa que ponga una lista de reproducción navideña—. Alexa, siguiente —digo cuando empieza con *Last Christmas.* Sonrío y espero que nadie se dé cuenta inevitable tembleque que me ha entrado al oír la canción.

Era la favorita de mamá.

Pero Mamá ya no está, así que, como Alexa, paso a lo siguiente.

—Lo cierto es que estaría bien que fuésemos toda la familia. —Papá mira esperanzado de Rosa a Sabelotodo y a mí—. Seguro que a tu hermano le vendría bien un des...

—Herman*astro* —lo corrijo.

Sabelotodo me hace una peineta discretamente desde detrás de la cafetera; para que yo sea la única a la que recuerdan que no es demasiado mayor para entrar en la lista de los niños que se portan mal.

Pero una hora después estoy segura de que no estoy en la lista de los niños malos. Al menos no en la de Papá. Dios sabe en qué lista me pondría Tala. ¡Todavía no me ha escrito! Mientras los dos, al final Rosa y Sabelotodo se han escaqueado por, obviamente, el yoga y los deberes vamos de árbol en árbol, examinando sus agujas en busca del brillo y el color, la cara de Papá se ilumina con el olor a alcanfor y la promesa de una Navidad de verdad.

—Me tomas el pelo, ¿verdad? —Lo veo sacar una bola del bolsillo, colgarla de varias ramas y luego, (con una regla plegable ¡por el amor de Dios!) mide la distancia entre la bola y la rama de abajo—. ¿Estás probando el árbol?

—Tenemos que ver que haya espacio suficiente para que los adornos cuelguen bien —lo dice como si fuese perfectamente normal tratar la compra de un árbol de Navidad como un ejercicio militar de precisión—. Este es el Elegido. —No lo había visto sonreír tanto desde que me contó...

~~Hoy no vamos a pensar en Mamá.~~

Media hora más tarde, estoy encajada en el asiento trasero del coche con los dedos sobre la rasposa red. Papá está silbando *Blanca Navidad* mientras suena en la radio. Por la ventanilla se ven los jardines cubiertos por la nevada de anoche. Veo un destello de pecho rojo cuando un pajarillo alza el vuelo hacia el cielo, que está despejado y de un azul intenso.

Nos detenemos en el cruce. Tanto la música como de los silbidos de Papá.

—¿Le has echado un vistazo a la lista que te ha mandado Rosa? —pregunta sin apartar la mirada de la carretera. No necesita especificar cuál. Ambos sabemos que se refiere a los psicólogos especializados en el duelo que Rosa cree que serían útiles; a pesar de las incontables veces que les he dicho que estoy bien.

«Está bien enfadarse, Iris», me dijo Rosa hace unos días cuando encontró en la basura la camiseta y los rotuladores para pintar ropa que me había regalado Mamá *aquella* Navidad. Lo trajo de vuelta como si valiese la pena guardarlo, como si todavía existiera la posibilidad de que quisiera «llenarla de arcoíris», tal y como había propuesto Mamá.

No estoy enfadada. Como me han dicho un montón de veces, Mamá estaba enferma. ¿Qué clase de monstruo sería si se lo reprochara?

—Todavía no —le digo a Papá, cogiendo el móvil, que he intentado evitar porque, por mucho que quiera leer cualquier mensaje de Órla, no quiero que me recuerde que no tengo ninguna notificación de mi mejor amiga.

Sin embargo, no hay nada como verse acorralado: o miro el móvil o sigo la conversación sobre terapia con Papá.

Me bajo el gorrito para medio ver el vídeo de Tala en el recital que ha subido alguien a YouTube. Lo publicaron anoche cuando llegué a casa y ya ha llegado a los dos mil «me gusta». Es curioso como antes yo era de las pocas que veía a Tala como una estrella, pero ahora parece que todo el mundo se fija en ella, han descubierto que no solo es una estrella, es el sol. Durante los breves minutos del vídeo, todos giran en torno a ella.

Quizá Tala se haya distraído por la atención. Quizá sea demasiado y no haya querido mirar el móvil. Quizá por eso no lo coge cuando la llamo. Ni me contesta cuando le propongo ir de compras navideñas. O que vayamos a ver una peli. O que hagamos galletas. O hablar de libros. O, en el WhatsApp que le envío en cuanto Papá y yo volvemos a casa, repasar las notas sobre lenguaje y género.

¿Inspiración para tu siguiente poema feminista?

Los dos tics permanecen deprimentemente grises.

Echo un vistazo a Instagram.

Incluso miro Facebook.

En un foro de urbex, ese capullo de @SuCasaEsMiCasa sigue dando la lata con su búsqueda de un bando para la fiesta de Navidad. Nadie le ha contestado. Cualquier persona decente de la comunidad sabe que no se debe correr el riesgo a dañarlo que implica una rave.

Tal y como me pidió, le mando un selfi a Órla. No hay tetas ni nada, solo salgo yo intentando hacer pucheritos sexis.

—Toc toc. —Tengo tiempo justo para dejar el móvil y coger el libro de texto antes de que aparezca Papá para avisarme de que se van—. Si tienes tiempo esta tarde, cariño, puedes empezar a decorar el árbol.

Rosa ha colocado toda la decoración en orden ascendente de tamaño en el suelo.

La de Mamá era un batiburrillo de purpurina y brillos en una caja de cartón gigante que parecía haber participado en un centenar de mudanzas. La sacábamos de la alacena bajo la escalera cada uno de diciembre.

Incluso ese último uno de diciembre.

Ese año no hubo árbol. En su lugar, pegamos espumillón a los marcos de los cuadros, colgamos lucecitas sobre los sofás e hicimos coronas con los tapones de corcho que guardaba Mamá en un cubo bajo el fregadero. Tiraba las botellas de vino a las que pertenecían en cubos junto al cobertizo de las macetas. A veces se le olvidaba recogerlas y lo hacía yo por la mañana, manejándolas con cuidado, aunque haría falta algo más que el ruido del cristal para despertarla.

—¿Es por el árbol? —preguntó Mamá cuando Papá dejó el café que se había preparado en la mesa de la cocina, agarró su mano y le dijo, con una voz que jamás había oído, que iba a quedarme un tiempo con él—. Puedo comprar uno. —Mamá desvió la mirada del suelo al techo y luego a las paredes—. Pero necesitaré que me lleves, Matt, porque ha habido un pequeño incidente con el coche.

Unos días antes se había chocado contra un seto.

—Creo se supone que tienes que empezar con las luces. —Sabelotodo no es enorme, pero de alguna manera su presencia llena el umbral entre el salón y el pasillo.

Echo un vistazo a la decena de animales del bosque de fieltro que ya he colgado en el abeto. Me había estancado con el zorro, sus colores y la textura son los mismos que los de la máscara que Mamá le hizo a Papá. Había ido a mi cuarto. la había sacado de debajo de la cama y, por razones que desconozco, no me he atrevido a soltarla. Me pesa en las manos.

Sabelotodo la ve.

—No pensarás colgarla, ¿verdad?

—Claro que no. —Tiro la máscara de zorro al sofá y empiezo a quitar la decoración del árbol—. Joder.

—Ten cuidado. —Sabelotodo se acerca y sostiene las ramas, que se agitan hacia delante y atrás mientras arranco los conejos, ratones y erizos del árbol—. Si quieres puedo echarte una mano.

—Haz lo que te dé la gana. —Como si *su* ayuda fuera algo que necesitara.

Pasan diez minutos.

—El trabajo en equipo…

—¡Ni se te ocurra! —Aunque debo confesar que hemos hecho un buen trabajo con las luces—. Hablas como mi padre.

—¿Y eso es malo? —Sabelotodo agarra el tamborilero de la colección de *Doce días de Navidad* que Rosa compró el año pasado.

—Eh, son si no te importa ser un cuarentón riguroso con una gran predilección por la prudencia y las normas. Es como si oscilaras de ser un niño obsesionado con los Legos a un viejo aburrido.

—Al contrario que tú, que sigues siendo una vaca egocéntrica.

Menos mal que lo dice riendo.

—Es más grande que el artificial de Mamá. —Sabelotodo retrocede para admirar el resultado de nuestros esfuerzos. La rama superior cae hacia la derecha bajo el peso de la estrella dorada gigante y reluciente—. ¿Crees que deberíamos poner más?

Me encojo de hombros como si no estuviera segura.

Pero tiene razón.

¿Por qué siempre tiene razón?

—Podríamos *hacer* las últimas decoraciones —dice en voz baja, como si a pesar de sus conocimientos infinitos, no estuviese seguro de cómo reaccionaría yo.

—¿Hacerlos?

Asiente y lo imagino reuniendo cartón y pegamento. Lo que no espero es seguirlo escaleras arriba, donde vacía una cubeta entera de legos en el suelo de su cuarto.

—Es fácil —dice, cogiendo un rascacielos blanco de una estantería, separando los bloques y volviéndolos a montar rápidamente en una esfera. Luego rebusca en un cajón unos ojos saltones y quita un cono naranja de uno de sus sets de Lego City que lo tenían absorbido cuando nos conocimos—. ¡Un muñeco de nieve!

—¡Está bastante chulo!

Juro que Sabelotodo parece tan satisfecho por mi halago como cuando un profesor le preguntó si tenía pensado solicitar plaza en Oxbridge.

—Inténtalo tú. —Me ofrece un montón de bloques.

Lo hago durante casi una hora. Hay algo meditativo en construirlos. Mientras rebusco entre los bloques el color y tamaño adecuados, no es que deje de pensar en Tala ~~o en Mamá~~, pero el zumbido del miedo remite con el ajetreo de mis manos.

—Esa es la mejor parte —responde Sabelotodo cuando admito que me tranquiliza—. Dejo de pensar en los estudios.

—Creía que nunca dejabas de pensar en eso.

—Creo que no te das cuenta de... lo mucho que me cuesta conseguir esas notas.

—¡Y lo poco que te cuesta fardar! —Solo bromeo a medias—. ¿Sabes la presión que conlleva tener un hermanastro con tantos sobresalientes?

—Seguro que menos que tener una hermanastra cuyas payasadas para llamar la atención hacen que la única forma de que se fijen en mí es sacando sobresalientes siempre. —Una pieza circular de color melocotón que le quita a un castillo sobre su cama se convierte en la nariz de Papá Noel—. Puede que seas divertida, Iris, pero vivir contigo no siempre es fácil.

—Bueno, puede que seas directo, pero no siempre eres divertido. —Ambos tenemos la sonrisa fija en la cara, como si los comentarios fuesen solo bromas—. Pero en serio —añado conforme agarro la pieza blanca que me ofrece Sabelotodo y la encajo a un lado de mi esfera marrón—. Ya sabes el dicho: mucho trabajar y poco descansar...

—Ni se te ocurra.

—¿El qué?

Sopla, frustrado.

—Mi entrevista.

—Oh, Dios, ¿en serio? A la mínima oportunidad llevas la conversación a lo bien que lo hiciste en Ox...

—La verdad es que no. —Con la cabeza ya entre las manos, Sabelotodo se desploma en la cama.

—Pensaba que te había salido genial.

—Mayormente. —Se frota los ojos.

Me quedo desconcertada. Sabelotodo ha repasado la entrevista como mil veces, y sus respuestas sobre cómo manejaría el hipotético caso del bebé nonato que falleció cuando apuñalaron a su madre han sido irritantemente elocuentes e impecables.

—Sigue —le digo.

—Las entrevistas fueron bien, lo que fue difícil fue el resto del tiempo.

—¿El resto del tiempo?

—La noche entre la primera y la segunda entrevista. Algunos de los candidatos salieron de copas, pero yo no pude... —Encaja y desencaja la cabeza de un científico de Lego—. Me sentía demasiado incómodo. —Mi hermanastro alza entonces la vista, con la ceja enarcada, como «me calaste»—. Parece que no soy el único Sabelotodo, ¿eh? Siempre me decías que debería salir más.

—Anda ya. Aplastaste esa entrevista. Sabes que lo hiciste. Ya te acostumbrarás a socializar. Solo necesitas practicar en algo que no sea buscar la pieza correcta.

Justo a tiempo, saca un «plato marrón».

Unos minutos más tarde, Sabelotodo sostiene un copo de nieve. Hace unos trescientos segundos era un coche.

—Ha sido divertido—digo mientras pasamos el hilo por el agujero de lo que él denomina un bloque técnico, una pieza negra que hemos encajado en la parte superior de cada uno de los adornos por su práctico agujero.

—Sí —admite, mirando de reojo mi adorno y riendo—. Aunque tu pudin de Navidad parece un mojón.

Treinta y siete

—Lo siento.

Los dos cockerpoos me miran desde el porche, perfectamente sentados tras ordenarles «*sit*». Los recompenso con una golosina para perros en forma de salchicha envuelta en bacon, que en vez de la comida típica de Navidad parece más bien un dedo decrépito de una bruja. Los perros se olvidan de su enfado al instante.

Papá cree que considero demasiado emocionales a los perros que paseo.

—No sienten las cosas como nosotros, Iris —me dijo ayer cuando le conté lo trágico que fue para Buddy que el señor West volviera del hospital y él no estuviese en casa.

Pero después de un paseo matutino de los lunes más breve de lo normal, Dumble y Hovis que parecen molestos conmigo.

Giro la llave en la cerradura, les limpio las patas con el rollo de cocina que Leonard y Nitin siempre dejan fuera y me disculpo de nuevo por el brevísimo paseo hasta el parque.

—Tengo que darme prisa. ¡Es el último día del trimestre!

Dumble ladea la cabeza con optimismo.

—Ya, lo sé. ¿Quién ha oído jamás que Iris Tremaine esté desesperada por ir instituto?

La cosa es que necesito ver a Tala. No es que siga haciéndome el vacío; por fin intercambiamos unos cuantos mensajes el sábado por la noche e incluso hablamos por teléfono el domingo por la mañana. Pero estaba callada. Y no callada en plan Redmond, más bien como que cada frase que decía parecía asfixiada por las palabras que elegía *no* decir.

A raíz del vídeo que alguien del público subió a YouTube el viernes, se ha abierto una cuenta de TikTok y un canal de YouTube, donde no solo ha publicado el poema «Ya basta», sino también «Soy as» y uno nuevo poema titulado «Según yo». Los tres piezas demuestran que Tala elige sus palabras con cuidado, que capta la fuerza que las mismas, cómo una podría ser una punzada en el vientre y otra un fuerte puñetazo en toda regla.

—Angeline me está ayudando —dijo cuando le pregunté cómo grababa las actuaciones. Me ofrecí a ir y ser su ayudante de dirección, pero mi mejor amiga estaba demasiado ocupada trabajando en «algo nuevo».

Supuse que se refería a otro poema, pero cuando llego al instituto, los murmullos de los estudiantes me recuerdan a los ruidos delas criaturas nocturnas del bosque Good Hope.

De vez en cuando oigo el nombre Tala.

La encuentro junto al vestuario de los chicos con Dougie; está sentada en el suelo con las piernas cruzadas y tendiéndole un portapapeles a Angeline, que está firmando en lo que parece un horario con franjas a lo largo de todo el día.

—¿Qué es eso?

—¡La mejor idea del mundo! —Evie irrumpe junto a mí, agarra el bolígrafo de la mano de Angeline y se apunta en el hueco de la una del mediodía—. ¿No te has enterado?

Siento una punzada en mi corazón de un nuevo tipo de dolor. ¿Evie, de entre todas las personas, sabe lo que está haciendo Tala antes que yo? Ese mismo dolor me baja por la garganta, así que mi voz cuando contesto «no», no suena con el tono casual que pretendía, sino como un dardo.

—Tala está organizando una prote...

—Tala puede decírmelo ella misma, sí. —Ver la satisfacción en la cara de Evie es suficiente para devolverme la compostura.

—Eso si quiere. Parece que ha elegido dejarte al margen.

Cada centímetro de mí se estremece de odio.

—Y tú qué sabrás, ¿eh?

—Bueno, estoy aquí, ¿no?

Incluso la forma en la que Tala se pone de pie es áspera.

—Déjalo, nena. —Angeline le devuelve el portapapeles a Tala y luego se lleva a Evie al otro lado del pasillo, donde Sabelotodo está contemplándolo todo desde su posición junto a una exposición de física de noveno curso sobre los cambios en la energía. Evie, la Reina de las Caribellas, se acerca a él sin dejar de mirarlo y se muerde el labio con anticipación. Como siempre, está loca por que haya sangre.

Les doy la espalda.

—¿Y bien? —pregunto a Tala tratando sonar indiferente, pero sueno acusadora.

Ella se encoge de hombros como si no importara que esté organizando algo grande sin mí.

—Vamos a expandir Rímala más allá de The Vault.

—¿A qué te refieres?

—Dougie y yo queremos empezar un debate. No solo sobre poesía, sino sobre temas diarios. —Señala el cartel pegado a la pared.

Rímala presenta...

O BROTHER!
¿DÓNDE ESTÁS?

Desafiando el lenguaje

y

cuestionando la masculinidad

—*O Brother!* ¿dónde estás?

—Es un juego de palabras. —Dougie también se ha puesto de pie—. Ya sabes, por la peli de George Clooney: *O Brother!* El juego está en...

—¡Qué original! —Sé que es de mala educación cortarle de esa manera, pero el brillo luminiscente de esas piñas naranjas sobre la camisa turquesa de Dougie está demasiado fuera de tono para mis ojos ahora mismo.

—Todos hemos oído lo que se dice ahí dentro. —Tala señala el vestuario con la cabeza, donde algunos de los chicos sueltan barbaridades con la misma agresividad con que se pasan el balón en el recreo—. Quizá si hablásemos con ellos...

—Cuenta conmigo. —Ahora lo pillo—. Si hay que decirle a un capullo que es un capullo, yo me apun...

—Nuestra intención no es empezar una guerra, Iris. No queremos pelear. Queremos un cambio. Queremos que la gente entienda que es responsabilidad de todos hacer que chicas y mujeres se sientan seguras. Vamos a hacer una sentada. Nos quedaremos aquí por parejas e intentaremos iniciar conversaciones abiertas con estudiantes y profesores sobre cómo esta violencia afecta a todos los géneros.

—Vale.

Quizá sea una estrella, pero cuando Tala me mira solo veo lunas llenas.

—Entonces dame un hueco.

Estiro la mano para coger el portapapeles, pero Tala lo aprieta contra su pecho con nerviosismo.

—Necesito a gente que se vaya a presentar.

¿Cómo pueden seguir todos de pie cuando el suelo acaba de temblar bajo mis pies?

—Ahí estaré, Tal. Me apunto. Me encantan estas mierdas, gestos grandes, grandilocuentes que hacen que la gente se siente y escuche.

—¿«Gestos grandes grandilocuentes?» ¡Esos se te dan bien! —Suelta una carcajada que no es de risa, sino de exasperación—.

Tus gestos grandes grandilocuentes pueden parecerlo en el momento, pero…

—¿Pero qué?

—Los Mejores Momentos de Tala.

—¿Lo que te regalé por tu cumpleaños?

Asiente.

—¿Qué pasa?

Los pasillos suelen un hervidero sudoroso de estudiantes a esta hora de la mañana. Hoy, no obstante, es como si todo el ruido se hubiese recogido, dejando a los presentes en ascua mirando a Tala actuar sobre otra clase de escenario. Observo cómo, repentinamente consciente de la atención, esta nueva valentía se desinfla a su antigua timidez.

Me mira a través del pelo echado sobre su cara.

—¿Recuerdas lo que me dijiste cuando me lo diste?

Sacudo la cabeza.

—No.

—«Cuando las Caribellas te hagan sentir pequeña, quiero que recuerdes lo mucho que te quiero».

—¿Las Caribellas? —chilla Evie desde algún lugar a mi espalda—. ¿Qué coño?

Tala aparta el portapapeles del pecho y, por un segundo, pienso que me lo va a dar, que ha recordado que está hablando *conmigo,* que *yo* soy la que siempre ha estado a su lado. Pero se lo entrega a Dougie, echando los hombros atrás, respirando hondo mientras se gira para mirarme.

—Iris, a veces eres *tú* la que me hace sentir pequeña.

Mi corazón cuelga en mi pecho sin latir.

—He cometido un error. Y lo siento. No me habría perdido la preparación del certamen si lo de Órla no fuese algo serio.

—¿Y lo nuestro *no* es serio? —Entonces sonríe. A pesar de todas las veces que las Caribellas se han desquitado con ella, jamás he visto a Tala tan triste y herida—. ¿No te importo lo suficiente como para anteponerme?

—Claro que me importas. —Estiro la mano, pero Tala se rodea con los brazos como si yo fuese algo de lo que necesita protegerse—. Te quiero, Tal.

—Ya lo sé. Pero eso no significa que hagas lo mejor para mí. Y yo también te quiero —dice ella—, pero eso significa que confíe en que vayas a estar a mi lado.

Treinta y ocho

No hay nadie cantando villancicos en la estación de Edglington, solo carteles advirtiendo a los pasajeros que tengan cuidado en el andén. La nieve ha desaparecido, solo queda una peligrosa capa de hielo. La rueda trasera de mi bici patina cuando la bajo a la carretera, donde gruesos bancos de hielo gris se amontonan contra las aceras. Apenas siento correarlos clips del casco cuando los abrocho bajo mi barbilla.

Cuando he salido del instituto esta mañana he llamado a Órla y le he propuesto quedar en Birdie's.

—¿Lo conoces?

Parecía sorprendida cuando le he dicho que había estado allí con Bronagh.

—¿Así que quedaste con Ma? —pregunta ahora mientras me siento a su lado en el mismo sitio de la mujer cuyo hijo había dibujado aquel corazón perfecto en el cristal.

Órla juguetea —mierda, ¿se siente incómoda?— con los pocos rizos pelirrojos que le quedan después de el Corte.

—¡Buon giorno! —El loro levanta las patas de forma alterna sobre la percha como si estuviese bailando—. ¡Buena chica! ¡Buena chica!

En una película, esta clase de añadido estrafalario serviría para disipar cualquier tensión, pero Órla ignora al pájaro y me mira con los ojos muy abiertos, en plan «¿y bien?».

—Quería preguntarle sobre Mamá —digo, con las palmas de las manos ardiendo ante la diferencia de temperatura entre la taza abrasadora y mi piel fría. Le doy un sorbo a mi bebida: té. Después de lo de esta mañana, un chocolate caliente sería demasiado dulce.

—¿No le, ya sabes, dijiste algo de...? —Órla se mira la escayola.

—Fue antes de que te... —Enarco una ceja también al mirarlo—. ¿Aún no se lo has dicho?

Órla sacude la cabeza.

—Dios, no. Me mataría.

—Bronagh no me parece tan mala, Órla.

—No lo entiendes. —Su mirada baja como si la hubieran decepcionado—. Mi vida no es la única consumida por la gimnasia. Ella también ha sacrificado mucho. ¿Sabes que yo soy la razón por la que trabaja a media jornada? No podría estar en un puesto a jornada completa porque tiene que llevarme a los entrenamientos, y siempre me dice que merece la pena, pero...

Suena una campanita cuando alguien vestido de Papá Noel entra en la cafetería.

—¡Buon giorno, buon giorno!

—¡Feliz Navidad! —le dice Papá Noel al pájaro.

Órla se inclina hacia delante, apoya una mano en mi rodilla. Es la primera vez que nos tocamos desde que he llegado. Hubo un momento, cuando nos hemos visto fuera, en el que podríamos habernos besado, pero el recuerdo de todos aquellos habría sido demasiado a plena luz del día, y un pico parecía inapropiado, así que nos hemos limitado a saludarnos. Deslizo mis dedos calientes por la taza sobre los suyos y algo nos embarga cuando los entrelazamos.

—¿Sabes que Ma cree que ese loro es mi abuela?

Asiento.

—Pensándolo bien, probablemente no debamos hablar de ya-sabes-qué en su presencia.

—¡Chica mala! ¡Chica mala!

—¿Ves? —Órla acerca su sillón de terciopelo morado, pero es más para evitar que el loro la oiga que por querer estar cerca de mí.

—¿Ya lo has decidido, entonces? —Jesús, hasta yo hablo en susurros—. Que vas a dejarlo, me refiero.

Órla arruga la nariz y sacude la cabeza.

—Pero cuanto más tiempo libre tengo, más formas se me ocurren de pasar todas estas horas que no estoy atrapada en el gimnasio. —Aumenta ligeramente la presión de nuestras rodillas pegadas—. Y hablando de tiempo libre... —En un latido, me mira con los ojos muy abiertos cuando no le cuento al instante mis razones para faltar a clase.

—Tala —digo, aunque en realidad, Tala no es el problema, ¿verdad?

Soy yo.

—Ay, por Dios, no. —Órla separa la mano y la rodilla de golpe antes de medio ponerse de pie para mirar por la ventana. Levanta dos dedos en el gesto más desganado que he visto nunca —. ¿Qué nar...?

—¡Chicas! —Varias cabezas se giran cuando la voz de Bronagh corta a través del leve murmullo de la cafetería.

—¡Buon giorno!

—Buenas tardes —Bronagh le guiña un ojo al loro y serpentea entre las mesas antes de sentarse en la silla vacía junto a Órla, que parece atónita.

—¿Qué haces aquí?

—Vaya, bonita manera de saludar a tu madre, ¿no? —Bronagh se gira hacia mí y pone los ojos en blanco, como buscando apoyo.

Sonrío, pero me quedo callada; temiendo que, si le digo a Bronagh que me alegro de verla, mi espinilla se lleve un golpe por parte del pie de Órla.

—Cuando me has escrito, Órla, diciéndome que habíais quedado, he querido pasarme para darle algo a Iris. —Sacude la cabeza al ver que el rostro pétreo de Órla no se ablanda—. He encontrado esto, cariño. —De su bolso, Bronagh saca una funda de plástico transparente. Dentro hay una foto—. Es de tu madre cuando tenía diecisiete años. ¿A que es increíble lo mucho que os parecéis?

Observo a mi Mamá, que lleva el pelo recogido en un moño suelto y está mirando fijamente al objetivo.

—Pues yo no lo veo —murmuro.

—Hay algo en vosotras —dice Bronagh dando unos toquecitos con una de sus uñas de color rosa a la cara de mi madre—. No sé exactamente el qué, pero va más allá del físico.

Mi lengua se enrosca en la parte posterior de mis dientes mientras pienso en lo que Bronagh acaba de decir:

«¿A que es increíble lo mucho que os parecéis? Va más allá del físico».

En lo que dijo Tala:

«Tus gestos grandes, grandilocuentes pueden parecerlo en el momento, pero eso no significa que confíe en que vayas a estar a mi lado».

En lo que dijo Sabelotodo:

«Puede que seas divertida, Iris, pero vivir contigo no siempre es fácil».

Para que la guardes con las otras que te di.

Al ver que no respondo, veo un tic de duda en la sonrisa de Bronagh.

—No buscaré más si no las quieres. Perdóname si te he...

—No, no, no. Me ayuda. —Me acerco la foto—. Ahora veo el parecido.

Bronagh y Órla hablan, pero sus palabras quedan ahogadas por la aplastante ola de verdad que rompe sobre mí: las cosas que me hicieron abandonarla son las cosas que llevan a los demás a abandonarme.

~~Lo has pillado, Iris.~~

—¿Iris?

—¿Iris?

—¿Iris?

Cuando levanto la vista de la foto me doy cuenta de que Bronagh y Órla están mirándome fijamente.

—¿Estás bien?

—Sí. Claro —respondo—. Yo...

—Voy al baño. —Órla levanta la barbilla en dirección al aseo, con los ojos maníacos y gesticulando con la mano como diciendo: «Ven conmigo».

Pero la verdad me ha hecho demasiado pesada como para moverme.

—¿Quieres dejarlo ya, Ma? —Mientras se levanta, Órla aparta la mano de su madre, como si fuera avispa, para alejarla de su pelo.

—¿Qué te parece el corte nuevo? —Bronagh hace caso omiso de las palabras de su hija—. Catherine, la entrenadora de Órla, va a ponerse hecha un basilisco. Ella tendría a todo el equipo tan idéntico como tu madre y tú.

Órla suspira.

—¿Quieres que te traiga algo de beber cuando vuelva?

—Estoy bien.

~~¿Lo estás?~~

Cuando Órla se ha ido, mantengo la cabeza gacha, examino la foto. La mirada de Bronagh sobre mí me quema lentamente como el sol en pleno verano. Me fijo en cómo ladea la cabeza y sé que está a punto de hacerme una pregunta.

—¿Sabes qué le pasa a Órla?

Sí. ¿Pero qué hago con esa información? ¿Sabiendo que alguien no está bien? Con Mamá fingí que no pasaba nada durante mucho tiempo.

Las palabras de Tala cuando le he dicho que la quería esta mañana siguen sacudiendo mi maltrecho cerebro.

«Pero eso no significa que hagas lo mejor para mí».

¿Y qué es lo mejor?

Ahora, me refiero. Aquí.

Órla tenía muy claro que no quería que Bronagh supiera lo que le ha hecho a su mano. Pero ella no lo entiende. Creamos capas sobre nuestros secretos tras enterrarlos. Así que no es solo el secreto en sí, sino el esfuerzo por mantenerlo, lo que pesa una tonelada.

Bajo la mirada a mi regazo y lo digo.

—Le dio un puñetazo a una pared.

—¿Que ha hecho qué?

—Para no ir al gimnasio. Le dio un puñetazo a una pared.

Mierda.

Sabelotodo tenía razón cuando dijo que era una egocéntrica. Hablaba antes de escuchar.

«Tú», acaba de decir Bronagh.

No «ella».

Tú

Tú

Tú

¿has hecho qué?

Antes de girarme sé que Órla está detrás de mí. Y antes de girarme sé que la burbuja resplandeciente que nos rodeaba hace unos minutos ha estallado.

Treinta y nueve

—¿Iris?

No miro atrás, solo agarro la bici, lanzando disculpas cuando choco con la gente que está de compras navideñas y rozo sus bolsas de plástico con las ruedas. En la esquina, Papá Noel, con el ribete blanco del traje salpicado de café, discute con su elfo.

¿Cómo pude pensar que hacía lo correcto?

La llovizna se nota como si fuera hielo en mis manos y cara mientras pedaleo por la calle principal y después por delante de unas casas con renos iluminados en sus ensombrecidos jardines, con sus lucecitas que titilando desesperadamente su alegría en la bruma azul grisácea del sol del atardecer asfixiado por las nubes.

Como si fuera mejor que *ella* a la hora de no hacer daño a la gente.

Para cuando llego a Sunnyside, la oscuridad ha ganado. Cualquier mancha de rosa púrpura ha desaparecido.

Por supuesto, hice sentir a Tala que no era lo suficientemente buena. Por supuesto, traicioné a Órla. Por supuesto, actúo así porque, tal y como dijo Bronagh, me parezco a Mamá más allá del físico.

Dejo la bici junto a la verja y me dirijo directamente al cobertizo de las macetas, al armario de la esquina donde mamá guardaba sus «empujoncitos esporádicos».

—Mira que hacen ruido —decía cuando las mini botellas de Chardonnay y Rioja repiqueteaban contra el grupo de las botellas de tamaño normal en el carro del supermercado.

No bebía todos los días. Pero a veces los subidones requerían más subidón y en los bajones buscaba algo —lo que fuera— con lo que levantar el ánimo cuando lo tenía por los suelos.

Papá desinfectó la casa, pero todavía no ha llegado aquí, donde las paredes siguen mugrientas de tierra y barro y las estanterías llenas de herramientas afiladas.

En el armario, mis dedos pasan a través de gruesas telarañas enmarañadas que envuelven las botellitas y los tarros de mermelada con etiquetas manuscritas en las que pone: «Aceite de menta - pulgones»; «Aceite de ajo - babosas»; «Bicarbonato de sodio - moho»; «Vinagre - moscas de la fruta y malas hierbas». Se esforzaba por evitar productos químicos. Para cuidar de la Tierra.

Ahí están. Al fondo. En un intento por esconderlas de todo el mundo, incluida ella misma.

Coloco las seis botellas en fila en la repisa de ladrillo junto a la ventana, cojo la primera y desenrosco el tapón.

«¿Por qué no?». Son las que he heredado.

Al igual que Sunnyside y…

¿Qué?

¿Qué más me ha dejado?

Mi cuello se retuerce y mi lengua gruñe y mi garganta arde con el acre escozor del vino pasado.

—Jooooooder.

Doy otro trago.

Porque así es como tiene que ser, ¿verdad?

De tal palo, tal astilla.

«Te pareces tanto a ella a los diecisiete años».

Y otro.

Brindo por Bronagh.

Y otro.

Brindo por Órla.

Y otro.

Brindo por Tala.

Y otro.

Brindo por Papá.

Los adoquines se sienten duros y abultados contra mis rodillas y codos cuando choco contra ellos.

Mi cabeza se tambalea hacia un lado. Una maceta se ha caído. Tiene grietas por el medio, como yo.

«Serás fuerte».

—Ja.

Tiene gracia en lo que nos convertimos.

Pensé que la Caja de Cosas de Mamá era mi herencia, pero no no no. Mi herencia es todo esto... Ruedo sobre mi espalda y extiendo los brazos en el aire, agitándolos en círculos torcidos, aferrándome a la realidad del cobertizo y de Sunnyside. Pero son intocables. La única herencia que realmente puedo sentir es su falta de fiabilidad y sus consecuencias: la sucia soledad y la vergüenza.

Necesito deshacerme de ellas.

De todo.

Puede que así desaparezca ese desagradable lado mío que hace que la gente se aleje de mí.

Presiono la parte trasera de mis piernas contra el suelo, pero la cabeza sigue dando vueltas, gira y gira y gira y gira hasta que me abro camino al exterior, hacia un aire amargo y áspero en mis pulmones y mi piel.

Grandes bocanadas de aire luchan contra un estómago agitado. Nada, ni siquiera el aire quiere quedarse.

Los ojos cerrados fuerte para que desaparezca cada centímetro a mi alrededor

todo

negro oscuro
negro oscuro
negro oscuro
vacío

e

inmóvil.

Y funciona.

Salvo por un ruido.

Leve y pleno y dulce y suave, comienza en los árboles, pero se acerca, se acerca hasta que sus vibraciones estremecen mi piel y mi columna.

—¿Ahora? —Mi risa saliva y babea mi barbilla—. ¿Vienes ahora?

Cuando abro los ojos, mi visión es borrosa, pero sé que la forma en el sendero frente a mí es un pájaro.

Da saltitos. Sus patas hacen un pequeño rasguño cuando salta sobre mi palma. Más finas que un palillo. Su vientre rojo como la sangre.

Pero canta.

«¿Por qué?»

Canta.

«¿Por qué?»

Canta.

«¿Por qué?» «¿Por qué?» «¿Por qué?» «¿Por qué?».

Sigue con su canción incluso cuando me levanto, incluso cuando lo intento espantar, incluso cuando doy un pisotón en el suelo y grito y le digo que es demasiado tarde, grito que si me hubiera querido, no se habría ido volando tan lejos, tanto como para no poder volver jamás.

Al igual que el cobertizo para macetas y que Sunnyside y todo lo demás en mi antigua vida llena de mentiras, el petirrojo también tiene que desaparecer.

Tengo el móvil en la mano y me pesa tanto como si fuera de plomo. Escribo a @SuCasaEsMiCasa.

¿Buscabas un sitio donde celebrar una fiesta?

Dejaré la puerta abierta.

Yo ya he empezado.

Dile a todos que pueden hacer lo que quieran.

Tecleo mientras el pájaro borroso sigue cantando.

Haz lo que te parezca.

Cuarenta

Los cuerpos dibujan siluetas en las ventanas. Empezaron a llegar de dos en dos hace una hora o así. Pero esos pares pronto se convirtieron en grupos y los grupos en pandillas más grandes de lo que creía posible para una fiesta un lunes por la noche. Son demasiados, supuran por la puerta principal como en aquel vídeo que vi de un veterinario apretando los gusanos a un perro para sacárselos del lomo. Me dan ganas de vomitar, es a lo que me refiero.

Y no soy la única. Un tipo vomita en el jardín. Una máscara le cuelga de un elástico alrededor de su cuello.

Le odio.

Pero más me odio a mí misma.

Yo los traje aquí. @SuCasaEsMiCasa ha hecho su papel, sí, pero yo le he cedido la casa para lo que él ha denominado su «Pelea de Máscaras».

—Anímate, guapa. —Incluso con la cara semioculta tras una máscara de Batman, este tipo parece demasiado viejo para estar en la fiesta. Me guiña el ojo a obscenamente y levanta el botellín de cerveza, está encorvado hacia atrás, arrugando mis dibujos infantiles que mamá pegó con tanto orgullo en la pared de la sala de dibujo.

Debería decirle «vete a la mierda», pero en vez de eso me inclino hacia la oscuridad hasta que mi nariz roza su nariz enmascarada y el sudor de sus fosas nasales moja mi mejilla. Mi lengua empuja dentro de su boca, buscando un sabor tan repulsivo como me siento. Pero la mezcla de cigarrillos y cerveza no es lo bastante asquerosa. Estiro la lengua todo lo posible, al máximo, tensando tanto ese tejido que une mi lengua que podría rasgarse.

«Que se rompa», pienso, forzándolo, apretándome a él fuerte contra la pared y arranco las chinchetas de los dibujos hasta que flotan en el suelo. Más que oír su gruñido, lo siento. También siento su polla. Dura contra mi cadera. Y sus manos, por debajo de mi abrigo, de mi jersey, de mi camiseta, no son suaves como Órla, pero aún son demasiado suaves para lo que me merezco.

—Más fuerte —ordeno en su garganta, en su cuello, que huele a *aftershave* y a sudor, y lo muerdo, porque lo que quiero es sangre.

—¡Oye! —Sus palmas se deslizan de dentro a fuera, presionando mi pecho para apartarme—. ¡Puta loca! —Y tropiezo, agarrando su botellín de cerveza y bebiendo, mientras merodeo por la casa en busca de alguien, de cualquiera. En serio, dame cualquier trapo sucio que esté como yo.

Hay dos tipos en la cocina, uno lleva una máscara de arlequín y el otro una con cuernos, como el diablo, están bebiendo algo. Me da igual el qué. Sus cabezas se echan atrás por turnos.

—Ahora yo. —Le quito la botella a uno y el vaso al otro, me sirvo y trago, me sirvo y trago.

—Me apunto—les digo—, a lo que sea. —les digo deseando lo peor, porque eso confirmaría lo que merezco.

—Relaja —dice el diablo. Se le salen los pelos de la máscara cual cerdas de una escoba mugrienta—. Creo que has suficiente. Vas a hacerte daño.

Lo miro en plan «ajá, has dado en el clavo, hacerme daño es precisamente lo que quiero».

—¿Has venido con alguien? —pregunta el otro al tiempo que se quita la máscara de payaso para revelar una cara como la de un de bull terrier; sus ojos pequeñitos examinan la estancia como si fuera un héroe dispuesto a salvar a la chica borracha.

—Pasa de mí. —Le doy un último trago a su veneno y me deleito con su ardor áspero y satisfactorio.

Funciona.

El alcohol, me refiero.

Todo está torcido y borroso.

El volumen está a tope.

El suelo tiembla bajo mis pies.

Necesito marcharme, pero la muchedumbre es demasiado espesa y se apelotona a mi alrededor, surgen rostros enmascarados. Me quedo sin aire.

Un bajo atronador golpea rítmicamente y con fuerza.

Cada centímetro de la casa está temblando.

O quizá sea yo.

—¡Dora! —Siento un aliento cálido y saliva en el oído—. Estás más desmejorada que en tu perfil de Insta, pero eres tú, ¿verdad? —Me pone la mano en la cintura. De ser generosa, diría que me está girando, pero lo cierto es que es más como un tirón—. Soy Isaac. —Su máscara es sencilla pero horripilante; es superblanca con unas cejas espesas y negras, una perilla fina y bigote.

Le miro intentando averiguar quién es.

—¿SuCasaEsMiCasa?

—¡Ese soy yo! —Está gritando—. ¿Quieres beber algo? —Me coge de la mano y me lleva al pasillo, donde hay latas apiladas junto al perchero. La chaqueta Barbour de Mamá está en el suelo, empapada de lo que parece cerveza—. Pilla una mientras puedas —me insta Isaac entre risas.

Solo que su risa no es tan contagiosa como la de Mamá, la de Órla o la de Tala. Es maliciosa.

—Unos tíos han encontrado a un pardillo vestido de zorro en el jardín y lo están hinchando a cerveza.

—¿Hinchando?

Pero Isaac ya se ha metido entre la jauría de juerguistas del comedor, donde han echado mesas y sillas hacia atrás para dejar espacio a los cuerpos danzantes y sus monstruosos pies apelotonados. Me desplomo contra el marco de la puerta, que está resbaladizo con su sudor. Sus brazos en torno a la cintura de los otros, chocan contra las paredes, tiran los cuadros y pisotean el cristal con sus botas.

—¡Mirad! —Una chica con una máscara de gato señala la ventana, donde se oye otro tipo de golpe.

No dentro, sino fuera.

Intentando entrar.

O alejarse de la oscuridad.

El petirrojo.

—¡Basta! —Mi voz sale como un susurro—. Por favor. —Al petirrojo, sí, pero también a las hordas. Están destrozando la casa, que es lo que quería, pero el petirrojo…

Necesita llegar a la luz.

Cabeza atrás, bocas abiertas, la muchedumbre se ríe como si no pasase nada por destrozar la casa.

Y aun así, el petirrojo desesperado golpea el cristal.

—Basta.

—Venga, Dora. —Isaac trata de arrastrarme hasta la multitud. Le doy un codazo, agudo, furioso, pero él se me acerca rápido al oído—. ¡Cuidadito!

Corro hacia la ventana, tirando del pestillo, del marco, pero mierda, está bien cerrada.

—¡BASTA!

—¿Me lo dices a mí o a ese puto pájaro? Loca —suelta Isaac.

—Basta. Basta. Basta. —Mi voz es una alarma, una súplica.

Su cuerpecito golpea el cristal.

Quiero que lo rompa.

—¡Basta!

Quiero salvarla de sí misma.

—Por favor.

El pájaro golpea el cristal una última vez y después resbala patéticamente por el otro lado de la ventana.

Fuera, mis rodillas trituran las hojas hasta convertirlas en rastrojos que empapan mis vaqueros mientras me muevo en círculos en su búsqueda.

En la distancia, al final del camino, las puertas de los coches se cierran con fuertes portazos.

Con las palmas, busco inútilmente en el suelo.

Pero el petirrojo ya no está.

Observo la multitud a través de la ventana.

Esto es Navidad.

Esto es la gente, festejando y bailando, besándose y quizá follando en la planta de arriba.

Esto es felicidad. Cómo se sentirían Papá, Rosa, Sabelotodo, Tala y Órla si los dejara en paz.

Voces por todas partes.

Cuerpos en cada planta.

Incluso entre los matorrales.

Un animal que revolotea.

Un atisbo de vida, de marrón, de rojo, de pecho, de ala

d e e l l a

e

l e

v

á

n d

o

s e

y

v o

l

a n d o

y vivo.

Se abre camino hacia el cielo.

Lo hicimos una vez.

Mamá y yo.

Mami e Iris.

Iris y mami.

—Iris —me dijo, su voz animada… animada… animada como la mía en Navidad. Mi antigua yo, me refiero. Las antiguas Navidades, me refiero. La Navidad antes de que ella…

Pero *aquella* noche no era Navidad, cuando me sacó de la cama y me puso unas deportivas y me ató unos cordones. Cuando llegamos al descansillo, estoy segura de que subimos en vez de bajar. ¿Arriba? No abajo.

—¡Shh! —Se llevó el dedo a los labios—. Es el cuarto secreto —me explicó al tiempo que abría una puerta que parecía conducir a una alacena. Pero había escaleras.

La llave está en el mismo sitio, en un hueco entre el suelo y el rodapié. La escalera siempre fue estrecha, pero mi cuerpo crecido la hace cada vez más y más estrecha y me lleno de polvo mientras subo.

Huele igual que ella.

A cigarros y colonia.

A pegamento y pintura.

Hay máscaras —quince o quizá veinte— colgadas con cintas de las vigas del techo a dos aguas. No todas están terminadas, aunque incluso las que están hechas con retales son bonitas. Búho. Oso. Ratón. Conejo. Tejón.

Hay una a medio hacer en un banco de trabajo. La lana marrón de la parte superior de su cabeza se mezcla con el rojo vibrante, curvándose hacia un pico negro y puntiagudo.

La luna arroja luz a través de una ventana redonda con la circunferencia tan grande como el tamaño del cuerpo de Mamá. Se abre fácilmente al quitarle el pestillo.

Tal y como me explicó aquella noche en el tejado, arrastro mi torso hasta el alféizar para subir y arrastro la mochila después. El tejado se inclina hacia arriba y se distancia de mí. (Como Mamá). Las chimeneas se estiran hacia la luna, que está fuera, pasadas las nubes y en un cielo claro repleto de estrellas.

—Aquí estaremos más tranquilas —susurró Mamá hace tantos años. Tenía sueño. Pero al igual que esta noche el viento frío disipa el abotargamiento—. Será más fácil respirar.

El frío de las baldosas mientras subo del alféizar al tejado es un alivio momentáneo en mis palmas, que al igual que yo, están rojas de vergüenza.

La música de la fiesta roza las tejas, agitando el aire invernal.

Puede que la cabeza haya dejado de dar vueltas, pero el shock del frío no oculta la espesa verdad de quién soy y qué he hecho.

«Serás fuerte».

Pensaba que siempre le veía el lado bueno a las cosas, pero resulta que soy todo estupidez y traición.

Pensaba que era una persona que miraba hacia arriba.

Pero, ahora mismo, todo lo que puedo hacer es mirar hacia abajo.

¿Cómo me sentiría? No al estamparme contra el suelo, sino después. ¿Cómo me sentiría?

¿Sería como la oscuridad tras la lluvia de meteoritos que Mamá y yo contemplamos acurrucadas contra el capó del coche? Pero sin los trozos ardientes de cometas. Sin esperanza. Sin pasar de una atmósfera a otra.

Solo la oscuridad vacía posterior.

Imagina.

Es una bendición, ¿no?

Porque es la nada.

Es nada más.

Es acabar con esta mierda de vida, este yo de mierda y esta incapacidad de ser algo que no sea un huracán.

Es un adiós a la chica que se engañó a sí misma pensando que era feliz.

Es el fin de fingir y reconocer, por fin, que no lo es.

Cuarenta y uno

Tala:
Iris, ¿estás bien?

¿Podría responderle: «¿Sabes qué? Creo que no»?

Ser así de franca.

Decirle que en la bruma del tiempo que llevo tumbada en este tejado lo que más claro me ha quedado es que me odio a mí misma.

Que ya no me creo la mentira escrita en un comecocos de papel hace siete años.

Que es pura mierda.

Escribo, pero no a Tala.

Google: ¿cuál es el modo más rápido de morir?

Pero no me lo dice. No directamente. Lo que Google me dice en su lugar es un número.

Lo que Google me dice en su lugar es que alguien está esperando mi llamada.

«Sea lo que sea por lo que estés pasando» dice la web «alguien lo afrontará contigo», dice la web.

No podría.

¿Podría?

¿Yo?

La fuerte y estoica Iris.

¿Llamar a un puto *teléfono de ayuda*?

He escalado vallas, me he arrastrado por alcantarillas, me he enfrentado a chicos arrogantes y a hombres sórdidos que pensaban que podían retenerme. ¿De verdad necesito desahogarme con un desconocido?

Las caras anónimas en el camino han estado bailando en círculos sin parar, igual que mi cabeza. Pero...

—Acabo de ver a un vecino fisgoneando —grita Isaac—. Se acabó la fiesta. Toca irse antes de que llamen a la policía.

Mi voz cuando digo: «Lo único que tienes que hacer es caer, Iris» desaparece en la noche.

Bajo la mirada a la

v

e

r

t

i

g

i

n

o

s

a

y

e

s

c

a

l

o

f

r

i

a

n

t

e

c

a

í

d

a.

La antigua Iris estaría a salvo aquí arriba.

La antigua Iris bajaría sin problema.

La antigua Iris no tendría miedo a las alturas.

~~La cosa es que, si no eres la antigua Iris, ¿qué Iris serás ahora?~~

Llamo al número.

—Tengo miedo —susurro cuando alguien responde—. Creo que quiero morir.

La voz al otro lado de la línea ni jadea ni grita ni me responde que soy tonta o que soy una egocéntrica que no debería decir cosas tan horribles.

Lo dice es que se llama Emily y:

—Sin presión, si quieres, puedes decirme cómo te llamas.

—Iris.

—Me alegro de que nos hayas llamado, Iris.

No sé qué esperaba, pero no esto. No alguien que no se escandaliza ni se horroriza ante mis secretos. No alguien que me habla con voz normal, como si a pesar de lo que estoy diciendo, hubiera una posibilidad de que todo saliera bien.

—¿Es tu vida lo que quieres que acabe, Iris? ¿O solo quieres que acabe cómo te sientes en este momento? —Emily habla despacio. No despacio como cuando la gente piensa que eres estúpida, más bien porque quiere que me tome mi tiempo.

Aunque, incluso con tiempo, no sé qué decir.

Pero a Emily no le molesta mi silencio.

Cuando pasan unos cuantos minutos sin que responda, me pregunta:

—¿Cómo te sientes?

—Enfadada —digo—. Triste —digo—. Estúpida —digo—. Mal —digo—. Sola.

—¿Ha ocurrido algo en particular que haya provocado esos sentimientos o llevas tiempo sintiéndote así?

—Mi madre murió. —Desciendo a las profundidades más crudas de mis entrañas—. Suicidio.

Emily no responde con un «qué horror» o un «qué espantoso». Lo único que dice es «Mmmm».

—El día de Navidad hará ya siete años.

Tampoco reacciona con asco cuando me río. Sí, de reírse de verdad. Porque tiene gracia que esta sea la época más maravillosa del año y, sin embargo, aquí estoy, sentada en el tejado de Sunnyside, donde mi madre se quitó la vida, preguntándome si no sería mejor para todos que yo hiciera lo mismo.

—¿Qué edad tenías cuando murió?

—Diez. —La noche en que Papá me lo dijo, aún cabía en su regazo.

—Eras muy pequeña.

Lo cual es cierto, pero, incluso entonces, yo era yo, ¿verdad? Solo que una versión más joven de mi yo jodida e infeliz.

—Es culpa mía.

—¿Qué te hace pensar eso? —Podría fácilmente ser entrometida, pero la voz de Emily no sugiere curiosidad, sino indagación; lo que me pregunta no es para ella, sino para mí.

—Le pedí a mi padre que viniera a buscarme. Abandoné a mi madre y me fui.

—¿Qué fue, en tu opinión, lo que te llevó a pedirle a tu padre que fuera a buscarte? —pregunta sin prejuicios.

¿Cómo le explico la hoguera?

¿O los cristales?

¿O la bandera de Francia pintada en la pared?

¿O las otras muchas aventuras que me encantaban, pero me dejaban temblando?

¿O el hecho de que a veces Mamá me asustaba?

—La quería. Lo prometo, la quería. No quería irme.

—¿Qué querías, Iris?

—Estar a salvo.

—¿Crees que ella habría querido estuvieras a salvo?

Las manos de Mamá cuando me dio la Caja de Cosas de Mamá, cómo temblaban, pero intentaba mantenerlas quietas.

—Mi amiga cree que, cuando la gente muere, se reencarnan en pájaros.

—¿Y qué crees tú?

—¿Es una locura pensar que la he visto esta noche? ¿Como un petirrojo?

—¿Te parece una locura?

—Hace unos días puede que sí, pero ahora... Todo está revuelto. Lo que era silencio ahora es ruido. Lo que era verdad ahora es ficción. Lo que era fuerte ahora es... —Mi garganta se cierra a la vez que mi corazón ruge y literalmente me duele hablar—. No creo que pueda afrontarlo.

—Pues no lo hagas —dice Emily.

El ruido que emito entonces es animal. Grueso y gutural, largo y fuerte, empapado en una presa que aguanta siete años de lágrimas.

—Joder —digo—. Perdón —digo.

—¿Por qué lo sientes?

—¿Por llorar? ¿Por soltar un taco?

—A veces puede ayudar decir palabrotas cuando nuestros sentimientos son abrumadores.

Exhalo una bocanada de «¿tú crees?».

—Ojalá mi padre pensase lo mismo.

—¿No le gusta que sueltes palabrotas?

—Ni decir palabrotas. Ni sentir. Ni explorar.

—¿Explorar?

—Voy a edificios abandonados, lugares donde...

Emily permite que la elipsis se torne silencio, luego deja al silencio permanecer.

—...donde puedo estar tranquila. —La primera vez que fui al refugio sin Tala el zumbido cesó y solo sentí calma—. Papá cree que estoy zumbada. Perd... —Detengo la disculpa—. Supongo que me gusta ver que todo está un poco roto, pero aún se puede ver lo bonito que era antes.

Empujo una de las tejas con la punta del zapato. Esta se desliza un par de centímetros o dos antes de que la detenga. Mi talón es lo único que evita que se deslice y se estrelle contra el duro suelo de abajo.

¿Sabe Emily que ella está haciendo lo mismo conmigo?

—Creía que era especial.

—¿Qué aspecto de ti creías que era especial?

Si mi vida fuese una película, ahora mismo habría una estrella fugaz que me daría la razón. O como mínimo, un avión que confundiría con una puta señal.

Así como están las cosas, no veo nada extraordinario en el cielo nocturno.

—Cuando murió Mamá, toda la gente, todos los mayores me decían lo bien que lo estaba haciendo, que si era feliz, que si me había adaptado bien. Y luego le susurraban a Papá, o entre ellos, que era un milagro realmente, dado todo por lo que había pasado, verme así de feliz. Me querían porque era una superviviente. Pero era mentira, ¿verdad? Soy una gallina de mierda.

La música de abajo se detiene de golpe.

—Pues a mí me pareces bastante guay, Iris. Estoy segura de que la gente te quiere por razones distintas a que seas feliz.

Los cimientos de la casa dejan de temblar.

—He decepcionado a todo el mundo. —Le cuento lo de Tala, lo de Órla y luego lo de Mamá—. Debió de odiarme por abandonarla. Por eso se tomó esas pastillas.

—¿Quieres hablarme de ella?

Sí. Le cuento a Emily las cosas buenas, las cosas malas, las increíbles y mágicas. Le cuento cuando Mamá me dijo que era su luz.

—Parece que eras muy especial para ella. Como lo eres tú para mucha gente. Podemos cometer errores y seguir siendo especiales. Podemos estar tristes y que los demás nos sigan queriendo.

—¿Pero cómo pude haber sido su luz si eligió abandonarme?

Oigo a Emily coger aire y soltarlo.

—¿Has pensado que quizás ambas cosas no sean incompatibles?

Cuanto más miro el cielo sobre mí, más estrellas aparecen.

—Acabas de decir que eres una gallina de mierda. Pero nos has llamado, ¿verdad?

No lo entiendo.

—Nos has llamado, Iris. Para eso hace falta fuerza.

—Si fuera fuerte, no os necesitaría.

—¿Recuerdas lo que acabo de decir sobre que ambas cosas no son incompatibles? Puedes ser fuerte y necesitar ayuda. Puedes pensar que quieres morir y amar a tu hija. Puedes llorar y ser feliz a la vez. Puedes decepcionar a alguien y ser su mejor amiga.

La noche en que Mamá y yo vimos la lluvia de meteoritos, me enseñó varias palabras nuevas. «Celestial» y «asteroide». Todo este tiempo había olvidado otra palabra que también me enseñó.

—Puedo ver la Osa Mayor —le digo a Emily. Aunque nadie más puede verla, señalo, como hacía Mamá, las ocho brillantes estrellas en el cielo—. Mamá me contó que la Osa Mayor es tan brillante, tan obvia, que algunos piensan que es una constelación. —Pero ella negó con la cabeza como diciendo: «Siempre nos decantamos por lo obvio».

—¿Y no lo es? —me pregunta Emily desde la distancia del otro lado de la línea.

—Mamá me dijo que es un asterismo. Una agrupación de estrellas *dentro* de una constelación. Quizá sea la parte que vemos con más facilidad, así que es la que todo el mundo puede nombrar. Pero en una noche despejada, si miras bien, puedes ver mucho más.

Nos tumbamos juntas, Emily y yo. Quiero decir, ella no está aquí sobre las tejas, pero sí a mi lado de la forma que cuenta.

—Gracias. —Separo la teja suelta de sus vecinas y la guardo a buen recaudo en mi mochila para que no se caiga—. La noche está un poco más despejada —le digo—. Voy a sentarme un rato más y luego te prometo que volveré a bajar.

Cuarenta y dos

Mientras los cuerpos sueltos y alborotados se van derramando desde Sunnyside, escribo a Tala.

Creo que necesito echarle un ojo a esa lista de psicólogos que me dio Rosa.

Ahora estoy bien, pero estoy en Sunnyside y necesito volver a casa.

Te quiero.

Hay tantas estrellas. Miles, millones incluso. Y, aun así, por mucho que trate de no mirarla, mi cerebro está estancado en la Osa Mayor.

Es normal, ¿verdad? Buscar lo familiar, patrones. Por eso vemos extremidades humanas al mirar las torres de alta tensión y caras en la corteza de los árboles. Nuestro cerebro dan sentido a los objetos antes de poder verlos por lo que realmente son. Supongo que, creyendo saber qué esperar, hace que el mundo parezca más seguro.

Lo cual, en teoría, está bien.

Pero, ¿y si vamos demasiado lejos?

Un coche pega un frenazo frente a la casa.

—Isaac, ¡hora de irse! —grita un hombre.

Oigo protestas debajo del porche.

—Todavía tengo algunas cosas que coger, colega.

Sigo mirando hacia arriba, pidiendo a esas ocho que destacan que dejen de brillar tanto para poder ver el resto de la constelación. Si lo consigo con las estrellas, tal vez también pueda con la gente.

Como con Mamá.

Estaba segurísima de que su muerte fue por mi culpa.

La palabra «Mamá» es un asterismo.

Pero Mamá —Sarah— era una constelación. Era una amiga, una hija, una mujer artista que tenía aficiones y sentimientos, algunos de los cuales eran para su familia y otros eran solo suyos.

Quizá sus razones también fuesen una constelación.

Quizá no haya un solo porqué.

Quizá no exista una respuesta.

La única verdad es que nunca lo sabré con certeza.

Pero ella es más que su enfermedad y su suicidio.

Y *yo* soy más que las ocho predicciones iguales de nuestro comecocos de papel.

Yo también soy una constelación.

Me suena el móvil.

Y sé lo que diría Rosa, porque nos lo dice constantemente: «Vive en el momento, no en el móvil».

Pero, aun así, abro la notificación con los ojos cerrados con fuerza.

> **Órla:**
> Eres gilipollas, Iris. a) Porque se lo has dicho a Ma y, b) porque he ido a tu casa y no estabas, así que tengo que poner estas palabras en un WhatsApp en vez de decírtelas a la cara.

Esto es todo, ¿no? El gran esfuerzo.

El teléfono vuelve a sonar.

No soporto mirar. Pero aun soporto menos no mirar.

Órla:
Me has hecho un favor. Ma se lo ha tomado bien. Me ha dicho que puedo tomarme todo el tiempo que necesite. Todo un año, si quiero...

Pulso llamar.

—¿Órla?

—¿Iris?

—¿Es en serio? Lo que has dicho.

—¿Lo de que eres una gilipollas? —Su voz suena absolutamente seria.

—Oh, yo me refería a lo otr…

Y luego no es porque haya risas, lloros y me diga que Bronagh estaba furiosa, y no porque Órla posiblemente dejara la gimnasia, sino más bien porque Órla no ha sido sincera con ella sobre cómo se sentía.

—Así que después de contárselo todo, Ma se lo ha tomado bien.

—¿No es eso justo lo que te he dicho antes?

—No tientes a la suerte, colega.

En el suelo:

—¡Isaac! ¡Vamos!

—A todo esto, ¿dónde estás?

—Mañana te lo cuento. —Y lo haré. Pero…—. Tengo que irme.

Hombres gritando.

Botellas rompiéndose.

Un petirrojo —¡mi petirrojo!— volando.

El pájaro-espíritu se posa sobre la chimenea y me observa con sus ojos negros mientras una risa maníaca se abre paso por el silencioso camino de entrada.

—¡Vamos! —la voz de Isaac rebosa viscoso placer—. Acerca el coche lo máximo posible. He dejado todo lo que quiero llevarme junto a la entrada. Libros, discos, arte y más mierdas. Podemos sacar un buen pico en eBay.

Para Isaac, estas cosas que se lleva solo son inventario. Para mí son mi infancia. Son mi madre.

—Lo siento —susurro a Sunnyside, como si los cimientos de la casa supiesen que he sido yo quien ha dejado entrar a esta escoria.

Isaac, con esa espeluznante máscara blanca alrededor del cuello, vuelve al interior mientras su colega corre con los brazos rebosantes de lo que supongo que son las cosas de Mamá —*mis* cosas hasta el coche al final del camino. Lo mete todo, como si nada, al maletero. Sus altavoces están a todo volumen, pero la música queda amortiguada por las puertas cerradas. Las ventanillas traquetean. Los neumáticos chirrían. Se apresura como si, para los de su calaña, la hombría se midiera en velocidad.

—Cambio de planes —grita Isaac saliendo por la puerta principal con los brazos llenos no solo de objetos fácilmente transportables que vender, sino de un zorro.

Un zorro de dos metros de altura y traje azul.

Y no solo la máscara de zorro me resulta familiar.

Las Adidas también. Y el pelo castaño. Y lo evidente que es —a juzgar por su postura encorvada y oscilante— que este tipo no puede con una fiesta.

Noah.

Incluso con el agarre de Isaac en ambos hombros, Noah se tambalea. De ser una frase, sus palabras se deslizarían por fuera de la página. Tiene la cabeza hacia delante, así que lo único que puedo ver de la máscara de zorro son las orejas de color marrón anaranjado.

—¡Eh! —grito.

—¿Qué cojones? —El colega de Isaac echa la cabeza hacia atrás y me señala mientras gateo por el tejado hacia la chimenea. Incluso cuando me ayudo de ella para ponerme de pie, el petirrojo no se mueve.

—¡Suéltalo! —le grito a Isaac.

—Bueno, bueno, bueno. —Empuja a Noah hacia el camino para que pueda verme mejor. Su colega también agarra a Noah y ambos lo flanquean. Como si tuviera posibilidad de huir—. Es la chiflada de la casa le dice Isaac a su amigo, que se ríe, aunque no como si le hiciera gracia lo que ha dicho Isaac, más bien como si supiera que es mejor para él hacer lo que Isaac quiere y espera que haga.

—Te hemos llevado al Niágara, ¿verdad, zorrito? —Vuelvo a oír esa risa desagradable mientras Isaac hace la mímica de verter trago tras trago en la boca de Noah.

—Dejadlo.

Isaac agarra la máscara de Noah y la separa de su cara un par de centímetros. Cuando la suelta, vuelve de golpe a su cara con una sonora cachetada.

—¿Qué coño te pasa? Primero quieres salvar a un patético pajarillo y ahora te pones blanda por un zorro. Estás coladita por él, ¿no?

—Es mi hermano —digo.

La cabeza de Noah se inclina hacia un lado mientras mira en mi dirección. Bajo la nariz de la máscara de zorro, veo una sonrisa.

—¿Qué clase de puto perdedor se pone así con unas cervezas?

—El mismo puto perdedor que me enseñó que, aunque entrar en una propiedad privada sin autorización no es delito, llevarse cosas de los sitios es hurto.

Noah levanta dos pulgares a duras penas.

—¿Y a quién coño le va a importar si me llevo algo de aquí?

—A mí.

Lo quiero. Sunnyside y todo lo que hay en ella. Lo quiero para poder aprender más cosas sobre la constelación que fue mi madre.

—¿Y cómo vas a demostrar que me he llevado algo?

Levanto el teléfono.

—Llevo aquí un buen rato, Isaac. Suficiente como para grabaros a ti y a tu colega llevando cosas de *mi* casa a vuestro coche. Seguro que la policía no es la única a la que le parecerá interesante.

—¿A qué te refieres? —Isaac sigue hablando con prepotencia, pero es evidente que el coraje que obtiene su compinche al estar en su compañía está menguando.

El lado izquierdo de Noah se desploma un poco cuando el colega de Isaac afloja su agarre.

—«Toma solo fotos. Nada de coger ni dejar, no dejes nada más que huellas.». El desastre en la casa es una cosa, pero si también publico vídeos de ti robando...

El compinche ya está dirigiéndose al coche.

Isaac arroja su máscara hacia los arbustos y suelta a Noah, que cae con un golpe seco a la grava.

Las puertas se cierran de golpe. Un motor arranca. El coche avanza a toda velocidad por el camino, con sus faros lanzando zigzagueantes haces de luz en la oscuridad.

Avanzando despacio por el pasillo hacia el salón veo todo el daño que han hecho. Los cuadros que Isaac pensó que no merecería la pena vender en eBay cuelgan torcidos en las paredes. Han apagado cigarrillos sobre la repisa de la chimenea y en las mesas. Un montón de botellines ensucia el suelo salpicado de cerveza.

Apesta, obviamente, a la mañana siguiente.

—Niyosécómolimpiaresto —dice Noah arrastrando las palabras mientras esperamos a que Tala nos recoja. Le cae un hilillo de baba por la comisura de los labios y por barbilla.

Se la limpio con mi manga.

—¿Y tú qué haces aquí?

—Hermano mayor. —Noah se bambolea mientras se señala el pecho con un dedo.

—¿Qué? —Quito unas migajas pegajosas del sofá y le guío hacia abajo.

—Vi lo que pasó con Evie y Tala. —Hace el gesto de una explosión, luego eructa y se apoya la cabeza en las manos —. Quería comprobar que estabas bien —explica cuando es capaz de levantarla de nuevo. Hasta borracho como una cuba mi hermanastro debe de notar mi sorpresa ante ese arranque de protección fraternal—.

Somos familia. —Sonríe y, aunque arrastra las palabras, el significado es claro.

De todos los hechos que Noah ha citado, por extraño que resulte admitirlo, lo de que somos familia es una de las cosas que más genuinas siento.

—¡Y fuiste tú la que dijo que tenía que vivir más! Que soy un chico aburrido, que me volviera más salvaje, dijiste. —Agita los brazos en el aire y coge la máscara de donde la había dejado, sobre un cojín. ¡Un zorro salvaje!

—¿Cómo te has enterado de la fiesta?

Hace caso omiso a mi pregunta e intenta abalanzarse, pero la súbita energía le provoca arcadas.

—Tal vez los Legos sean un mejor pasatiempo para ti que beber.

No sé cómo puede alguien que está vomitando sobre su propia deportiva parecer tan engreído, pero Noah lo consigue.

—Como siempre —se regodea entre arcadas—, tenía razón.

Cuarenta y tres

—Dios santo, Iris —dice Papá mientras abre la ventana para que el sol de diciembre se cuele en el salón de Sunnyside. Lleva negando con la cabeza desde que hemos llegado esta mañana en misión de limpieza.

—Lo siento. —He perdido la cuenta de las veces que me he disculpado durante las últimas nueve horas. Empecé en cuanto vi a Papá y a Rosa, que estaban esperándonos mientras yo entraba y Noah entraba tambaleándose por la puerta.

—Yo también —respondió Papá la primera vez que lo murmuré. Esperaba gritos, pero lo único que recibí en la cocina a las dos de la mañana fue un abrazo.

Y sé que debería haberlo disfrutado por lo que era, pero...

—Así es como se abraza a un puercoespín, ¿no?

Papá se separó y me agarró de los hombros, escudriñando mi cara en busca de pistas sobre qué demonios quería decir.

—¡El libro ese! Es de tu mesilla de noche. ¿Crees que soy un puercoespín? ¿Pincho demasiado? ¿Difícil de aguantar?

—No —dijo, sus brazos volvieron a rodearme, llenos, cálidos y prietos—. Rosa compró el libro por mí, no por ti. Dice que soy un poco... —Se giró hacia su mujer en busca de confirmación.

—¿Quisquilloso? —Rosa soltó una carcajada—. ¿Quizá, un poco irascible, con las normas?

—¡Puasuncapullo! —Noah se dobló de la risa—. ¿Lo pilláis? ¡*Púas* un capullo!

Seguro que no fui la única que esperaba oír un «esa lengua, Noah, por favor». Pero Papá cambió su habitual respuesta paternal.

—¡Que sepáis que estoy esforzándome por ser menos estricto! Quizá hasta os sorprenda en Nochebuena.

Por aquel entonces estaba demasiado cansada como para indagar en el tema. ¿Y ahora? Bueno, ahora estoy demasiado ocupada, con guantes de goma para fregar retretes y limpiar suelos. Somos un equipo. Papá, Rosa, Noah —que es un poco inútil— y Tala, que ha venido con una nueva tanda de palitaw recién hechos.

—Mama ha supuesto que os vendrían bien.

—Tu mama es un ángel—le digo mientras cojo un segundo pastelito del molde—. Y tú también. ¿Seguro que tienes tiempo para esto? Ya sabes, con todo lo que estás preparando con Dougie y Angeline...

—Yo te rasco a ti...—Me hace cosquillas en los hombros con un plumero—. Te ayudo con esto hoy y mañana vemos cómo puedes aportar en Oh Brother! ¿dónde estás?

Mi corazón enloquece en mi pecho.

—¿Me dejarás ayudarte?

—Bueno, vendría bien que alguien fregara el suelo antes de que nos sentemos a protestar —dice Tala con una sonrisa irónica y empuja mi cubo de agua con el pie—. Iba a pedírselo a Evie, pero no sé si le apetecerá mucho trabajar conmigo porque ahora todo el mundo la llama Caribella.

—Lo que necesites, lo haré, Tal. No te decepcionaré.

—Lo mismo digo —contesta. Me encojo de hombros, como «tú nunca lo haces», pero los ojos de Tala se empañan de lágrimas y me agarra de las manos—. No me imagino lo duras que han tenido que ser para ti estas semanas, Iris. Lo siento. Tendría que haber sido más comprensiva.

—No seas tonta. Eres la mejor.

—Y tú más —dice sollozando.

—En realidad, tú y yo, juntas, somos las más mejores. —Ahora también estoy sollozando.

Más o menos una hora después, nos sentamos para comer rollitos de salchicha, aunque a Noah no puede digerir nada que no sean patatas vinagreta.

Hemos recolocado la mesa y las sillas del comedor donde estaban. Obviando el olor a alcohol y a humanidad, es agradable sentarse con mi familia en el lugar en el que tan a menudo solía sentarme con Mamá.

No sé si creo en pájaros-espíritu o en fantasmas como tal. Pero siento a Mamá aquí. Vislumbro sus dedos llenos de anillos tendiendo un bollito y oigo su voz preguntando: «¿primero nata o mermelada? Y mientras Tala nos cuenta los planes que tiene para el siguiente certamen, huelo las coles que Mamá me echa en el plato, fingiendo no saber que los escondería en el zapato. Son destellos. Reales e irreales. Pasados pero presentes. Fugaces, pero que de algún modo permanecen.

—¿Podemos venir la mañana de Navidad? —pregunto cuando hay una pausa entre conversaciones—. Como quería Mamá. No hace falta que nos quedemos mucho tiempo.

—Claro, estaría bien —dice Papá, y su voz parece normal, pero sus ojos están preocupados y lacrimosos.

—¿Qué?

—¿No te afectará?

—Quizá. Pero si me afecta, creo que está bien. —Mamá me puso el nombre por los arcoíris. Siempre había pensado que estaban hechos de color, pero realmente son una mezcla de luz y de lluvia.

Noah se frota las sienes.

—¿Puedo tomarme ya otro paracetamol?

—¡Toma, fiestero! —Rosa saca dos pastillas de un paquete que lleva en el bolso.

—Sigo sin entender cómo te enterases de la fiesta. —Le lanzo la cuarta, y la que Rosa insiste en que es la última, bolsa de patatas.

—Por algo me llamas Sabelotodo —dice con esa expresión de absoluta superioridad y lo deja así.

Mientras Rosa se va a traerle agua, le paso a Noah mi móvil.

—Cuando consigas la plaza en Oxford, ya verás como te va bien.

—Si es así como te sientes al salir de fiesta, paso, Iris.

—Mira —le digo, y no es solo el resplandor de la pantalla lo que le ilumina la cara—. ¿Ves? ¡No hace falta que salgas de fiesta para encajar! ¡Solo encontrar a gente como tú!

—¿Oxford tiene un Club de Lego?

—Ajá. No tienes por qué beber salvajemente para hacer colegas. ¡Y las piezas dan menos resaca!

—Me alegro de que lo único que tengas sea dolor de cabeza. —Rosa deja el agua en la mesa y le alborota el pelo—. Ese tal Isaac, parece problemático. Bien hecho, Iris. Yo no lo habría pensado.

—¿Y crees que yo sí? —Parto en dos el palitaw y le paso la mitad a Tala—. El último vídeo que tengo en el móvil es de Buddy persiguiendo a una ardilla en el parque.

Papá se queda pensando.

—¿Pero no le dijiste a Isaac que lo habías grabado?

—Tenía miedo de que le hiciese daño a Noah. —Le aguanto la mirada a Papá y sonrío—. A veces hay que mentir, ¿verdad? Para proteger a quien quieres.

Cuarenta y cuatro

—Sé que ya lo hice aquella noche al llamar a la línea de ayuda, pero aquello fue de forma bastante anónima. La mujer a la que voy a ver después de Navidad… bueno, será cara a cara.

—Sigue siendo hablar. —Tala apaga el motor y se gira para verme al borde de un ataque de nervios en el asiento delantero de su coche—. Con nosotros lo haces todo el día.

Tiene razón. Tala, Órla, Dougie y yo hemos pasado las últimas horas de Nochebuena en el refugio, ideando una encuesta sobre el acoso sexual que queremos pasar a todos los cursos del instituto.

—El tema podría haber sido otro —dice Tala—, pero cuando Dougie nos preguntó sobre nuestras experiencias #MeToo, me sentí tan incómoda como cuando llamé por primera vez a Switchboard —admite Tala.

—¿Switchboard?

—Es un teléfono de asistencia LGTBIQA+. —Tala abre la web en el móvil para enseñármela—. Y ya sabes cómo soy hablando con la gente…

—Sé cómo eras. —Me río, pero Tala quizás ha notado el deje de tristeza en mi voz por todos los cambios que todavía no he asimilado.

—Sigo siendo yo, ¿sí? Igual que tú sigues siendo tú a pesar de toda la mierda que ha ocurrido últimamente. Simplemente nos estamos abriendo.

Echa un vistazo a la foto que le he mandado antes de la terapeuta con la que estuve hablando brevemente ayer. Encontré la foto en su web y, lo sé, lo sé, no juzgues un libro por su portada, pero...

—Parece amable —comenta Tala—. Yo no sabía cómo expresarme la primera vez que llamé a Switchboard, pero esta gente está entrenada para sacarte el tema. No de mala manera. Están para ayudar.

No fueron Papá o Rosa quienes sacaron el tema de ir al psicólogo, sino yo.

—Hay algo que no entiendo —le dije a mi madrastra la noche posterior a la gran limpieza en Sunnyside, cuando entró a mi cuarto a la hora de dormir.

Le había enseñado el cuaderno para las cosas bonitas, leído lo que recordaba de París en el salón, de observar estrellas en verano, de los vestidos de gala que nos hacíamos con sábanas y de los valses que bailábamos en la cocina.

—Mamá hacía todos esos grandes gestos. Me quería tanto que no tenía límite a la hora de hacerme feliz. Pero, por lo que recuerdo, no protestó cuando me fui con Papá.

—Sé que puede que no lo parezca. —Los dedos de Rosa estaban fríos en mi frente cuando me apartó el pelo de los ojos—. Pero creo que dejarte ir con Matt fue el gesto más grande de todos. Ella te quería, Iris. Muchísimo. Tu padre dice que ella habría hecho cualquier cosa para hacerte feliz. Incluso si eso significaba que vivieras en otro lugar. No iba a ser de forma permanente. Sarah estaba enferma. Matt no sabía cuánto. Y lo siente.

Me acordé del tejado. De mis pensamientos, espesos y serpenteantes, sobre saltar, breves pero tan intensos y fuertes.

—¿Yo también estoy enferma? ¿Es hereditario?

—No creemos que tu madre estuviera diagnosticada. Pero es algo que todavía debemos entendemos mejor. Pase lo que pase, no estás sola.

Al salir del coche, cojo el montón de libros de la biblioteca de Tala de donde los he dejado en el suelo entre mis pies y los vuelvo a colocar sobre el asiento del copiloto.

—¿Crees que nuestras vidas serán así alguna vez?

Tala me mira como «¿eh?».

—Todo bien atado al final. Ya sabes, donde hay una epifanía y todo se arregla.

Ella se encoge de hombros.

—No creo que haya un final. Felices o tristes o algo a medias, nuestras historias seguirán y seguirán.

Dejo escapar un gran suspiro. El día de hoy ha sido un buen día, aunque, Dios, también ha sido duro.

—Ya me contarás qué tal te va con tu padre. —Tala agita los dedos cruzados a través de la ventana abierta y yo me preparo para lo que está por venir.

Hoy me han convocado.

—Vuelve antes de las tres y media, Iris, por favor —ha dicho Papá esta mañana antes de enviarme al menos cinco mensajes a lo largo del día. Espero, en el mejor de los casos, una cena familiar y en el peor, un sermón sobre todas las razones por las que mi reciente comportamiento tiene que cambiar. Lo que no espero es ver a Buddy en el jardín de atrás jugando con Papá a tirar de una cuerda A pesar de lo mucho que intenta retener al mejor caniche del mundo, es incapaz de conseguir que me ponga sus enormes patas encima.

Caigo de rodillas para abrazar a Buddy.

—¿Qué te ha pasado, Bud? —Miro a Papá, cuya amplia sonrisa está iluminada gracias a los últimos rayos de sol antes de Nochebuena.

—¿El pelaje?

Asiento, pasando las palmas por el tupido pelaje de Buddy. Siempre ha sido negro. Ahora, sin embargo, es casi totalmente gris cemento.

—El hombre del refugio dice que cree que es por la pena. Por la repentina separación que sufrió. Deberías haberlo visto cuando he parado en casa del señor West de camino a aquí.

Me lo imagino. Buddy revolcándose y brincando. Resbalando y deslizándose mientras corría enloquecido por el pasillo.

—¿Se ha puesto como loco?

—No. —Papá se sienta en cuclillas a mi lado—. Todo lo contrario. Era como si sintiera que el señor West estaba delicado. —Juega con la oreja de Buddy—. Tu cola se movía, ¿verdad, colega? Pero por lo demás eras tan manso como se puede ser.

Buddy se sienta y levanta la pata.

—¿Eso significa que podrá volver a casa con el señor West? ¿Lo llevo ya?

Papá sacude la cabeza.

—El señor West no se ha recuperado. No es solo la cadera. Es su confianza. Ya le costaba incluso antes de la caída. Dice que ya no se ve capaz de pasear a Buddy.

—¿Pero Buddy puede visitarle?

—Bueno, cuando hablé con el refugio sobre la adopción, parte del trato fue que lo llevarías a ver al señor West de vez en cuando.

—¿La adopción?

Papá abre los brazos a lo «¡tachán!».

—¡Feliz Navidad, Iris!

—¿Qué?

Su voz, su cara, su postura... Es como si ni siquiera él se lo creyera.

—¿Qué quieres que te diga? Noah me ha convencido de que Buddy te necesita más de lo que yo necesito un sofá sin pelos.

—Es un caniche, papá, no muda el pelo.

—Ese fue uno de mis múltiples argumentos persuasivos, obviamente —dice Noah, que está junto a Rosa en la puerta de la cocina—. Eso y tu derecho humano a tener una mascota, claro.

No me lo puedo creer.

—¿Pero qué pasa con la tiña? —le pregunto—. ¿La borreliosis? ¿Las pulgas? ¿El riesgo de peste neumónica? —Fuera coñas, Papá lo incluyó en su lista de razones por las que no deberíamos tener un perro después de que un pitbull terrier infectase a cuatro estadounidenses en el verano de 2015—. ¡Gracias!

—¿Ves? —le dice papá a Noah, fulminándolo falsamente con la mirada—. *Púas* ya no soy tan capullo después de todo.

Rodeo a Papá con mis brazos.

—Es una gran responsabilidad, Iris.

—Te prometo que no te arrepentirás. Le daré de comer, lo pasearé y haré todo lo que pueda para que sea feliz.

—¿Sabes? —dice Noah—. Hay investigaciones que demuestran que Buddy podría tener un papel importante en ayudar a que Iris sea feliz.

Por una vez quiero oír más, pero Buddy se va por el jardín meneando la colita de pompón gris-pena a toda pastilla. Corre en círculos antes de irrumpir junto a Noah y Rosa por la puerta trasera.

—¡Buddy! —Lo persigo, pero es demasiado rápido y puedo seguirle el ritmo. Para cuando lo atrapo, ya se ha arruinado la Navidad.

—¡Mi abeto azul! —Papá entra en la sala de dibujo después de mí, justo a tiempo para presenciar cómo Buddy se lanza sobre el árbol de Navidad. Tanto el abeto como el perro se derrumban en el suelo, y no sé si quien grita es Papá o Buddy.

—¡Nooooooo! —Juro que es como si el mundo se moviese a cámara lenta. Las luces titilan. Los adornos de Lego se hacen añicos. Las agujas de pino se desperdigan como confeti por el suelo—. ¡Buddy! —El perro, separado de nosotros por el árbol de Navidad, que ahora está encajado entre la mesa y el sofá, agacha la cabeza en lo que brevemente pienso que es vergüenza. Pero lo que está haciendo en realidad es lamer el agua que cae del macetero volcado—. ¿Qué has hecho?

«Hecho» no es la palabra adecuada, el tiempo adecuado porque Buddy *sigue haciéndolo.* Salta por encima del árbol volcado y agarra la estrella de la copa.

—¡Sácalo de aquí, Iris! —grita Papá,

—Lo siento. —Mi corazón retumba en mi pecho mientras me acerco al destrozo y lo agarro del collar—. Se acabó, ¿no? Supongo que tiene que marcharse.

—Solo a la cocina mientras limpiamos. —Papá se echa a reír—. No quiero que se le claven cristales en las patas.

—¿Entonces puede quedarse?

—Ahora es uno más de la familia. —Rosa le da unas palmaditas en el trasero mientras lo arrastro hacia la cocina—. Y nos quedaremos con él, con sus defectos y todo.

Cuarenta y cinco

—¿Crees que fue por el olor?

Papá está sentado en el sofá con un sombrero de papel rojo en la cabeza. Esta mañana Rosa se ha esforzado al máximo en el desayuno de Navidad: confeti, sorpresas navideñas y fuegos artificiales de interior. Un esfuerzo, creo, por distraer a Papá de la pérdida de su árbol.

—¿El olor? —Noah mira a Buddy, que está despatarrado sobre la alfombra a su lado, y olisquea el aire como si no supiéramos ya que el caniche se ha tirado uno de sus descomunales pedos. En serio, está sobrepasando los límites de «sus defectos y todo».

—El árbol. —La expresión de Papá solo puede describirse como desolada. (Buen uso de «desolada», Iris)—. Olía tan bien —dice con nostalgia—. Me pregunto si fue eso lo que lo sobreexcitó.

Lleva así desde anoche. Cuando parece que hemos pasado página, Papá vuelve a sumirse en su tristeza por lo que hemos eufemizado como «la Caída» y sugiere otra causa o consecuencia para la fechoría de Buddy con el árbol de Navidad.

—Solo un año —se lamenta con los ojos fijos en el árbol artificial de Rosa que rescatamos de la pila de cosas para tirar y en el que colgamos los pocos adornos que no quedaron destrozados en la Caída—. Por un año quería que tuviésemos uno de verdad. —Suspira—. Supongo no estaba destinado a suceder.

—No estés tan seguro. —Me apresuro a la cocina y vuelvo enseguida con el tesoro de Rosa en las manos—. Si alguna vez necesitamos una planta perfecta para las celebraciones, es esta.

—Iris. —Rosa deja de remover la leña de la chimenea—. Espera.

—Escuchadme —digo, y me coloco en el centro del salón con la yuca en alto—. Todos nos hemos burlado de Rosa por sus fracasos, pero esto de aquí es la prueba de que, con perseverancia, podemos conseguir tener éxito. Quiero decir, miradla. —Dejo la planta con cuidado en la mesa—. Está radiante. Tan verde y tan... —Acaricio las hojas y se me desencaja la mandíbula—. ¡de plástico!

Todos nos giramos hacia Rosa, que se está mordiendo el labio en un intento, creo, por contener la risa culpable.

—¡Oh! ¡Dios! ¡Mío! Por eso no nos dejabas regarla, ¿verdad?

Su risita empieza a escaparse.

Y es de lo más contagiosa.

—Era una cosa menos de la que preocuparse —explica entre carcajadas—. Estaba intentando darme un respiro.

—Pero, ¿por qué no nos lo has dicho? —Papá está toqueteando la planta como si no terminase de creérselo.

Rosa se sienta en la alfombra, cruzando las piernas en una pose que normalmente le haría parecer fuerte, pero que ahora la hace parecer una niña derrotada.

—Os parecerá una estupidez, pero siempre he pensado que debería ser buena con las plantas. Soy vegetariana, practico yoga y meditación. Todas las noches enciendo velas mientras escribo un diario de gratitud. Estoy obsesionada con los aguacates. Por alguna razón, tener buena mano con las plantas parecía encajar con todo lo que soy. Y, sin embargo... —Rosa señala la yuca y hace un puchero—. Todo ese tiempo que creísteis que era de verdad yo me convencía de lo mismo. Patético, ¿verdad?

—Creo que lo entiendo. —Me siento y le paso un brazo por los hombros—. No siempre somos la persona que esperamos ser.

—Más razón para usarla, en mi opinión —dice Papá al tiempo que agarra un par de bolitas supervivientes del árbol artificial y las cuelga en la planta artificial.

A última hora de la mañana, nos llevamos la yuca a Sunnyside. Tala, Tita Celestina, Kristian, Órla y Bronagh nos han acompañado. Cuando estamos todos reunidos, saco la Caja de Cosas de Mamá. Al fondo está el ángel que Mamá me dio la última vez que la vi. Quería que volviera y lo colgara en su árbol.

—Es un poquito grande para mi plantita falsa —comenta Rosa, avergonzada.

—A Mamá no le gustaba lo convencional y siempre agradecía la oportunidad de darle un toque especial a lo que fuera. Creo que le gustaría esta combinación. —Lo coloco con cuidado sobre la yuca—. Igual que a mí —le susurro solo a Rosa—. Es ella, y eres tú.

—Ven —dice—. Tengo algo que enseñarte. —Me lleva fuera y me aprieta la mano con más fuerza cuando nota que me tenso al ver el cobertizo de macetas—. Las vi cuando estuve limpiando por aquí el otro día. Y entonces no estaba segura, pero…

Señala el lado derecho del cobertizo, donde hay un montón de flores violetas. En una *app* de jardinería de su teléfono, me enseña una foto de las mismas florecillas. Son las que Mamá y yo habíamos intentado cultivar. Los bulbos y las semillas que se habían esparcido cuando tiró las macetas al suelo.

—¿Son lirios?

Rosa asiente.

—*Iris reticulata.* Florecen en invierno. —La imito cuando se agacha y acerca la nariz a los pétalos—. Florecen incluso en el clima más adverso.

—¿Me esperas aquí?

Rosa asiente y yo regreso corriendo al interior para coger mi mochila.

Para cuando vuelvo con mi madrastra, tengo la cara empapada de lágrimas. Coloco la Caja de Cosas de Mamá y la caja con sus cenizas junto a las flores.

—¿Quieres que traiga a tu padre? ¿O a Tala?

—No —digo.

Los recuerdos se agolpan en mi piel.

La ligereza de las plumas.

El peso del amor.

Mamá me quería. Muchísimo.

Pero por razones que nunca entenderé, se marchó.

No sé el porqué. Ni si volvió a mí en forma de petirrojo.

Lo que sí sé es que no puedo predecir lo que va a pasar. Que lo único que puedo sentir es el ahora.

Esta mañana hice un comecocos de papel para Mamá y para mí. Lo saco de la mochila y, dejando seis de sus casillas en blanco, escribo dos suertes para ambas.

«Eres amada», escribo.

Y luego:

«Eres libre».

Agradecimientos

Había oído hablar del síndrome del segundo libro, pero soy una persona que ve el vaso medio lleno, supuse ingenuamente que, al igual que los partos dolorosos, a mí no me pasaría.

La cuestión es que, igual que los masajes perineales y los CD de hipnoparto no te aseguran que darás a luz con facilidad, investigar exhaustivamente y los borradores de veinte mil palabras no te aseguran que vayas a sacar fácilmente un libro.

Pero no te preocupes, que aquí terminan las analogías con el parto, entre otras cosas porque mi maravillosa editora, Katie, me ha enseñado los beneficios del autocontrol.

Lo que quiero decir es que escribir un segundo libro bajo contrato ha sido difícil. La publicación de *The Sky Is Mine* fue uno de los mejores momentos de mi vida, pero, al igual que Iris aprende en *Somos constelaciones*, nada es todo bueno ni todo malo. Al leer reseñas, aunque todo el mundo me dice que no lo haga (¿quién tiene tanta fuerza de voluntad?), y yo, que tiendo a ser optimista y llena de esperanza, me lleno de dudas. Y lo que empezó como un proyecto nuevo y emocionante de repente se vio envuelto en pavor.

Así pues, me veo en la obligación de darle las gracias a mucha gente. Porque, sinceramente, creo que no he sido la mejor esposa, madre, amiga o escritora con la que vivir y trabajar.

Allá vamos…

Primero, gracias a todos los que han leído y apoyado *The Sky Is Mine*. Para los que dedicasteis tiempo a subir una reseña o escribirme: no sabéis el estímulo que supuso para mi maltrecha confianza saber que los lectores habíais disfrutado el libro. Enterarme de que Jennifer Niven fue una de ellas fue un sueño hecho realidad. *All the Bright Places* me inspiró a escribir *Young Adult*. Así que, mientras luchaba por abrirme camino a través de un desordenado primer, segundo y tercer borrador de un nuevo libro, reproducía intermitentemente el reel de Insta de Jennifer hablando de lo mucho que amaba a Izzy y me animaba de inmediato. Gracias, Jennifer, eres la prueba de que a veces es realmente bueno (o fantástico, incluso) conocer (virtualmente) a tus héroes. Mi enorme gratitud a mis editoras, Katie Jennings y Molly Scull, que tuvieron que leer una cantidad ingente de basura y un montón de correos electrónicos de disculpa antes de que finalmente llegáramos a un punto en el que Iris pudiera brillar. Gracias por reconocer que dentro de ese primer borrador de 100.000 palabras —¡de nuevo, lo siento!— había una historia que merecía la pena, y por ser tan paciente mientras mataba tanto a mis némesis como a mis queridas. Primera lección: Sacrificar. Segunda lección: Sacrificar. Tercera lección: Sacrificar. Estoy realmente agradecida por todo el tiempo y la reflexión que han dedicado a este libro que, con su ayuda, se ha convertido en algo de lo que estoy verdaderamente orgullosa. Para el resto del equipo de Rock the Boat: Shadi Doostdar, Kate Bland, Lucy Cooper, Mark Rusher, Paul Nash y Laura McFarlane. Gracias por convertir todas esas palabras en algo tangible y por hacer llegar después esa historia tangible a las manos de la gente. Y por la preciosa portada, muchísimas gracias a Anna Kupstova por su impresionante y emotiva ilustración y a Hayley Warnham por el llamativo diseño.

Gracias a mi agente, Hannah Sheppard, por su orientación y sus ánimos, y por decirme que simplemente le diera a enviar cuando estaba demasiado sumida en la desesperación de escritora como para saber por mí misma lo que funcionaba y lo que no.

Parece apropiado que una de mis mayores aliadas para escribir un libro con constelaciones en su título se llame Stella. Y también es curioso que, mientras escribía y reescribía (y volvía a reescribir) una historia en la que un petirrojo es tan significativo, Stella Duffy me ayudó a que me crecieran las alas. ¿Nos alzamos? Sí, vamos. Sí, vamos. Sí, vamos. Es inevitable que el oficio de escribir sea solitario, pero gracias a mis amigas escritoras, sobre todo a Susie Bassett, Sandra Dingwall, Sara Emmerton, Tess James-Mackey, Liz Pike, Ko Porteous, Louisa Reid, Ciara Smyth y Kate Weston, nunca me siento realmente sola. Compartir WhatsApp, almuerzos y lagunas argumentales con vosotras es incluso más reconstituyente que una cucharada (o dos) de Nutella, lo cual, francamente, es decir mucho.

Un agradecimiento especial a Tat Effby, cuyos juegos de palabras son tan buenos como sus pasteles. En cuanto a Rímala y Brother ¿dónde estás?, no podría haberlo hecho yo sola. (Ver.) No es casualidad que la chica con la que habla Iris se llame Emily. Emily, contigo, correr nunca es solo correr. Es reír, despotricar, compartir y poner los pies en la tierra. (Y, sí, normalmente, también algo de pis.) Gracias por mantenerme cuerda durante el encierro y en el proceso de escribir este libro. Kate, gracias por explorar viejos recuerdos conmigo.

A mis primeras lectoras, Jodie Elderkin, Sara Emmerton, Tess James-Mackey, Louisa Reid y, obviamente, Mamá, vuestros comentarios y ánimos fueron inestimables y me hicieron seguir adelante cuando realmente tenía ganas de rendirme.

Andi, Reno, Elliot Jacobs, Alicia Milligan, Mia Schartau y Evie Smith, gracias por sugerirme y explicarme vuestra valiosísima opinión.

Gracias a Shane Curteis por compartir tanto sobre la cultura filipina. ¡Brindo por celebrar la Navidad en todos los meses que acaben en «bre»! Muchísimas gracias a Chris Schurke, que respondió todas las preguntas que tenía acerca de la exploración y cuya fotografía inspiró el amor de Iris por los lugares abandonados.

Jayne, gracias por ser mi médico de cabecera, no solo cuando los niños tienen dolencias, sino también cuando las tienen mis personajes. Sí, es estupendo tener una médico como cuñada, pero lo que es aún mayor es que para mí esa médico eres tú. Richard Dunhill, no solo eres un profesor y un oyente generoso, sino también un lector generoso.

A todos los samaritanos, sobre todo los de Shrewsbury, gracias por escuchar.

Papá, gracias por decir a todos los que conoces en las pistas que soy autora. Si alguna vez llego a ser un bestseller en Canadá, será enteramente gracias a ti. Te quiero y, aunque aún no has llegado, ya estoy llorando al pensar en despedirme en mayo.

Mamá, gracias por leer más borradores y extractos que nadie. Podría consultar todos los diccionarios del mundo y aún así nunca encontraría una palabra que describiera perfectamente lo mucho que te quiero. Así que, de momento, bastará con «milipulgadas».

Monty, gracias por enseñarme historia, espacio y arquitectura, y por tener tanta paciencia cuando tengo que explicarte, por décima vez, la Teoría del Big Bang. A los once años, ya sabes mucho más que yo sobre casi todo. Nuestras charlas me inspiran tanto. Y nuestros abrazos me dan mucha alegría.

Dolly, gracias por hacerme reír cada día. El subidón que me da ser tu madre no tiene nada que ver con el azúcar de tus deliciosos pasteles, sino con tu humor contagioso. Inteligente, valiente y amable, eres una maravilla. Te quiero incluso más de lo que tú quieres a Dadadonk.

P.D. De verdad, de verdad, de verdad, espero que estas sinceras palabras me hagan ganar el Madre de la Semana.

MDH, gracias por tu fe inquebrantable. Sé que tu máxima ambición para mí no tiene nada que ver con que escriba libros y sí mucho que ver con que rebote por cuatro bolas rojas gigantes antes de subirme a un podio de tres metros mientras salto o me agacho para esquivar un brazo robótico que se balancea. A falta de una aparición en *Total Wipeout,* espero que esto sirva. Eres divertido, reflexivo, sensible, inteligente y guapo. Ah, y haces sexis las fracciones y aparcar en paralelo. Esta mezcla ecléctica es una constelación maravillosa. De hecho, es mi constelación favorita.

divertido, reflexivo, sensible, inteligente y guapo. Ahora haces su-
mas, las fracciones y aparcar en paralelo. Esta mezcla ecléctica es una
constelación maravillosa. De hecho, es mi constelación favorita.